LE MAÎTRE DU TALMUD

Normalienne, agrégée de philosophie, Éliette Abécassis alterne romans intimistes (*La Répudiée*, *Mon père*, *Un heureux événement*, *Alyah*), grands romans historiques souvent haletants (*Qumran*, *Le Trésor du Temple*, *Sépharade*) et essais (*Petite métaphysique du meurtre*, *Le Livre des Passeurs*, *Le Corset invisible*).

Paru au Livre de Poche :

ALYAH

ET TE VOICI PERMISE À TOUT HOMME

MÈRE ET FILLE, UN ROMAN

MON PÈRE

LE PALIMPSESTE D'ARCHIMÈDE

QUMRAN

LA RÉPUDIÉE

SÉPHARADE

LE TRÉSOR DU TEMPLE

UN HEUREUX ÉVÉNEMENT

UNE AFFAIRE CONJUGALE

ÉLIETTE ABÉCASSIS

Le Maître du Talmud

ROMAN

ALBIN MICHEL

ISBN : 978-2-253-07745-9 – 1re publication LGF

À mon père, Armand Abécassis,
qui consacre sa vie à l'enseignement du Talmud.
« Il révèle ce qui est profond et caché,
il connaît ce qui est dans les ténèbres,
et la lumière demeure avec lui. »

« Tu les transmettras à tes enfants et tu en parleras quand tu seras en chemin, quand tu te coucheras et quand tu te lèveras. »

1

Seigneur ! ouvre mes lèvres et ma bouche dira tes louanges.

C'était un jour de pluie, en l'an 5000 de notre calendrier, soit en 1240 de l'ère chrétienne, de ces jours où l'on se hâte pour les derniers préparatifs, avant que la nuit ne tombe, en vue du moment où cesse toute création, tout travail ou négoce et où l'on se prépare à vivre ce que Dieu vécut lorsqu'il s'arrêta et considéra que c'était bien.

Dans notre rue de la juiverie Saint-Bon, une vieille femme avait trouvé un enfant mort, un nouveau-né enveloppé dans un linge taché de sang.

En peu de temps, une foule s'était pressée autour d'elle. Partout on entendait : « Il a été égorgé ! » La rumeur enfla, les gens affluèrent depuis la place de Grève, non loin de la Seine. De l'école où nous étions en train d'étudier, nous entendîmes monter une clameur.

Horrifiés, tous regardaient le bébé ensanglanté, et ils disaient :

« Un crime ! Un crime dans le quartier juif ! » En

quelque temps, ce fut une émeute. Notre venelle se remplit de monde, des étudiants, des commerçants, des passants, tous venaient voir de leurs yeux l'enfant assassiné et déjà cherchaient le coupable pour venger le sang par le sang.

Dans la maison d'études, mes camarades et moi étions en train de lire une page du Talmud. Les lois promulguées par les rabbins stipulaient qu'une académie des hautes études juives devait être créée dans la capitale de chaque pays. Chaque famille, qu'elle soit riche ou pauvre, Lévi, Cohen ou fils d'Israël, était dans l'obligation de consacrer l'un de ses enfants à l'apprentissage du Talmud. Notre maison s'appelait « Beth Hamidrash », c'est-à-dire la « Maison de recherche ». La séparation impliquait la pureté, l'étude et le célibat durant les années d'étude.

Joseph, le plus savant, avait traduit le texte de l'araméen, Samuel et moi le commentions à l'aide des interprétations de nos maîtres. Il s'agissait d'un passage qui traitait du témoignage et de la qualité des témoins. Nous y lisions que les rabbins n'acceptaient que le témoignage de celui qui avait vu le forfait ou le crime. Par exemple, si un homme rencontrait un individu une épée à la main, alors même que la victime était secouée par les spasmes de l'agonie, sa déposition contre le suspect ne pouvait être reçue.

« Si vous n'avez vu que cela, vous n'avez rien vu », dit le Talmud. En effet, si le témoin n'a pas aperçu l'homme en train de tuer la victime, même s'il est évident que celui-ci est le meurtrier, il ne peut être entendu. Ainsi le témoignage n'est-il valide que s'il est de visu, et non pas s'il résulte d'une déduction, si logique et rationnelle soit-elle. D'autre part, les rabbins se méfient des déclarations d'un seul homme, ils exigent deux personnes afin de vérifier si leurs paroles concordent.

— Un seul témoin ne suffit pas selon le Talmud, paraphrasa Joseph. Sinon, c'est la parole d'un homme contre celle d'un autre. C'est la raison pour laquelle il faut deux témoins.

Grand, mince, les cheveux bruns assez longs et la barbe fine, les yeux bleus, le teint pâle à force d'avoir le front penché sur les parchemins, Joseph était le plus brillant d'entre nous. Il connaissait tout le Talmud par cœur. Si l'on prenait une aiguille et qu'on la plantait dans une page pour la ressortir par l'autre côté, il était capable de dire quel mot se trouvait au bout de l'instrument. Une mémoire prodigieuse lui permettait de se souvenir des moindres détails et idées du Talmud.

— C'est logique, ajouta-t-il, deux témoignages qui se recoupent sont plus fiables qu'un seul, qui peut résulter d'une erreur ou d'un mensonge.

Samuel, les cheveux roux et la barbe broussailleuse, sortit une brioche de sa pèlerine.

— Mais ces deux témoins, objecta-t-il, pourraient être complices dans le mensonge !

— C'est la raison pour laquelle les témoins sont entendus l'un sans l'autre, puis les juges confrontent leurs histoires, répondit Joseph. Tu ne peux pas t'arrêter de manger pendant l'étude ? ajouta-t-il.

— J'ai rien avalé depuis ce matin ! protesta Samuel.

— Les témoins ne doivent pas être liés par des

liens de parenté ni être de la famille du coupable, poursuivit Joseph. En outre, les juges les avertissent de la peine qu'ils encourent si leur témoignage est faux.

— C'est-à-dire ? demanda Samuel.

— Dans le cas d'un faux témoignage, le témoin doit subir la peine que l'accusé aurait eue s'il s'avérait coupable.

— Et si c'est la peine de mort ?

À ces mots, ce fut comme si la réalité sortait du texte et nous rappelait à elle. Nous entendîmes des cris à travers les meurtrières. Samuel, prompt à l'action, jeta un coup d'œil dehors. Il aimait les exemples concrets plus que les spéculations. Il privilégiait toujours les cas pratiques par rapport aux arguments théoriques. La bouche encore pleine, il nous fit signe qu'il se passait quelque chose et qu'il fallait descendre au plus vite. Nous fermâmes nos livres et nous nous hâtâmes dehors, dans la rue où se trouvait un groupe de gens, juifs et chrétiens parvenus jusque dans notre quartier.

L'horreur se peignait sur les visages, alors qu'ils se passaient l'enfant blessé mortellement, enveloppé dans son linge maculé de sang, qui finit dans les bras d'un remarquable personnage. À sa coiffe, un tortil brodé avec une étole qui retombait sur le côté, à sa tunique pourpre, son bâton de commandement et sa corpulence, je compris qu'il s'agissait du prévôt de Paris, chargé de faire régner la loi dans les rues : Évrard de Valenciennes.

— Qui a pu commettre cette abomination ? dit-il.

Pourquoi le prévôt était-il venu si promptement ? Qui allait-on accuser, si ce n'était les juifs ?

— Et notre étude sur le témoin ? m'entendis-je demander, comme absent à moi-même.

Les autres me regardèrent d'un air stupéfait, et je compris l'absurdité de mon propos, dû sans doute au vertige qui m'avait saisi à l'annonce de ce meurtre.

La panique gagnait. Les gens qui avaient commencé à crier « Un crime ! » précisaient maintenant leur accusation et ajoutaient avec haine : « Un crime, un crime *rituel* ! »

Enfin, la foule se scinda pour laisser passer l'homme qui dirigeait la maison d'études et nos consciences, celui que les élèves respectaient et vénéraient, celui en qui tous avaient confiance : le grand rabbin Yéhiel de Paris, alias sire Vives de Meaux, maître de la discussion rabbinique, expert en grammaire, homme sage, conseiller et éditeur ayant mis de l'ordre dans de nombreux proverbes, homme simple qui craignait Dieu et qui avait tourné le dos au mal.

Vêtu d'un manteau sur sa tunique noire serrée d'une ceinture et d'une calotte qui recouvrait presque la totalité de son crâne, avec sa barbe grise et ses yeux à l'expression si douce et pénétrante, sire Vives considéra la scène, vit le bébé, et son regard se mouilla de larmes.

— Qui est cet enfant ? demanda-t-il.

— À vous de nous le dire, répondit Évrard de Valenciennes. Il a été trouvé ici, dans une maison de votre quartier, non loin de la synagogue et de la maison d'études, enveloppé dans ce linge !

— Horreur ! dit un jeune homme. Cet enfant a été égorgé !

— Nous savons ce que vous faites ! hurla un autre. Vous lui avez ouvert le cou pour recueillir son sang ! Vous le prenez pour faire votre pain azyme de la Pâque, fête où vous avez tué Notre-Seigneur !

— Vous l'avez occis, parce que vous haïssez Sa parole ! Vous êtes les assassins du Christ !

Sire Vives les regarda, avec tristesse et mansuétude.

— Comment aurions-nous tué le Christ ? dit-il. Cette phrase a-t-elle un sens ? Elle est triplement impossible. D'abord, ce sont les Romains qui l'ont crucifié. Ensuite, la peine de mort était interdite au tribunal juif. Enfin, il ne s'appelait pas le Christ, alors, mais Jésus. Et de plus, il était juif.

— Vous n'avez pas reconnu le Messie, et vous prenez notre sang, dit un autre. Tout le monde sait que les juifs tirent au sort la ville qui enverra le sang chrétien aux autres communautés !

— C'est pour soigner leurs hémorragies ! cria une femme. Depuis qu'ils ont tué le Christ, ils perdent leur sang. Chaque année, ils doivent répandre du sang chrétien pour guérir leur maladie !

— Oui, c'est pour la magie noire, dit une vieille, qui elle-même avait l'air d'une sorcière. Ils piquent les enfants, ils les torturent et ils prennent leur sang goutte à goutte.

— Un sacrifice humain ! Ils ont enlevé l'enfant dès sa naissance pour le mettre à mort après leur cérémonie démoniaque.

— C'est pour la Pâque. Vous avez recueilli son sang dans une coupe avant de l'assassiner !

— Depuis les temps anciens, ils ont décrété qu'il faut offrir un chrétien chaque année en sacrifice à leur Dieu et se venger de la malédiction dont Jésus les a accablés ! dit une vieille femme.

— Ils se réunissent tous les ans et ils y décident de l'endroit où ils vont perpétrer leur crime. La communauté désignée devra mettre à mort un enfant. Un bébé ! Comme ici !

— Il s'agit bien d'un meurtre, intervint le prévôt. Cet enfant n'est pas circoncis, il n'est pas juif, et il a été assassiné ! ajouta-t-il en brandissant devant tous le corps du nourrisson.

C'est alors que nous vîmes, tracée à l'encre noire sur le linge qui l'enveloppait, l'inscription suivante : « Yoma 37b. »

Samuel poussa un cri. Joseph manqua défaillir, et je sentis des gouttes de sueur perler sur mon front. Nous savions tous ce que cela signifiait : le traité du Talmud, Yoma, page 37, la page de droite. *Oh, mon Dieu !*

Le prévôt annonça que l'enquête révélerait la vérité sur cette affaire et qu'il gardait le cadavre de l'enfant.

La foule continuait de hurler ses menaces et ses insultes.

Pourquoi tant de haine ? Nous partageons les mêmes marchés, les bruits de la ville, ses odeurs, ses rues et ses ruelles étroites. Nous écoutons la même musique et nous aimons les mêmes chansons. C'est ainsi, nous subissons notre sort, nous ne pouvons faire autrement, et si notre royaume est une prison, notre prison est un royaume, tant que nous avons accès au trésor secret qui est le nôtre, celui de la pensée de nos rabbins qui ont travaillé pendant des millénaires sur toutes les questions essentielles ou quotidiennes qui hantent l'humanité. *Béni soit celui qui donne de la force à ceux qui sont fatigués, qui accorde du pouvoir à celui qui est faible et défend l'innocent.* Amen.

2

Vers la fin de l'après-midi, quand l'agitation de la rue se fut quelque peu calmée, sire Vives me demanda de le rejoindre dans la salle du bas. Là se trouvait la bibliothèque, où étaient gardés nos manuscrits et nos livres, quelques centaines de codex conservés avec le plus grand soin dans des armoires creusées à même les murs de pierre. Les élèves pouvaient les emprunter pour les lire ou les étudier dans les étages supérieurs, auxquels ils avaient accès par un escalier logé dans une tourelle. Au premier, il y avait deux salles de cours avec des bancs de pierre et, au second, les chambres où nous dormions, à raison de trois ou quatre personnes par pièce, sans avoir beaucoup d'espace.

Sire Vives me considéra de ses yeux couleur de miel ou de feu, suivant les jours, en lissant sa barbe. Son front creusé par de profonds sillons était le reflet de nombreuses heures à étudier et à réfléchir sur le sens du monde. Son visage s'éclairait d'un large sourire, lorsqu'il enseignait. Ses joues creuses montraient son peu d'appétit pour les choses terrestres, car il était capable de sauter des repas lorsqu'il était absorbé par une étude, il mangeait peu et ne se resservait jamais, en dehors du chabbat. Ses mains longues et blanches étaient lisses et parsemées de taches brunes qui dessinaient comme des lettres sur un parchemin. Sous sa tunique noire, qui tombait jusqu'à recouvrir ses pieds, il portait une chemise de toile blanche qui illuminait son visage toujours empreint d'une expression de bonté et de malice témoignant d'un sentiment de joie profonde et d'un feu intérieur qui ne tarissait pas. Long et mince, il était comme un roseau qui ployait sous le poids du savoir, lorsqu'il se penchait et étendait les mains pour bénir ses proches, ses élèves, ses amis, ou même la communauté.

Il se leva et, dans une attitude que je connaissais bien, il passa en revue les manuscrits de la bibliothèque, comme pour vérifier qu'il n'en manquait pas : les livres du Talmud, qui représentent la somme de toutes les opinions contraires des rabbins qui, pendant tous les jours de leur vie, cherchèrent la vérité sans la trouver, de commentaire en commentaire de commentaire, à l'infini, de siècle en siècle, de millénaire en millénaire. Ce n'est pas un livre, c'est un ensemble d'écrits qui envisagent les lois à partir d'un questionnement contradictoire, énigmatique, parfois mystérieux, souvent incompréhensible ou abscons, qui donne naissance à l'étude. Il existe deux Talmud, celui de Jérusalem et celui de Babylone. C'est le second, écrit au Ve siècle, que nous lisions et dont nous poursuivions l'écriture en terre de France. Conçu par les plus grands rabbins à Néhardéa, Nisibis, Mahouza, Poumbedita et Soura, il est l'aboutissement de la réflexion de quelques centaines de penseurs à partir des enseignements des plus grands maîtres, tels que Hillel, Chammaï, Rabbi Yohanan Ben Zakkaï, Rabban Gamaliel I et II, Rabbi Aquiba, Rabbi Chimon Bar Yohaï, Rav Achi, Ravina, Abaye... Un projet fou, inouï, unique au monde : un livre écrit sur des centaines d'années, par des centaines d'écrivains qui se répondent et discutent entre eux, comme s'ils se connaissaient, autour des sujets les plus divers, à partir du code des lois défini par la Mishna : 613 commandements à respecter, à envisager et à commenter. Un livre qu'on ne finit jamais de lire ni d'écrire !

Sire Vives effleura de la main les vingt volumes, qui contenaient les six ordres de la Mishna, avec en tout 63 traités écrits sur tous les thèmes possibles : les lois de la prière, les produits de la terre, les travaux interdits le jour du chabbat, la fête de Pessah, le Temple, les interdictions de Kippour, les jeûnes, les sacrifices, les vœux que l'on contracte, la femme soupçonnée d'adultère, ou encore l'étudiant qui fait vœu de chasteté, le mariage, le divorce, les dommages causés à autrui, les différends financiers, les biens immobiliers et les contrats en général, les tribunaux, les peines, les faux témoins, les transgressions, les relations avec les autres religions, l'abattage rituel, les lois de la consommation, etc. Mon maître finit par en extraire un traité, qu'il consulta un moment, plongé dans une insondable méditation. Je reconnus le traité Yoma, celui dont le titre était inscrit sur le lange de l'enfant mort. *Yoma 37b.* Il l'ouvrit, fronça les sourcils, et son visage changea d'expression.

Sire Vives, alias Rabbi Yéhiel de Paris, encore nommé Vivus Meldensis, était né à Meaux, près de la capitale. Il était le disciple de sire Léon, qui dirigeait la maison d'études de Paris : sous ses auspices, l'école talmudique s'était considérablement agrandie, jusqu'à accueillir plus de trois cents élèves.

Parmi ses disciples, se trouvaient Rabbi Meïr de Rottenbourg, dit le Maharam, Rabbi Isaac de Corbeil, le gendre de mon maître, et bien d'autres commentateurs renommés du Talmud. Sa notoriété, immense, dépassait les limites de notre ville. On parlait même de lui à la Cour royale, c'est ainsi que le roi avait décidé de lui attribuer le titre très honorifique de sire Vives de Meaux, Vives étant la traduction en français de Yéhiel, «*que Dieu vive*». Mais il restait humble selon l'adage : «Chaque homme doit dire le matin en se levant : "Le monde a été créé pour moi mais je ne suis que poussière." » L'humilité est la qualité du juste, disait-il. C'était la vertu principale de Moïse. Elle est plus qu'un trait de caractère, elle est aussi la reconnaissance d'une réalité que l'être humain oublie trop souvent.

Nombreuses étaient les tâches qui lui incombaient en tant que rabbin. Il n'était pas seulement le maître, celui qui enseignait le Talmud. Il s'occupait également de sa communauté, de la naissance jusqu'au décès. Il célébrait les circoncisions, les bar-mitzvah, les mariages et les enterrements. Chaque chabbat, il disait la prière à la synagogue et organisait la lecture des rouleaux de la Torah, ou il la faisait lui-même de sa voix mélodieuse car il savait chanter, puis il se tenait au milieu des fidèles pour son sermon sur la péricope de la semaine. C'était un moment que tous attendaient.

Toute la vie de mon maître se déroulait entre la synagogue et la maison d'études, car il se consacrait exclusivement à l'enseignement, qu'il dispensait à ses élèves et à ceux qui le désiraient. Il était observant de la Loi, il avait inventé des proverbes, il était humble et digne de confiance, il craignait Dieu, vérifiait lui-même les textes de la Torah, avait écrit des commentaires et quatre livres, il savait calligraphier, chanter, sermonner. Talmudiste et philosophe, il avait pris la défense du grand Moïse Maïmonide, auteur du fameux *Guide des égarés*, lorsque celui-ci avait été attaqué pour son rationalisme, parce qu'on lui reprochait de soumettre la religion à la pensée. Il avait envisagé tous les champs du savoir, et il avait choisi pour lui un chemin de justice, car il privilégiait la volonté du Seigneur. Amen ! *Puisse le Seigneur lui réserver le mérite d'étudier en profondeur.* Ses disciples le suivaient pour bénéficier de ses lumières. Répondre à leurs questions, stimuler leur intelligence, les élever dans le rang du savoir, de la connaissance et d'une existence qui ait davantage de sens et de conscience, telle était sa mission, qu'il accomplissait avec une ferveur et un enthousiasme toujours renouvelés. Quand il parlait à ses élèves, il vibrait avec passion et son visage s'illuminait. Personne n'avait autant que lui pénétré, compris et expliqué les mystères du monde. Il s'occupait aussi de sa famille, son épouse, son fils et ses filles, ainsi que ses petits-enfants, à qui il aimait enseigner la Torah, il voulait les ouvrir à sa beauté, avec leur langage, selon leurs préoccupations. Il représentait notre communauté auprès du roi, afin de la défendre et d'argumenter en notre faveur lorsque nous étions attaqués.

Grâce à sa connaissance du Talmud, qui s'étendait même au domaine des sciences et de la philosophie, sire Vives inventait des objets magiques. Il avait confectionné une lumière qui, allumée le vendredi soir, à l'entrée du jour du repos, pouvait brûler jusqu'au lendemain soir, sortie de chabbat. Il avait également fabriqué pour la porte de sa maison une serrure inviolable, si bien que celui qui désirait l'ouvrir disparaissait par une trappe et s'enfonçait dans le sol. Lorsque le roi Louis eut vent de cette invention, il tint à envoyer un émissaire pour voir ce prodige et, alors que celui-ci tentait d'entrer en forçant la serrure, le sol s'ouvrit sous ses pieds et il disparut. Sire Vives, confus et surpris, le délivra dans les combles et lui enseigna le mécanisme de sa porte et de son feu du chabbat. Le roi l'en félicita et lui demanda de venir se présenter à la Cour. Lorsque les courtisans dirent à Louis que sire Vives refusait de boire le vin qu'il avait touché, le souverain décida de vérifier ces calomnies. Il lui proposa un breuvage, mais sire Vives refusa poliment et demanda de boire l'eau de l'aiguière avec laquelle le roi venait de se laver les mains. «Je ne considère pas comme impur ce que vos mains ont touché mais je ne bois pas le vin non casher car notre religion nous l'interdit», dit-il, manifestant par là une intelligence qui le rendit fameux dans tout le royaume. Louis fut si fortement impressionné par cette rencontre qu'il lui donna le titre de sire, ce qui constituait une forme d'anoblissement très rare pour un rabbin.

Pour tous ceux qui le voyaient, c'était comme si une

flamme les avait touchés. Il n'inspirait pas l'effroi, sur son visage se lisaient la tendresse et l'aménité, mais il bouleversait ceux qui l'écoutaient et personne ne sortait indemne de ses leçons. Ses yeux et ses paroles témoignaient d'une relation intense à l'autre. Lorsqu'il donnait un cours, chacun avait le sentiment qu'il parlait de lui, dans son intimité. Il avait un réel intérêt pour tous et une intuition qui lui permettait de deviner les préoccupations de ceux qui l'écoutaient. Il possédait aussi une mémoire extraordinaire. Il se souvenait de chaque détail de la vie de chacun, de chaque nom, chaque visage, chaque événement. Ce qu'il enseignait n'avait rien d'abstrait, tout avait une application concrète. Avec lui, tous étaient les bienvenus, et surtout les brebis égarées. Il savait parler à tous et à chacun en particulier, afin de leur suggérer de penser différemment, mais il respectait les opinions exprimées et il était d'une très grande courtoisie. Il était pénétré par l'esprit talmudique grâce auquel les rabbins concluaient leurs échanges par l'affirmation : « Tout cela et peut-être ! »

Sire Vives était mon maître et moi, Éliézer Cohen, j'étais son élève, son étudiant, son disciple. N'étant pas issu d'une famille de savants ni de rabbins comme certains de ses étudiants, j'avais dû travailler afin d'acquérir les connaissances nécessaires pour me hisser à leur niveau. Je ne savais pas tous les textes par cœur comme plusieurs d'entre eux. Cependant, j'avais le désir de rattraper le temps perdu, animé par une soif d'apprendre, de comprendre, et ma curiosité autant que mes nombreuses questions plaisaient à mon maître, même si je n'étais pas tout à fait comme les autres. Sire Vives m'avait accueilli sans chercher à deviner d'où je venais, sans rien dire de l'étonnement que j'avais lu dans ses yeux, lorsque je l'avais vu pour la première fois : je n'étais pas malingre et chétif comme les étudiants qui pâlissaient à force de passer leurs jours et leurs nuits sur les pages du Talmud. Je ne portais pas alors la calotte noire et la tunique sous ma pèlerine en laine, serrée autour du cou par un cordon pour sortir, et je rabattais toujours ma capuche sur ma tête pour cacher la cicatrice que j'ai le long du cou, près de l'oreille, et la tonsure toujours visible à l'époque où je l'avais rencontré. Je n'avais pas encore de barbe, et l'on voyait mes pommettes hautes et mes yeux bleus bridés qui me venaient de ma mère, originaire de Trèves dans le Saint Empire romain germanique. J'étais charpenté, avec des muscles solides, un corps de guerrier. J'aurais pu être un chevalier, vivre dans une demeure royale, apprendre à chasser, à monter, à m'entraîner et pratiquer la lutte, combattre à l'épée et être au service de ma dame, être adoubé. Je me serais glissé dans ces habits, au lieu de porter la tunique et la kippa, et de baisser les yeux lorsque je croisais le regard des seigneurs. Au lieu de quoi, je ne cessais d'apprendre chaque jour les secrets du Talmud, aux côtés de sire Vives, maître en esprit et en savoir rabbinique.

— Voici ce que je cherchais, dit enfin mon maître en m'arrachant à mes pensées.

Il posa le livre devant moi et ouvrit le traité intitulé « Yoma » à la page 37b, selon l'indication inscrite sur le linge de l'enfant.

Je vis alors apparaître deux pages criblées de notes

en araméen, avec deux colonnes principales et des paragraphes secondaires dans les marges à droite, à gauche et en bas. C'était les commentaires, et les commentaires des commentaires, de la loi inscrite au milieu de la page. Sur la marge interne, le texte de notre maître Rabbi Chlomo Ben Yitzhak Hatsarfati, dit aussi Rabbi Salomon fils d'Isaac le Français, alias Rachi, et sur la marge externe, celui de ses élèves, appelés les « tossafistes », les ajouteurs. Ainsi le Talmud est-il composé : la Mishna est le code de nos lois, et la Guemara récapitule les discussions de nos maîtres sur tous les sujets possibles.

La Guemara est commentée par notre maître Rachi, qui est lui-même commenté par les tossafistes. Rachi est le maître de tous, le penseur et rabbin qui a révolutionné la lecture de la Bible. Impossible désormais de lire nos textes autrement que par son regard, à travers ses yeux et sa plume. Sans lui, nous ne serions pas là, à commenter, à écrire et à interpréter la Torah de cette façon-là. Il est le plus grand, le plus fort, le plus précis et le plus synthétique. Après sa formation auprès des commentateurs les plus érudits et les plus compétents de son époque, Rachi revint à Troyes pour gagner sa vie en tant que vigneron et pour fonder une école talmudique qui compta très vite parmi les plus fameuses d'Europe. Ses étudiants venaient de loin pour suivre son enseignement. Il les fortifiait dans leur exigence et les poussait à travailler et à écrire, dans des conditions de vie précaires et difficiles.

La main de sire Vives parcourut la page et s'arrêta sur le paragraphe consacré au jour de Kippour que nous avions étudié quelques jours auparavant. Ce passage m'avait marqué par les nombreuses questions qu'il posait au sujet du mal et du pardon, et je compris que mon maître désirait le lire pour établir un lien avec la mort du nouveau-né. Mais pourquoi m'avait-il choisi entre tous pour l'étudier ?

Avant que je n'aie eu le loisir de lui poser la question, nous fûmes interrompus par un élève de première année, qui venait nous prévenir que sire Vives avait un visiteur. Celui-ci fit signe qu'il pouvait monter.

Je vis arriver un individu qui se glissa vers la pénombre et dont le visage était dissimulé presque entièrement par une large capuche. Sous sa cape, il portait un costume liturgique fait de la dalmatique, longue robe sombre sous une chasuble richement décorée. Un personnage important, me dis-je, qui a besoin de se cacher par peur qu'on le reconnaisse.

— Comment allez-vous, mon cher ami ? dit sire Vives. Cela fait longtemps que je n'ai eu le plaisir de vous voir. Venez, je vous prie, nous continuerons notre étude plus tard, ajouta-t-il à mon endroit.

Je sortis pour me rendre à la bibliothèque, à côté de la salle d'études. Elle était humide et sombre, juste éclairée par quatre meurtrières qui donnaient sur la rue et deux lampes à huile. Creusées dans les murs, des armoires contenaient nos manuscrits. Des petites tables permettaient de les déposer pour les consulter.

Je me plongeai dans le traité sur le bouc émissaire, que mon maître m'avait proposé d'étudier. Mais aussi, je tendis l'oreille, discrètement, et je ne pus m'empêcher d'entendre d'abord, puis d'écouter attentivement l'étrange conversation qui se déroulait dans la salle voisine.

— Sire Vives, dit l'homme, pardonnez cette intrusion, mais je devais venir vous voir, en toute hâte. C'est au sujet du meurtre de l'enfant, qui est déjà, dans l'esprit de tous, un crime rituel fait par les juifs. Un infanticide commis pour des raisons religieuses. Un sacrifice humain...

— Le sacrifice animal, dit sire Vives, est une pratique du judaïsme ancien qui n'a plus lieu depuis longtemps, mais le sacrifice humain est barbare et formellement interdit dans nos textes. On le considère comme l'un des péchés les plus graves. Lisez l'Ancien Testament, l'Exode 34,15 ou encore le Lévitique 20,2.

— Je ne l'ignore point, mais on dit que les juifs font couler le sang des enfants chrétiens.

— Ce sont des récits imaginaires, tout le monde sait qu'il nous est interdit de consommer du sang. Nous ne supportons pas de le voir ni de le toucher. Nous laissons tremper la viande dans du sel et la rinçons pendant des heures. Nous avons une sainte horreur du sang qui symbolise la mort et la violence. Ainsi il est écrit dans notre Décalogue : « *Tu ne tueras point !* »

— J'entends tout cela, sire Vives, vous savez que vous n'avez pas à me convaincre. Cependant, je viens de voir l'homme qui s'occupe du respect de la loi et des sanctions prises contre les meurtriers et les brigands, le prévôt des marchands, Évrard de Valenciennes, qui a accouru dans votre quartier dès l'annonce de ce meurtre. À se demander si quelqu'un ne l'avait pas prévenu. C'est lui qui s'est chargé de l'affaire. Il est assisté par quatre échevins et par des clercs spéciaux qui veillent à l'expédition et à la consignation des actions entreprises.

— Bien, dit mon maître, et que dit-il ?

— Son enquête se dirige vers votre communauté. Quelque chose se prépare contre vous et je tenais à vous en avertir au plus vite.

L'homme se tut. Il semblait hésiter à parler.

— On ne doit pas savoir que je suis ici, ajouta-t-il.

— Bien entendu, murmura sire Vives.

Je me rapprochai pour entendre la suite de la conversation :

— Rien de ce que vous dites ne sortira de cette maison. Vous le savez, nous n'avons que peu de liens avec l'extérieur.

— Je viens de voir le cardinal-légat Eudes de Châteauroux à la cour du roi.

— J'ai entendu parler de lui, dit mon maître.

— Il est le chancelier de l'université. C'est un proche de Louis. Il prêche pour les croisades et il incite Louis à y participer. C'est un missionnaire. Ensemble, ils ont évoqué le meurtre de l'enfant trouvé dans votre quartier.

— Que disent-ils ?

— Eudes de Châteauroux vous accuse de ce crime.

— Évidemment ! ne put s'empêcher de s'exclamer sire Vives. On nous accuse depuis toujours. Même d'avoir tué le Christ et d'être le peuple déicide !

— Oh, ce n'est pas tout, murmura l'homme. Je pressens qu'il y a quelque enjeu là-dessous, peut-être financier. Cela arrange Louis de penser que vous êtes coupables. On vous reproche aussi l'usure, et votre rapport à l'argent. Notre roi se considère comme le moralisateur de l'usure juive. L'argent des juifs le préoccupe autant que son grand-père Philippe Auguste et son père Louis VIII.

— Je sais, dit sire Vives. Hélas. Dans le royaume, ils envoient des soldats pour enfermer les juifs le samedi dans la synagogue lorsqu'ils y sont rassemblés et pendant ce temps ils se rendent dans leurs maisons afin de les dépouiller et de leur prendre ce qu'ils appellent les *captiones*.

— Vous êtes considérés comme des serfs, le roi ne tolère pas que les seigneuries soient des refuges pour vous. Il vous fait taxer pour financer la croisade, durant laquelle, comble de l'horreur, il tue les juifs. En même temps, il condamne l'usure juive et la confisque pour la restituer aux débiteurs chrétiens.

— Nous sommes pauvres et nous ne possédons aucun bien, dit mon maître. Nous vivons ici avec l'argent de la communauté, sans jamais rien demander au roi.

— Peu importe les riches, les pauvres. Le roi désire purifier son royaume : c'est le mot qu'il utilise. Il cristallise la haine sur vous. Sa mère Blanche de Castille lui a donné une éducation très rigoureuse. Elle est la fille d'Alphonse VIII de Castille et d'Aliénor d'Angleterre, la petite-fille d'Aliénor d'Aquitaine, qui a organisé son mariage avec le prince Louis, fils de Philippe Auguste. Elle a élevé et éduqué ses enfants d'une main de fer, dans la plus stricte dévotion chrétienne, et elle a fait de son fils un chrétien fervent jusqu'à l'extrême ! Il est en train de construire une chapelle, pour lui et sa famille, et il ne parle que de croisade. Le problème, c'est qu'il est entouré de moines provenant d'ordres mendiants qui détestent les juifs. Et Eudes de Châteauroux a juré votre soumission, je vous le dis. Jusqu'à une certaine époque, il affirmait qu'il fallait convertir par la parole et non par la force. Mais avec l'évêque de Paris, Guillaume d'Auvergne, ils s'occupent désormais de condamner les erreurs dogmatiques et, depuis peu, ils ont durci le ton.

» Dans son sermon contre les Albigeois, il dit qu'il faut détruire les hérétiques par tous les moyens : "*Et rogemus Dominum Ihesum Christum ut destruat hereses.*" Il cite Isaïe qui critique le peuple juif dans ses prophéties, mais il détourne le sens initial. Auprès des étudiants, Châteauroux fait l'éloge des martyrs qui partent en croisade contre les juifs et les mahométans : les croisés, pour lui, lorsqu'ils massacrent les populations sur leur passage, sont des bergers qui protègent leur troupeau, afin de les sauver de l'enfer certain qui les attend. Il reprend en cela l'idée de saint Augustin et de la violence charitable. Lui et Guillaume d'Auvergne sont également influencés par le théologien Pierre de Montboissier, plus connu sous le nom de Pierre le Vénérable.

— Pierre le Vénérable, murmura le maître. Je connais ses écrits contre les juifs. Il nous a fait un tort considérable.

— L'homme s'est beaucoup intéressé aux autres religions, c'est lui qui a fait traduire le Coran en latin, sous le nom de *Lex Mahumet pseudoprophete.* Il suit la règle de saint Benoît contre Bernard de Clairvaux. Il a accueilli Pierre Abélard, lorsque celui-ci a été déclaré hérétique, et à sa mort, il a remis son corps à Héloïse, après l'avoir absous de tout péché. Hélas ! Il n'a pas fait état de tant d'humanité en ce qui vous concerne : il est surtout le théologien le plus radicalement opposé aux juifs, comme en témoigne son fameux livre, *Contre l'obstination invétérée des juifs*. Dans cet ouvrage, il dit que vous vous êtes trompés et que vous persistez dans votre erreur. Il affirme que vous êtes sourds, aveugles, pétrifiés comme les statues représentant la synagogue aux yeux bandés qu'érigent les sculpteurs, à côté de l'Église triomphante. Ce qui est étonnant, c'est qu'il cite nombre d'écrits talmudiques. Ce qui montre qu'il est fort bien renseigné. Mais par qui ?

— Malheureusement, dit sire Vives, nous avons au sein de notre peuple des juifs qui ne se rendent pas compte du tort qu'ils nous causent. Ils croient lutter contre le Talmud et ils sont en train de détruire notre existence même !

— Méfiez-vous, sire Vives, les ennemis sont même chez vous, dans vos écoles. Ils sont les espions d'Eudes de Châteauroux et de Guillaume d'Auvergne qui forment le clan augustinien, en faveur de la seule religion chrétienne, contre toutes les autres doctrines, qu'ils considèrent comme déviantes.

— Une religion chrétienne dogmatique, dit sire Vives. C'est pourquoi ils combattent ceux qu'ils pensent être leurs ennemis théologiques.

— C'est la raison pour laquelle ils s'intéressent à vous.

— Cependant, pourquoi des hommes aussi ambitieux qu'Eudes de Châteauroux et Guillaume d'Auvergne perdent-ils leur temps à lutter contre une minorité fragile, considérée par eux-mêmes comme faible et inapte à la vérité ?

— La réponse se situe dans le livre intitulé *Contra Faustum Manichaeum*. Saint Augustin y affirme que les juifs sont des témoins, c'est pourquoi ils ne doivent pas être pourchassés. Il pense que vous avez une place au sein même de la chrétienté, car votre Torah prépare l'avènement du christianisme.

— Et vous y croyez, vous, cher ami ?

Il y eut un silence.

— Hélas ! Toute la théologie chrétienne repose sur ce fondement. Les juifs seraient en quelque sorte les vestiges vivants du peuple élu : grâce à eux est né le christianisme, dans ce qu'on appelle la Nouvelle Alliance. Vos ennemis tiennent ce discours : Voici une nation qui est la plus dispersée du monde et qui se réunit partout, qui n'obéit pas à nos lois, et ses statuts et préceptes sont différents de ceux des autres. Il faut mettre fin à cela, et décréter que ceux qui n'agissent pas conformément à nos lois mourront. Pourquoi le judaïsme continue-t-il d'exister puisque le christianisme a accompli toutes ses promesses ?

— En somme, c'est vous ou nous. N'est-ce pas ce que vous êtes en train de me faire comprendre ?

— Je vous le dis, sire Vives, la situation est devenue trop dangereuse. Il y a quatre ans à peine, les croisés ont massacré des juifs en Bretagne, en Anjou et dans le Poitou, hommes, femmes, enfants, passés au fil de l'épée ou piétinés par leurs chevaux. Ce fut tellement atroce que le concile de Tours a interdit aux chrétiens de tuer les juifs et que les croisés qui bravaient cet interdit furent privés de leur statut par la justice ecclésiastique et punis par la loi. Néanmoins, Jean Ier le Roux, duc de Bretagne, a ordonné l'expulsion des juifs du duché. Et les massacres populaires continuent, dans tout le royaume. Hélas ! Ceci n'est que le début d'un cataclysme. Je sais qu'ils préparent une action d'envergure. Louis pourrait vous chasser de France comme l'a fait son père ou, pire, vous massacrer avant cela ! Vous le savez, en tant que juifs, vous êtes la propriété du roi ou du seigneur duquel vous dépendez.

L'homme disait vrai.

Cela pouvait survenir n'importe où, n'importe quand, sous n'importe quel prétexte. Les croisés pillaient et massacraient les juifs dans les villages qu'ils traversaient, de Bourges à Bordeaux, semant la peur, l'horreur et la dévastation sur leur passage. Philippe Auguste n'avait-il pas arrêté et incarcéré au Châtelet à Paris un groupe de quatorze juifs normands, avec trente-cinq autres juifs de la région ?

— J'ai déjà fui, répondit sire Vives. J'étais un enfant, lorsque Philippe Auguste promulgua son édit d'expulsion des juifs. Nous vivions à Meaux avec mes parents, mes frères et mes sœurs. Lorsque l'édit fut publié, nous n'eûmes pas beaucoup de temps pour prendre nos affaires et pour partir. Ma mère avait un bébé qu'elle allaitait encore. Nous avons tout laissé, notre maison, nos meubles, nos livres, nous avons entassé quelques vêtements et de la nourriture dans une charrette, où s'amoncelaient déjà les paquets des autres familles, surmontés d'une flopée d'enfants en bas âge, et nous avons tout quitté. Notre maison, notre quartier, notre ville, notre pays. Nous ne pouvions pas faire autrement : il y avait déjà eu de nombreuses arrestations, nous avions peur d'être pris et brûlés comme nos frères. Des officiers du roi étaient entrés en plein office à la synagogue pour nous dépouiller de tout, de l'or que nous gardions, de notre argent et de nos vêtements. Certains qui furent emprisonnés durent payer une forte rançon pour retrouver la liberté. Le roi avait annulé toutes les dettes contractées envers les juifs, et il se fit verser une partie du montant. Après notre départ, nos synagogues furent saisies, transformées en églises. Nos biens devinrent la propriété du roi, ou alors ils furent loués à des pelletiers, des drapiers et des orfèvres, nos maisons furent confisquées et démolies pour dégager des terrains sans frais afin de construire un marché ouvert dans le quartier juif. On nous imposa les sacrements chrétiens. Que d'hommes et de femmes ont refusé ! Combien ont préféré s'immoler plutôt que de recevoir le baptême ! Combien sont allés jusqu'à se suicider ou à tuer leurs propres enfants pour leur éviter la conversion forcée ! Dans certains villages, un homme était nommé pour égorger des centaines de personnes, hommes, femmes et enfants, avant de se donner la mort.

» Nous avons décidé de survivre. Nous avons pris la route, avec notre famille, nos amis ; femmes, enfants, bébés portés dans les bras, certains à cheval ou dans leurs charrettes, mais la plupart à pied. Nous nous arrêtions dans les villages et demandions un verre de lait et du fromage aux paysans ; ils n'avaient jamais vu de juifs, ils ne comprenaient pas pourquoi nous étions ainsi pourchassés, ni quelle était la raison de cet exode. Notre chemin nous a conduits en Allemagne, à Ratisbonne, où, nous a-t-on dit, se trouvait un grand homme, le rabbin Judah Ben Samuel. Ce fut auprès de lui que j'appris le Talmud. Il m'apprit à développer mes dons de voyance, ayant fait lui-même des prédictions. Concernant Jérusalem, il dit ceci : "Lorsque les Ottomans conquerront la ville sainte, ils régneront sur elle pendant huit jubilés. Ensuite, Jérusalem deviendra la terre interdite pendant un jubilé, puis, pendant le neuvième jubilé, la ville sera de nouveau la possession de la nation juive, ce qui signifiera le début des temps messianiques." Puisse-t-il dire vrai ! Nous aurions alors un espoir de voir des jours meilleurs !

— Pourquoi ne pas être restés en Allemagne ?

— Philippe Auguste a compris qu'il ne pouvait pas se passer des juifs, qui jouaient un rôle économique important pour le royaume. Il nous a rappelés en 1198.

— Et vous avez pardonné ?

— Et nous sommes revenus.

— Pourquoi ?

— En Allemagne, ce n'était pas mieux. Les juifs étaient redevables de 38 impôts spéciaux. Il y avait un impôt pour naître, pour mourir, pour porter une kippa, se marier. Et les persécutions étaient telles que les suicides collectifs ou familiaux étaient fréquents. La France était notre pays ! Nous y étions nés, nos parents, les parents de nos parents. C'était notre langue, notre culture, notre façon de penser et notre façon d'être. Nous avons convaincu le Rabbi Judah Ben Samuel de venir avec nous. Il a pris la tête de la maison d'études de Paris où se trouvaient trois cents étudiants, et je devins son disciple, bientôt son successeur. Et à présent, nous voici encore menacés. Nous ne sommes pas seuls. Nous avons ici toute notre communauté. Et tant qu'il y aura de l'espoir, je resterai.

— Au péril de votre vie ?

— Sous l'interdiction romaine, au mépris du danger, les rabbins continuèrent d'enseigner à leurs élèves, dans le secret, parfois dans les flammes et sous la torture, ils devinrent des martyrs. Rien n'était plus important pour eux. Et ils donnèrent leur vie pour la sanctification du nom divin. Et ils moururent en récitant le verset « *Écoute Israël, l'Éternel est notre Dieu, l'Éternel est un* ». Et vers l'an 400, ils décidèrent de mettre leurs paroles par écrit, de peur qu'elles ne se perdent. Ce fut ainsi que naquit le Talmud.

— Nous sommes entrés dans une époque terrible, reprit le mystérieux individu. Louis est un esprit pratique. S'il le peut, il se servira de ce meurtre contre vous, pour poursuivre sa politique d'unification et de purification du royaume. Il a étendu l'influence de l'Église sur les seigneurs et sur la société séculière. N'oubliez pas que le pape a excommunié le puissant roi Philippe Auguste à cause d'un divorce, et ce faisant, il a en quelque sorte mis au ban le royaume de France puisque tous les sujets sont privés du saint sacrement. Louis veut rattraper cette faute et se rapprocher du Saint-Siège. Il souhaite gagner ses bonnes grâces pour rétablir le pays dans la chrétienté. C'est la raison pour laquelle il se montre avant tout un bon chrétien. Et un bon chrétien doit pourfendre les hérétiques.

— Ce qui signifie, pour nous les juifs ? demanda mon maître.

— Jusqu'ici, vous pouviez étudier, mais à présent… il vous faudra être discrets et vous cacher afin de perpétuer votre tradition. Et pour ce qui est du crime survenu dans votre rue, je ne doute pas qu'il s'agit d'un complot destiné à vous chasser d'ici, ou pire ! À vous arrêter, vous et vos disciples. Je vous en conjure, sire Vives, fuyez ! Partez ! Partez dès demain, si vous voulez mon conseil. Ne restez pas ici ! Vos jours sont en danger !

3

— Éliézer, me dit mon maître, il vient de se produire une chose très grave. Cet enfant trouvé dans un linge, marqué d'un signe juif, nous désigne comme coupables d'un crime rituel. Une question nous est posée, ou plutôt proposée, et il va falloir y répondre. Pour cela, nous avons un indice : nous allons tenter de comprendre pour quelle raison ce traité a été choisi entre tous, ajouta-t-il en me désignant le passage du Talmud qu'il avait ouvert avant d'être interrompu par son étrange visiteur. Bien sûr, ce n'est pas un hasard si « Yoma, 37b » a été inscrit sur ce lange. Ce lange devenu un linceul. Le meurtrier, ou en tout cas la personne qui a écrit ces signes, a désiré nous transmettre un message. À nous, talmudistes, de savoir le déchiffrer !

» Cette page, comme tu le sais, évoque la fête de Kippour. À la différence des autres fêtes qui commémorent des événements historiques, Kippour est un jour de jeûne, de confession et de pardon. C'est à ce moment que Moïse reparut au pied du mont Sinaï avec les nouvelles tables de la Loi, après que Dieu eut accordé le pardon pour la faute du veau d'or. Nous ne pratiquons plus les rituels qui se déroulaient dans le Temple. Ils sont impossibles maintenant. Mais nous gardons le mérite de l'étude, et ces lois antiques cachent des significations profondes pour nous aujourd'hui. Comme celui du bouc émissaire.

Sire Vives se leva et prit un manuscrit hébraïque de la Bible, qu'il ouvrit et qu'il déposa sur le Talmud.

— Il y a tant d'imperfections dans le monde, soupira-t-il. Le mal, la souffrance, mais aussi la faute, que l'homme ajoute au mal existant par méchanceté, par démission, ou par inadvertance parfois. Et enfin, le troisième type de mal : le fait de ne pas se sentir responsable de l'imperfection du monde.

» Éliézer, te souviens-tu de ce que la Bible nous dit à ce sujet ? "*Le Grand Prêtre prendra deux boucs pour expier les fautes…Il les fera tenir devant le Seigneur, à l'entrée de la Tente d'Assignation. Il placera sur les deux boucs des sorts, un pour le Seigneur et un pour Azazel. Aaron approchera le bouc sur lequel est placé le sort pour le Seigneur et il en fera un expiatoire. Le bouc sur lequel se trouve le sort pour Azazel se tiendra vivant devant le Seigneur pour faire propitiation sur lui, avant qu'on ne l'envoie à Azazel vers le désert. Aaron appuiera ses deux mains sur la tête du bouc vivant, il confessera sur lui tous les crimes des fils d'Israël… Il les mettra sur la tête du bouc et il l'enverra par la main d'un homme vers le désert.*"

Puis sire Vives laissa la Torah ouverte et reprit la lecture de la page du Talmud que je connaissais déjà :

— Le commandement qui se rapporte aux deux boucs le jour de Kippour exige qu'ils soient de même aspect, de même taille, de même prix et achetés en même temps chez le même marchand. Ils doivent être semblables, au point qu'on ne puisse les distinguer l'un de l'autre.

— Nous avons déjà vu cela, Maître, en effet, dis-je. Mais vous ne nous avez pas expliqué pourquoi ils doivent être semblables.

Le maître me regarda avec intensité. Pour quelle raison avait-il choisi d'étudier cette page seulement avec moi ? Que voulait-il me dire ?

— Si on les prenait différents de taille, de couleur de laine ou de prix, ou même chez des marchands différents, on introduirait un critère de valeur et de différence entre les deux. On conclurait qu'il faut réserver à Dieu le meilleur bouc et renvoyer au désert celui de moindre valeur. Les maîtres du Talmud préfèrent s'en remettre au hasard.

— Est-ce à dire, Maître, que le bouc émissaire, justement, ne doit pas être choisi ?

— En effet, c'est essentiel. Il y a un bouc pour expier les fautes individuelles et un bouc pour expier le mal intrinsèque au monde. Mais le bouc à envoyer au désert n'est pas immolé.

» On attend simplement de lui qu'il porte les fautes au désert, loin de toute habitation.

— Voulez-vous dire que tout se passe comme si on voulait se débarrasser du mal en l'éloignant de soi ?

— Le Grand Prêtre signifie au peuple que ses fautes sont pardonnées et éloignées de sa conscience. Il n'enlève pas la faute, Éliézer. Il enlève la *culpabilité*.

— Cela signifie-t-il que cet enfant trouvé mort dans son linge serait comme le bouc émissaire ?

— Ou plutôt, comme le bouc *sacrifié*, murmura sire Vives, l'air pensif.

— Un sacrifice rituel ? m'écriai-je. Mais c'est impossible ! Pas nous ! C'est ce qu'ils pensent.

— C'est ce qu'ils veulent faire croire, dit sire Vives. Je les ai vus tout à l'heure. Ils sont remplis de haine.

— Comment ne pas l'être ? Un enfant dont le sang est répandu est un agneau sans défaut. S'ils pensent que nous sommes coupables, nous le serons collectivement, comme lorsqu'ils nous accusent d'avoir tué le Christ, qui est souvent représenté en nouveau-né.

— Sais-tu, Éliézer, ce que l'on rapporte au sujet de l'été 1171 ? Notre communauté en garde encore le souvenir douloureux. C'était à Blois : un serviteur chrétien d'une famille juive avait prétendu avoir vu un homme juif jeter le corps d'un enfant dans la Loire. On ne retrouva jamais de cadavre, mais les juifs de la ville furent mis en prison. D'autres se suicidèrent pour éviter le baptême. Et le 20 du mois de Sivan, trente-huit juifs, dont dix-sept femmes, furent brûlés sur la place de la ville.

» Après, il y eut d'autres accusations, à Pontoise, à Joinville et à Loches. Plutôt que d'être pris ou massacrés, des hommes et des femmes firent le choix du suicide, individuel ou collectif. Et, le plus terrible, pour éviter que leurs enfants ne fussent pris et baptisés, certains préférèrent les tuer de leurs propres mains.

— Maître, dis-je, est-ce à dire que nous sommes en quelque sorte le bouc émissaire des chrétiens de ce pays ?

— Peut-être le meurtrier veut-il le faire croire. Ou peut-être veut-il nous transmettre un autre message.

— Lequel, Maître ?

— Eh bien, ne vois-tu pas l'inscription dans la marge de notre manuscrit ?

Je considérai la page que mon maître m'indiquait et je remarquai dans la marge l'inscription « Sotah 2a ». Sotah, le traité sur la femme soupçonnée d'adultère.

— C'est peut-être un hasard, dit mon maître. Et c'est peut-être une indication précieuse.

— Que dirait-elle, Maître ?

— À toi de le trouver.

— Quel est le lien entre le bouc émissaire et la femme soupçonnée d'adultère ?

Je frissonnai. J'avais peur, peur pour eux, peur pour nous, peur pour moi.

— C'est ce que nous allons découvrir, dit sire Vives. Nous allons mener notre propre enquête, afin de prouver que nous n'avons pas tué cet enfant.

— Une contre-enquête, en somme. Comment allons-nous procéder ?

— Tu vas m'aider. Moi je resterai ici, et je réfléchirai. Et toi qui es fort et aguerri, tu seras mes yeux et mes jambes.

— Moi ? m'écriai-je.

Je vacillai. Pourquoi le maître suggérait-il que je l'aide ? Pourquoi pas les autres ? En quoi pouvais-je lui être utile ?

— Pourquoi moi ? Je ne suis pas aussi savant que Joseph, qui connaît tous les textes par cœur et qui est capable de réciter une page du Talmud si on l'ouvre au hasard devant lui. Ni débrouillard comme Samuel, ni rigoureux comme notre instructeur Ézéchiel…

— Toi, Éliézer. D'intelligence, tu n'en manques

pas. Je t'ai bien observé, et écouté, et je sais que tes raisonnements sont puissants. Tu réussis à dénouer des problèmes que peu de gens arrivent à comprendre. Et par ton histoire, tu as été confronté au monde chrétien, car il semble bien que tu l'aies connu de l'intérieur, n'est-ce pas ?

J'acquiesçai d'un mouvement de tête.

Mes souvenirs sont flous, de ce jour fatidique où mon existence a basculé. Aujourd'hui encore, je ne peux l'évoquer sans que mes mains tremblent et que mon cœur se soulève. Comment oublier ? Des pensées sombres envahissent mon esprit, comme chaque fois que je me réveille au milieu de la nuit avec ce cauchemar atroce. *Une cavalcade, des bruits de pas, une clameur qui monte. On me prend, on me met dans une charrette avec d'autres personnes, nous allons être brûlés sur la place publique. J'entends comme une prière, qui vient de loin. Je suis avec eux, ma famille, mes parents et mes petits frères, et la terreur me gagne.*

Mais mon maître m'évita d'en dire davantage d'un signe de la main et il reprit :

— De plus, tu es fort, à l'inverse de tous les étudiants d'ici, qui ne font jamais d'exercice. Je t'ai aperçu dans la petite cour intérieure, le matin, lorsqu'il n'y a encore personne, ou même dans le champ d'à côté, n'est-ce pas ? Je te vois faire d'étranges mouvements.

— Parfois, l'exercice me manque. Nous étudions toute la journée, du matin au soir. Nous vivons la tête penchée sur nos livres, et je ressens le besoin de l'action physique au milieu de cette vie vouée à l'étude.

— Je sais que tu es capable de te battre. Ce qui nous sera d'une aide précieuse, étant donné les circonstances.

— Mais, Rabbi, une enquête de cette importance, en serai-je capable ?

De nouveau, il plongea son regard dans le mien. Son beau regard clair, si puissamment intelligent et compatissant.

— As-tu vraiment le choix ? Tu ne peux qu'accepter. Pour sauver ta communauté de la terreur, et d'une mort violente, qui sera aussi la tienne si tu n'agis pas. Ne crois pas que tu seras épargné ! Nous serons tous victimes d'une terrible vindicte. La situation est grave pour chacun d'entre nous, Éliézer.

Sire Vives me considéra avec une telle intensité que j'en eus le vertige et mon cœur se mit à battre précipitamment.

— Et chacun doit faire ce qui est en son pouvoir pour sauver notre communauté.

4

Je restai un instant perplexe dans la salle d'études, incapable d'agir, pris d'une angoisse indicible.

L'énigme qui était posée là était la plus difficile sans doute de toute la carrière de notre Rabbi qui s'était pourtant penché sur les mystères les plus profonds et les plus insolubles de la vie. Cette inscription sur le linge désignait évidemment les juifs comme coupables, et plus particulièrement les talmudistes, qui seuls étaient capables de connaître cette référence. Mais pour quelle raison notre maître m'avait-il choisi, entre tous, pour l'assister dans cette tâche immense ? Comment, dans sa clairvoyance, avait-il pressenti que j'allais pouvoir l'aider plus que tout autre ?

Sans que je le lui aie jamais avoué, je suis certain qu'il avait fini par comprendre d'où je venais. Que mon histoire m'avait égaré si loin de mes origines que j'avais failli me perdre, avant de me retrouver et de savoir qui j'étais.

Je viens d'un petit village du nom de Bernay. Nous habitions la juiverie, dans une maison de bois, sous un toit de chaume. La rue était occupée par des couturiers et des tailleurs, et de nombreux mendiants. Je me souviens d'une vieille femme édentée encore plus démunie que nous. Elle vivait à même le pavé, sur un paquet de vieux linges. Nous lui apportions des fruits et des légumes, ainsi que du pain et de l'huile pour le chabbat et pour les fêtes. Ma famille paternelle est sans doute arrivée quand les Romains ont colonisé la France, venant de la terre des juifs où ils officiaient en tant que Cohen, où ils s'occupaient du Temple et bénissaient le peuple. Il fut une époque en terre de France où les juifs vivaient en paix. Ils étaient cultivateurs, vignerons, meuniers, poissonniers, marchands, mais aussi prêteurs et financiers, médecins, copistes. La plupart étaient pauvres, d'autres plus riches, propriétaires de domaines ou de maisons. Nous habitions dans la rue des juifs, où se trouvaient nos commerces, notre synagogue, notre maison d'études et nos petites masures, reconnaissables par la mezouzah accrochée au linteau de nos portes, dans laquelle était dissimulé un bout de parchemin sur lequel était inscrit le texte sacré du « Chema Israël », notre profession de foi : « *Écoute Israël, l'Éternel est notre Dieu, l'Éternel est un.* » Elle nous rappelait la différence entre l'espace public et l'espace privé.

J'ai commencé à apprendre la Torah à l'âge de trois ans. C'était juste après qu'on m'eut coupé les cheveux, ce qui marquait mon entrée dans l'âge de l'enfance. La Torah compare l'homme à l'arbre, qui a besoin de chaleur pour vivre, de terre, d'eau et d'air. Comme l'arbre dont le fruit ne peut être consommé durant ses trois premières années, l'homme doit attendre trois ans avant d'être instruit. Mais, à sa différence, ses racines sont dans le ciel. Comme j'étais le premier-né de la famille, mon père me consacra à l'étude. On plaça un codex du Pentateuque sur ma tête, ensuite le rabbin prononça une prière. Cette cérémonie fut suivie par une fête donnée par mes parents. Ma mère pleurait en me tenant dans ses bras. Nous ne devions plus nous voir qu'une fois par semaine, lors du chabbat. C'est à cette époque sans doute que j'ai commencé à apprécier le jour du repos. En poussant la porte de la maison de mes parents, je parvenais à un état de bonheur pur, sans mélange et serein.

Tout cet apprentissage n'était qu'une préparation à l'étude véritable, celle du livre que nous n'allions aborder qu'après avoir été longuement formés, et dont la lecture se méritait, au bout d'années et d'années d'efforts quotidiens, de mémorisation, de punitions, de cris et de douleur : le Talmud. Lorsque j'atteignis l'âge de dix ans, mon professeur prit un des manuscrits qui occupaient tout un rayonnage de la bibliothèque. Il s'agissait du traité Berakhot, *Les prières*.

Comment comprendre quoi que ce soit dans ce livre ? Sans ponctuation, sans paragraphes, un flux de texte qu'il fallait d'abord décrypter, avant même de tenter d'en saisir la signification. Je me disais que je n'y arriverais jamais, qu'il me faudrait des décennies avant de percer ses mystères. Que j'entrais dans un monde secret, impénétrable, et que toute une vie serait nécessaire pour commencer à en lever le voile. Hélas, mon initiation fut brutalement interrompue au moment même où je la commençais par un événement si singulier et si terrible que je ne peux l'évoquer sans que ma plume et mon cœur se mettent à trembler si fortement que je ne puis en révéler davantage en cet instant où j'écris.

Je ne devais croiser la voie du Talmud que bien plus tard, lorsque, jeune homme, après le drame, je me rendis à Paris et que je commençai une vie d'errance. J'y fis des bonnes et des mauvaises rencontres, jusqu'au moment où mes pas me guidèrent vers le quartier juif. Je frappai à la porte d'une maison qui me parut sublime, et c'est ainsi que je fus recueilli par sire Vives et que l'étude reprit son cours, après des années d'interruption. Sans me poser de questions, sire Vives m'offrit le gîte et le couvert. C'est ainsi que je rejoignis le groupe des perushim. Le mot vient de *parash*, qui signifie « séparé », c'est-à-dire séparé du péché, de l'impureté, des autres, et également de l'hébreu *pérush*, « pharisien », d'après la secte qui existait aux temps antiques. Ainsi est nommée la confrérie de ceux qui vouent leur vie à l'étude, que j'eus l'honneur et le privilège de rejoindre, après que mon maître m'eut choisi. En découvrant l'univers du Talmud, j'eus le sentiment d'être de retour chez moi, dans ce moi profond, caché sous d'autres strates et les vicissitudes de la vie. Je me sentais bien chez les perushim qui étaient devenus ma famille, la seule désormais. J'y découvris une forme de réflexion qui me séduisit par son exigence. Le Talmud me tenait éveillé la nuit, taraudé par une idée, un problème que je ne parvenais à résoudre qu'au petit matin. Il me faisait rencontrer des maîtres, morts et vivants, qui m'ouvraient à des pensées insondables, me permettaient de comprendre le monde et d'approcher non pas la vérité, mais au contraire l'infini des possibles. Ainsi je trouvai mon équilibre, et je me libérai de ma peur, de mes angoisses et des fantômes de mon passé.

Je tressaillis en entendant à nouveau une rumeur inquiétante monter de la rue, et je regardai par la meurtrière. Des agents du roi se trouvaient devant la synagogue, ils interrogeaient les fidèles qui en sortaient. Un attroupement s'était formé autour d'eux, de badauds et de curieux qui venaient aux nouvelles. Des femmes, les bras chargés de victuailles, s'étaient arrêtées en chemin pour écouter. Des hommes bousculaient les étudiants sortis du Beth Hamidrash. Des enfants en guenilles couraient autour d'eux. On entendait des cris, des vociférations. Mes mains tremblaient. Souvent, je me disais que ces mains de guerrier ne ressemblaient pas à celles de mes camarades aux longs doigts fins.

Dans la rue, un homme arriva à cheval. C'était Évrard de Valenciennes, le prévôt. Qu'allait-il advenir des fidèles de la synagogue ? Ces gens qui nous guettaient étaient-ils prêts, déjà, à nous tuer ? Et que pouvais-je faire pour arrêter cette effroyable perspective, moi qui n'étais rien ?

Soudain, je la vis. Elle qui ne sortait jamais dans la journée, qui restait cachée chez elle, à l'abri. Vêtue d'une longue houppelande de couleur sombre, la tête et les cheveux recouverts d'une coiffe avec un voile, elle parlait avec l'un des gardes du prévôt. Je considérai son visage aux traits réguliers, sa bouche, ses yeux immenses. Elle s'exprimait avec vivacité, comme si elle se défendait. Je sursautai en voyant qu'Évrard de Valenciennes s'arrêtait pour parler avec elle.

Déborah était en cet instant juste en bas de chez

moi, et j'en étais aussi bouleversé que lorsque je l'avais aperçue pour la première fois. Depuis le jour où je l'avais rencontrée, lorsque j'étais arrivé à Paris, rue de la Tacherie, je ne cessais de penser à elle. En croisant son regard à la synagogue, je m'étais mis à frissonner et, immédiatement, je m'étais dit : voici ma femme, conscient d'être en face de la personne la plus importante de mon existence et même, de jouer en cet instant ma vie et mon bonheur. Elle avait alors dix-huit ans, les cheveux longs, presque noirs, les yeux verts et une expression d'infinie douceur sur le visage. Elle me regarda d'une façon étrange, et je sentis qu'il se passait quelque chose entre nous. Combien de fois me suis-je repenti depuis de ne pas lui avoir demandé sa main, sans réfléchir, et de ne pas avoir profité de ce moment de grâce pour l'emmener loin, afin de vivre avec elle et d'avoir des enfants. Au lieu de cela, je restai silencieux. J'étais un orphelin sans argent, sans profession, juste un étudiant, ignorant encore, né dans une famille pauvre même si elle était issue de l'illustre lignée des Cohen, j'étais en errance, recueilli par notre maître, comment aurais-je pu prétendre à la main d'une fille de rabbin, talmudiste lui aussi ?

Je poussai un soupir de soulagement. Le prévôt, après l'avoir entendue, avait laissé Déborah partir. Elle se dirigea vers le mikvé, le bain rituel attenant à la synagogue. Les gardes et le prévôt s'en allèrent, et la rue devint déserte. Les étudiants avaient regagné le Beth Hamidrash, mais la maison d'études était silencieuse. Le grand capharnaüm habituel rempli de rires et de blagues s'était calmé, les élèves, qui d'ordinaire parlaient entre eux jusqu'à s'affronter, crier ou même se disputer violemment autour d'une idée, d'une interprétation ou d'une théorie, s'étaient mis à chuchoter à cause de la tension qui régnait depuis l'événement.

Je me posais mille et une questions. Qu'est-ce que le prévôt avait demandé à Déborah ? Et qui était ce personnage important à la Cour assez charitable pour prévenir mon maître du danger qui nous guettait, pour quelle raison prenait-il le risque de tenter de nous sauver ? Pourquoi donc mon maître me demandait-il de l'aider dans cette contre-enquête, qui s'avérait aussi périlleuse que nécessaire à la survie de notre communauté ?

Je restai un instant perplexe, sans savoir que faire. Sur les murs de la salle d'études, les élèves avaient gravé leur nom et des lettres qui formaient des messages secrets. Un soir, sans que personne nous vît, nous avions inscrit les nôtres derrière une armoire à côté de la phrase qui exprimait notre credo : « *La Torah de Dieu existe à jamais.* »

Notre école était régie par des lois définies selon des critères bien précis. Les Cohen et les Lévi devaient consacrer au moins l'un de leurs fils à l'étude. Les perushim ne la quittaient pas pendant sept ans. Nous mangions et nous dormions à l'école. Nous évitions de prononcer des mots superflus ou inutiles. Nous restions célibataires pendant le temps de notre apprentissage. Tous les juifs payaient une taxe de douze sous pour les étudiants, maîtres et traducteurs, ainsi que pour acheter des livres. Les professeurs ne prenaient pas plus de dix personnes par classe. Ils les instruisaient à partir des textes seulement. Ceux qui étaient écrits en araméen étaient traduits en langage vernaculaire. Les instructeurs entraînaient les jeunes à revoir leurs leçons et à se poser des questions dans la soirée à propos des sujets abordés durant la journée. Chaque vendredi, une récapitulation du travail de la semaine et de la semaine passée était effectuée. Et chaque nouvelle lune, les leçons des précédents mois étaient révisées. Les maîtres donnaient leurs cours pendant l'hiver, d'octobre à mars, pendant un quart de la nuit, et chacun d'entre nous apportait un peu d'argent pour payer la lumière durant cette période. Les instructeurs ne s'engageaient ni dans un travail physique ni dans l'écriture pendant la période de leur service. De plus, des inspecteurs ou des gardes avaient pour mission de s'assurer qu'ils enseignaient et se comportaient correctement vis-à-vis des élèves.

Un surveillant était en charge du respect des lois et du bon fonctionnement de tout. Si nous quittions la maison d'études, nous étions passibles d'une amende ou d'une punition. Les élèves turbulents ou ceux qui ne montraient pas d'excellentes capacités étaient renvoyés durant la période probatoire. Les plus pauvres, comme moi, recevaient une bourse attribuée par l'école, grâce aux dons des fidèles. On ne nous demandait pas de savoir les textes par cœur mais nous apprenions à les étudier à partir de la traduction précise de l'instructeur. Les livres araméens étaient ainsi traduits en français jusqu'à ce que nous puissions maîtriser correctement la langue du Talmud et que nous soyons capables de réfléchir sur les textes plutôt que de nous arrêter à la définition des mots. Les maîtres nous poussaient à nous questionner sur les sujets abordés.

Pour moi, c'était la découverte d'un monde nouveau. Quelque part sur la terre, des gens étudiaient. Jour et nuit, ils discutaient, disputaient des textes de la Torah. Ils contestaient, posaient des questions, tentaient de pousser plus loin la réflexion pour comprendre intimement les mystères du monde. Mais jamais, jamais ils ne trouvaient de réponse et leur insatiable soif de connaissances était comme une recherche permanente qui se creusait à mesure qu'elle s'approfondissait. Ainsi il existait sur la terre des personnes qui vouaient leur vie à l'étude et ne faisaient que cela, sans chercher à convaincre, sans chercher à vaincre ni à combattre. Quels que soient les lieux, les époques, ils ne cesseraient jamais d'apprendre et de comprendre.

Je cherchai le traité Sotah dans la bibliothèque et je l'ouvris à la page indiquée sur le traité Yoma que j'avais étudié avec mon maître. C'était le traité sur les femmes.

Les femmes sont un sujet important et problématique dans le Talmud: certains passages les jugent frivoles et inaptes à l'étude, d'autres assurent le contraire, et nous avons dans le Talmud des exemples de femmes plus brillantes que les hommes, qui résolvent les problèmes les plus complexes. Le traité Sotah concerne la femme adultère. Celle-ci, selon le texte, si sa faute est avérée, se trouve interdite à son mari, ainsi qu'à son amant. Cela signifie que, même après son divorce, une femme ayant commis un adultère n'a pas le droit d'épouser celui avec qui elle a fauté. En particulier, une femme à qui le mari refuse le divorce, la femme *agounah*, ne peut pas rencontrer un autre homme, ni avoir un enfant avec lui.

— Tu étudies encore le cas de la femme soupçonnée d'adultère ? dit Joseph qui venait d'arriver dans la salle d'études. Tu n'en sortiras jamais !

Mon camarade de chambre, aux cheveux bruns et à la peau claire, presque diaphane, s'habillait toujours de tuniques serrées par une ceinture de corde, d'une façon qui me rappelait presque les moines. Son sourire angélique venait adoucir quelque peu son air austère. En général, c'était lui qui, par son autorité naturelle et sa supériorité intellectuelle, décidait de tout pour la chambrée où nous dormions avec Samuel : quand éteindre la chandelle, quand nous lever, que manger le soir lorsque nous avions faim après une soirée d'étude, qui allait se glisser la nuit en secret dans les cuisines pour dérober quelques victuailles…

Que dirais-je de plus de Joseph ? Il était mon complice, mon associé, mon ami. C'était lui qui, dès mon entrée dans la maison d'études, m'avait pris sous son aile. Peu à peu, j'appris à le connaître et à l'apprécier. Il était rigoureux et droit dans sa pensée, toujours orientée vers ce qu'il convient de faire. Né à Pont-Audemer, il avait été envoyé par son rabbin à Paris car il s'était distingué par son intelligence et sa rapidité d'esprit. Il avait été accepté chez les perushim parce qu'il était brillant et manifestait un talent particulier pour l'étude du Talmud. En nous penchant sur les traités ensemble pendant des heures, nous savions comment l'autre réfléchissait, ce à quoi il aspirait profondément dans la vie. Dans l'atmosphère enfiévrée de la maison d'études, nous chuchotions à voix basse et évoquions à travers les textes, à demi-mot, nos problèmes personnels. Parfois, le ton montait entre nous, tout le monde était obligé de crier pour se faire entendre de part et d'autre de la longue table où nous étions assis, en face à face. Mais en général, au milieu de la rumeur ambiante, Joseph et moi étions d'accord. Nos pensées se rejoignaient et nous aimions partager nos conceptions de la vie, même si nos idées divergeaient.

Il m'impressionnait par sa mémoire et son savoir, ainsi que par sa grande intelligence. Sa volonté sans faille nous entraînait à discuter pendant des heures, voire des journées entières, s'il fallait revoir un texte que nous n'avions pas compris. Le soir, il empruntait des livres à la bibliothèque, et on le voyait encore la nuit, à la lueur d'une bougie, en train de déchiffrer les écritures. Il ne se passionnait pas pour des sujets frivoles comme cela pouvait nous arriver à Samuel et à moi, ou alors il en donnait une interprétation étonnante. Il était comme une page du Talmud à lui tout seul.

Je me plongeais dans le texte écrit en lettres fines, serrées, sans ponctuation, un mélange d'hébreu et d'araméen, et qui datait du IVe siècle. Un code, pensais-je, un vrai code qui nécessitait la présence d'un maître pour nous aider à pénétrer ses secrets et ses multiples subtilités.

— Eh bien ? dit Joseph. Que dit ce passage ?

— C'est au sujet de la femme *agounah*, celle à qui le mari refuse d'accorder le divorce, dans le cas où il est parti à la guerre, sans que l'on sache ce qu'il est advenu de lui. Dans cette page, il est dit que si le mari revient, et qu'elle a épousé un autre homme, on considère que la femme *agounah* ne peut rester avec son deuxième mari mais elle ne peut pas non plus revivre avec l'ancien, puisque le deuxième est considéré comme son amant.

— Et son enfant, si elle l'a eu du deuxième mari ? Quel est son statut ?

— Il est *mamzer*, bâtard, dis-je. Un *mamzer* ne peut épouser que des gens comme lui, pendant dix générations.

— Et qu'en est-il de la femme soupçonnée d'adultère, celle que l'on appelle *sotah* ? C'est-à-dire celle dont on pense qu'elle a commis un adultère, mais sans avoir aucune preuve.

— Cette femme soupçonnée est interdite à son mari tant que le soupçon n'est pas levé. Mais le doute n'est pas sans fondement. Des témoins ont remarqué qu'elle persiste à s'isoler avec lui.

— Il y a donc une véritable relation entre eux, dit Joseph. C'est un peu comme si, aux yeux de tous, cette femme avait un autre mari, en somme !

— Peut-être voudrait-elle divorcer, dis-je, mais elle ne peut pas.

— Pourquoi pas ? demanda Joseph.

— Son mari ne veut pas. Alors elle est prisonnière, enchaînée : *agounah*.

— Combien de temps un mari peut-il refuser le divorce à son épouse ?

— Tout le temps qu'il veut. La décision lui appartient à lui et à lui seul.

— Un tribunal ne peut donc pas statuer sur ce sujet ?

— Non, c'est le mari seul qui décide de lui accorder le divorce.

— Si c'est le mari seul qui décide, c'est une répudiation, pas un divorce. C'est injuste. Une femme peut donc rester prisonnière de son époux toute sa vie, selon les rabbins ?

— S'il refuse de lui donner le *guett*, le divorce religieux, la femme ne peut se remarier ni connaître un autre homme que son mari. Et en principe, on ne peut pas le forcer, même si certains rabbins qui s'en offusquent permettent le contraire. Mais en droit hébraïque, le tribunal rabbinique n'a pas le pouvoir de prononcer le divorce. Le *guett* doit être remis librement et sans contrainte.

— Cette loi du *guett* profite aux hommes, fit observer Joseph.

— Pourtant, elle est faite pour protéger les femmes. Pour qu'elles ne puissent pas être répudiées du jour au lendemain, sans rien, sans moyens de subsistance.

— Mais cela se retourne contre elles, dit Joseph.

— Les rabbins songent à réformer cette loi. Le grand philosophe de Cordoue, Moïse Maïmonide, n'hésite pas à la critiquer. C'est lui que sire Vives a défendu, lorsque ses livres furent attaqués et brûlés pour hérésie car il défend une lecture allégorique de la Torah. Il soutient également que l'on peut battre le mari récalcitrant jusqu'à ce qu'il accepte de livrer le *guett* à son épouse, d'après la Mishna, Gittin, 9,8.

Notre instructeur, Ézéchiel, nous rejoignit avec Samuel et d'autres camarades. Nous fermâmes le traité Sotah et nous commençâmes notre étude avec un passage de Berakhot. Le matin, c'était souvent Ézéchiel qui faisait cours. D'autres rabbins, en dehors de sire Vives, nous enseignaient le Talmud. Chacun avait son style, sa façon de transmettre la tradition. Certains, méthodiques, organisaient leurs leçons avec rigueur, d'autres faisaient de nombreuses digressions. Certains s'intéressaient au droit et aux finesses de l'application des lois, d'autres à la morale et à la façon dont il convenait de se comporter. Il nous arrivait souvent de prendre un traité du Talmud qui faisait référence à un autre livre, qui lui-même renvoyait à un troisième, qui indiquait une note dans un autre encore... Et nous empilions les codex les uns à côté des autres pour comparer les textes et étudier les variations du langage, comme le ferait un enquêteur recherchant des indices. Mais personne comme sire Vives ne savait interpréter les faces cachées du texte, ni clarifier les mystères à l'aune de problématiques métaphysiques et morales qui se résumaient pour lui à une question de langage et de mots. Le Talmud, en faisant sans cesse varier leurs utilisations à travers des textes différents, cherchait le sens, ce sens qui nous échappait et que sire Vives parvenait à capturer au bout de nos heures d'études. Le Talmud en effet enseignait que la Torah pouvait se lire selon quatre niveaux :

— Le *Peshat*, la lecture littérale, le sens le plus simple, ce que le texte semble dire : cette interprétation a pour but d'expliquer le texte.

— Le *Remez*, le niveau allusif, ce à quoi le texte renvoie, ce qu'il évoque en dehors de lui, ce qu'il symbolise.

— Le *Drach*, le sens né de l'étude du texte, qui vise à en donner une lecture édifiante ou morale, et qui correspond à l'enseignement par un maître.

— Le *Sod*, ou secret, le sens ultime du texte, ce qu'il signifie de plus profond et de plus mystérieux. Le *Sod* n'a pas de valeur explicative, allusive ou édifiante, il est ce qu'il est. Il est le résultat de la quête, de l'enquête. Pour le découvrir, il faut avoir parcouru un long chemin. C'est comme un trésor qui aurait été déposé dans le texte, qui est là dès le départ, par une intention cachée, et qui ne se dévoile réellement qu'à la fin, mais si on sait bien le lire, on peut le déceler presque à chacun de ses mots. C'est ce qui est écrit entre les lignes, dans les blancs ou dans le sens caché du verbe. Comme un texte écrit sous le texte : un palimpseste.

À trente ans, notre instructeur Ézéchiel avait achevé sa formation à l'école, et il était marié, père de deux enfants. Sa vue étant mauvaise, il nous demandait souvent de lire le texte pour lui. Pourtant, ses yeux d'un noir ardent avaient une grande vivacité. Son nez fin, son visage anguleux, ses cheveux déjà gris lui donnaient l'air austère. Il y avait quelque chose dans son cours qui me mettait un peu mal à l'aise. Il nous observait et il aimait à nous questionner, jusqu'à nous pousser dans nos retranchements. Il se distinguait aussi par des habitudes hors du commun. Il portait des tsitsit, les fils rituels fixés aux quatre coins des vêtements, de couleur bleue et blanche, alors que tous les avaient blancs. Souvent, il omettait de mettre la kippa, que nous portions pour avoir la tête couverte en permanence. Était-ce pour maintenir notre attention ou juste par esprit de contradiction ? Je ne sentais pas chez lui la même approche que chez mon maître, qui était toujours plus à la recherche du sens que de l'édification morale. Sire Vives, lui, n'était pas un donneur de leçons. Il était une leçon vivante. Il ne disait jamais quoi faire mais c'est en le regardant vivre qu'on savait comment agir.

Après l'étude du matin, nous prîmes notre repas dans le réfectoire. Nous avions du mal à nous concentrer. L'accusation de crime rituel était présente dans tous les esprits. Nous tentions de comprendre les enjeux du drame qui s'était abattu sur nous, et notre angoisse ne faisait qu'augmenter. En voyant les gens se presser à nouveau dans notre rue et nous observer, Joseph pensait que nous allions subir les effets de la vindicte populaire, alimentée par les préjugés que les chrétiens nourrissaient à notre égard : nous avions tué le Christ, nous étions un peuple déicide qui persistait dans son aveuglement, nous ne reconnaissions pas la venue du Messie ni sa résurrection.

Après avoir fini notre bol de soupe et notre tranche de pain, Joseph et moi reprîmes le texte sur lequel nous étions en train de travailler depuis plusieurs mois déjà, dans la salle d'études où les étudiants discutaient par groupes de deux.

— Et si le coupable était quelqu'un de chez nous ? demanda soudain Joseph. Cette référence à Yoma 37b, il n'y a qu'un étudiant qui puisse la faire.

— L'enfant n'était pas circoncis, n'est-ce pas ? dis-je. Donc a priori il n'était pas juif. Rien à voir avec notre communauté !

— Tu n'es pas là depuis aussi longtemps que nous,

murmura Joseph. Tu ne te rends pas compte de ce qui se passe ici. Les rivalités, la lutte pour le pouvoir, la domination… Les talmudistes règnent dans leur univers mais tout le monde n'est pas d'accord avec eux. Et eux-mêmes ne sont pas tous d'accord entre eux. Crois-tu que nous sommes tous parfaits, ici ?

— Que veux-tu dire ?

— Je veux dire que des gens contestent nos méthodes, même dans notre maison d'études.

— Qui, par exemple, pourrait nous en vouloir à ce point ?

— Tu n'as jamais entendu parler d'eux, chuchota Joseph, la tête penchée sur le texte. Les karaïtes.

— De qui s'agit-il ?

— D'un groupe de juifs qui refusent la Loi orale.

— Tu veux dire qu'ils refusent le Talmud ?

— Ils ne rejettent pas tant le Talmud que l'opinion des rabbins selon laquelle le Talmud serait d'inspiration divine, ainsi que leur pouvoir sur la Loi et les commentaires des textes. Ils se disent les héritiers des sadducéens, qui étaient les prêtres du Temple. Les karaïtes reconnaissent Dieu, mais ils n'acceptent pas la Loi orale, qui est souvent en contradiction avec la Loi écrite.

— Quels sont leurs arguments ? demandai-je.

— Ils pensent qu'il ne faut rien ajouter ni retrancher à la Bible, comme Dieu le recommande. Ils considèrent que les commentaires contradictoires du Talmud s'annulent entre eux. Ils ne veulent pas contester l'autorité de la Torah. Mais voici le maître ! Il ne faut pas parler de cela devant lui. C'est un sujet qu'il déteste…

Le crâne couvert de sa large kippa, les yeux voilés d'une lueur sombre, la bouche légèrement pincée sous sa barbe broussailleuse, sire Vives paraissait préoccupé. Comme à son habitude, il se dirigea vers la bibliothèque pour prendre un volume du Talmud, celui qu'il désirait étudier. Il parcourut de sa main les livres reliés, comme s'il les caressait. Mais au bout de quelques minutes, il se retourna vers nous, l'air perplexe.

— Qui a pris le traité Yoma ? demanda-t-il.

Les élèves relevèrent la tête et le regardèrent avec crainte et respect. Mais personne ne répondit.

— Allons, ajouta sire Vives, l'un d'entre vous l'a sûrement emprunté, et il est prié de le remettre là où il l'a trouvé. J'aurai besoin de ce volume avant la fin de la journée. Je suis persuadé qu'il contient des éléments essentiels pour résoudre l'énigme de ce meurtre qui a frappé notre communauté. Et que celui qui l'a dérobé le sait. Quelqu'un, ici, joue avec nous, et j'ai l'intention de découvrir qui c'est.

5

Le soir même, à la demande de sire Vives, je mis mon manteau et je rabattis ma capuche sur ma tête. À l'insu de mes camarades, je me glissai hors de la maison d'études pour me rendre à l'université, afin d'en apprendre davantage sur le chancelier Eudes de Châteauroux, qui semblait, selon les dires du mystérieux ami de mon maître, être notre ennemi le plus acharné et aussi le plus érudit. Je devais entrer en relation avec les étudiants pour tenter de glaner des renseignements afin de faire la lumière sur ce personnage.

Je refermai la lourde porte en bois derrière moi et vérifiai que personne ne m'avait vu. Nous n'avions pas le droit de sortir sans autorisation. Ainsi étaient les règles, strictes, auxquelles nous devions obéir. Mais le soir, pour nous détendre, nous imaginions parfois des ruses pour tromper la vigilance des surveillants. Nous mettions des habits roulés en boule sous les couvertures pour faire croire que nous étions là, puis en secret nous sortions explorer les quartiers et les rues de la ville pour profiter d'un petit moment dehors, loin de notre école où nous passions notre vie, nos jours et nos nuits à user notre vue sur les textes.

Le Talmud nous ouvrait sur un monde déroutant, complexe, dialogique et dialectique. Il n'avait rien d'apaisant, il provoquait plutôt une sorte d'embrasement de l'esprit. Certains, parfois, s'y perdaient. Nous avions besoin d'en sortir. Samuel était celui qui nous entraînait dehors, vers les autres quartiers, la nuit. Ou simplement sur les quais, dans la nature toute proche, pour sentir le vent de la liberté. Ses cheveux roux et bouclés lui donnaient l'air enfantin. Il était le plus rond et le plus exubérant de tous, il aimait bien faire ripaille et boire les soirs du chabbat. Il savait où pêcher les meilleurs poissons en bord de Seine, où cueillir les fruits dans la campagne proche et où acheter du vin casher, comme celui de notre maître Rachi, expert en Talmud et en vins. Joseph nous suivait, un livre à la main. Il n'éprouvait aucun plaisir à transgresser la loi. Il nous observait, de loin, tout en faisant le guet, comme si nous étions suivis. Devant la Seine, nous contemplions tous les trois la lune et les étoiles, et cela nous procurait un sentiment d'apaisement particulier. Comme je regrette aujourd'hui ces moments : je sais qu'ils ne se reproduiront plus jamais. Plus là-bas, plus avec mes compagnons d'études, dans ce pays, dans cette ville et à cette époque. Je pense à ces journées et à ces nuits, à discuter entre nous du pourquoi et du comment, et à nous contredire pour trouver le chemin de la vérité. Plus nous nous en approchons et plus elle nous fuit !

Sur la route, je ne pus m'empêcher de faire un détour pour passer devant la maison où vivait Déborah, dans une rue étroite qui donnait sur la place de Grève. J'avais besoin de savoir comment elle allait, et si elle était en sécurité. Tout était sombre, sauf une petite lueur qui provenait sans doute d'une chandelle de suif. Je m'approchai de la meurtrière, adossé au mur pour qu'elle ne me voie pas. Du temps où nous nous fréquentions, presque tous les jours nous avions rendez-vous sur les quais et nous parlions de tout, de rien, de sa vie, ses parents, sa famille, je lui faisais part aussi de mes études, de ce que nous avions appris, des sujets que nous avions étudiés durant la journée. Ce pont des marchands bordé d'échoppes et de maisonnettes, nous aimions tant le traverser ensemble, d'une rive à l'autre, comme pour nous échapper du monde. Lors de cette époque bénie où je la pensais encore promise, permise, et où par pudeur, par délicatesse ou par honte, je lui cachais mon histoire, je m'inventais une famille en Normandie, et j'épousais la sienne, à défaut d'elle. Elle était originaire de Melun, non loin de Paris, fille d'une lignée de rabbins tossafistes amis de sire Vives, et moi je n'étais rien, même si mon père était Cohen, il n'était ni rabbin ni riche, ni même vivant, et j'étais seul au monde. Je n'avais pas encore suffisamment étudié, et j'ignorais le pouvoir immense du Talmud, comme Rech Lakich, qui au IIIe siècle en Galilée était un brigand et un gladiateur avant de devenir un très grand maître.

Je taisais mon amour, parce que je n'avais rien à lui offrir, sinon mon savoir et mon érudition qui grandissaient, et ma découverte des discussions talmudiques à n'en plus finir. Déborah se lassa sans doute et, sous la pression de sa famille, elle accepta d'épouser un autre homme. Le jour où j'appris la nouvelle, je courus lui demander sa main. Mais c'était trop tard, son père l'avait déjà promise. Réponse cruelle, terrible honneur ou provocation ultime ? Elle me proposa d'être son témoin. J'apposai ma signature sur la *ketouba*, le contrat de mariage, en dessous de là où elle aurait dû se trouver : la place du mari. Si j'avais pu, j'aurais gratté le parchemin avec de la pierre ponce pour effacer ce nom, y graver le mien et lui dire cette phrase : « Par cette bague, tu m'es consacrée. »

Au lieu de quoi, je vis le cristal se briser, signe de deuil : de mon espoir, mais pas de mon amour.

Je me consolais en me disant que Déborah n'avait pas l'air heureuse, que ce n'était pas son choix, mais celui que lui avaient imposé ses parents. Depuis qu'elle était mariée, je la voyais ici et là, dans la rue, chez des amis, à la synagogue, et lorsque je lui parlais, je tremblais. Un regard d'elle et je sursautais, comme au premier jour. Il ne restait que les souvenirs entre nous, notre relation se poursuivait à travers le passé, sans présent ni futur. J'avais le cœur en mille morceaux, entre les moments où je décidais de la revoir, et le monde retrouvait son sens, et ceux où j'y renonçais, et je n'étais plus rien.

Je crus apercevoir son ombre à travers la fenêtre, puis, au moment où j'allais partir, je vis la silhouette d'un homme caché entre les linteaux de sa porte. Qui était-ce ? Que lui voulait-il ? Avant que j'aie pu m'approcher, il partit précipitamment. Je tentai de le suivre, mais il disparut dans l'étroit labyrinthe des rues parisiennes, ou peut-être à l'intérieur d'une maison. J'étais certain qu'elle était en danger et je ne savais pas quoi faire pour la protéger. À contrecœur, je repris mon chemin pour commencer mon enquête.

L'université de Paris s'était développée au point d'attirer les jeunes provinciaux ou étrangers qui désiraient acquérir des connaissances dans toutes les disciplines, et ils habitaient ensemble, sur la montagne Sainte-Geneviève. Dans ce quartier, il régnait toujours une ambiance un peu fébrile, proche de l'insurrection. Parfois, ils défilaient dans les rues, criaient, arrachaient les enseignes des échoppes qu'ils conservaient comme des trophées. Ils n'hésitaient pas à chasser ceux qu'ils n'aimaient pas, ou ceux qui les dérangeaient.

Je me rendis chez mon ami Augustin, que j'avais rencontré du temps de mon errance, avant de rejoindre la maison d'études. Grand, mince, avec les cheveux longs et noirs, toujours mal rasé – il n'y avait que les juifs qui se laissaient pousser la barbe, selon une loi promulguée par le pape afin de pouvoir les différencier des autres –, avec sa cape grise, son chaperon à cornette et ses chaussures courtes, il ressemblait à un troubadour. Il en avait l'accent, il venait du Sud, et il aimait bien boire et faire ripaille entre deux cours. Il habitait dans une chambre louée dans une maison, avec au moins dix autres étudiants. Ils y vivaient pauvrement, sans chandelle ni feu, et accueillaient parfois ceux qui comme lui étaient dans la peine.

Augustin apprenait la médecine et l'apothicairerie. Venu de la terre de Provence, il ne connaissait personne lorsqu'il était arrivé à Paris et il avait erré comme moi, à la recherche d'un logement et de quelques vivres. Pauvre comme Job, il était obligé de mendier pour survivre, on lui donnait les rebuts, des légumes abîmés et du vin tourné, et parfois rien. Il passait ses nuits dehors avec un bâton contre les mauvaises rencontres et une vieille besace pour y fourrer ce que l'on voulait bien lui octroyer. C'est à cette époque que je le rencontrai, un soir que je m'aventurais sur les berges de la Seine pour pêcher, alors que je mourais de faim. Je rêvais d'un bon maquereau ou d'un esturgeon que j'allais faire griller sur un feu de bois, avec une miche de pain. À défaut de poisson, je fis ce jour-là une pêche moins comestible, mais sans doute plus intéressante.

Sur la place de Grève qui donnait sur la Seine, la croix de pierre avec son piédestal à huit marches mesurait la hauteur des flots. Le fleuve qui débordait souvent avait emporté plusieurs fois des ponts et des habitations, c'est pourquoi il fallait le surveiller. À partir de la troisième marche, la situation était périlleuse. Je m'assis sur le bord du quai et je lançai mon fil avec un hameçon. La Seine était haute ce jour-là, la ville risquait d'être inondée, les poissons remontaient à la surface, mais la devise était celle de la corporation des Nautes : *Fluctuat nec mergitur.* Paris est comme un bateau battu par les flots qui ne sombre pas. Nous étions trop nombreux à pêcher sur la place de Grève, je me déplaçai donc et avançai jusqu'au Grand-Pont, près du palais royal, où se trouvaient les Lombards qui changeaient la monnaie, lorsque je vis un jeune homme tomber dans le fleuve, poussé par des malandrins qui l'avaient volé ou par des créanciers qu'il n'avait pas remboursés ? Toujours est-il qu'il était en train de se noyer. Étant né en Normandie, non loin de la mer, j'avais appris à nager. Comme je le voyais sombrer sans que personne s'en préoccupât, je plongeai et le sauvai de la mort en le ramenant à la rive, la tête hors de l'eau, presque asphyxié.

Sur le quai, il s'ébroua, reprit ses esprits, m'observa, l'air bizarre, et me dit :

— Merci, mon frère. Je vous dois la vie. Je vous remercie, ainsi que le Christ, Notre-Seigneur, amen !

— Je vous en prie, je ne suis pas moine, lui dis-je.

— Alors, pourquoi la tonsure ?

En plongeant, la capuche de mon manteau était retombée et l'on pouvait voir mon crâne rasé au sommet de ma tête : mes cheveux n'avaient pas encore repoussé depuis mon passage dans un monastère.

— Peu importe, dis-je. Je suis juif.

— Je vous salue, juif, moi c'est Augustin.

En vérité, Augustin n'avait jamais vraiment entendu parler des juifs. Là d'où il venait, dans son village de Provence, il y avait bien quelques familles, mais elles étaient discrètes, et personne ne savait grand-chose à leur sujet. De ce jour, il me voua une reconnaissance éternelle.

Lorsque je trouvai refuge dans la maison d'études, il vint parfois nous voir, toujours bien accueilli lors des dîners du chabbat, qui étaient souvent ses seuls vrais repas de la semaine. Puis il réussit à dénicher une chambre dans une maison louée par des élèves de l'université et il décrocha du travail chez un parcheminier pour subvenir à ses besoins. Dans le quartier, il y avait nombre de boutiques de peintres de miniatures, copistes, relieurs, où l'on pouvait se faire embaucher. Les étudiants avaient leurs propres commerces et leurs loueurs de livres. De mon côté, à travers lui, je découvris leur vie, avec les cours en journée et les fêtes le soir, dans les rues, à chanter, à danser, à provoquer les bourgeois et la garde du roi. Dans les tavernes d'où d'autres sortaient, ils entraient déjà ivres, le verbe haut, le geste saccadé, certains tellement saouls qu'on les voyait vomir sur le trottoir. Chaque section était partagée en nations, chacune représentant une région ou un pays. Parfois, deux bandes se rencontraient, de deux pays ennemis, et commençaient à s'invectiver, puis l'un d'eux mettait un coup de poing à un autre, et en deux secondes, la confrontation dégénérait en une bataille désordonnée. Tout cela était à l'opposé de mon monde, moi qui ne m'aventurais jamais très loin, qui pratiquais l'abstinence, et qui passais mes jours et mes nuits à étudier. Augustin n'avait aucun tabou, ne professait aucune doctrine, et disait vouloir m'encanailler. Je ne savais pas alors que c'était un réel désir de sa part. J'aurais dû me méfier ! Lors de leurs ripailles, je ne buvais pas une goutte de vin, je ne mangeais rien, je les regardais et cela m'amusait de les voir si libres, si insouciants et gais, moi qui ne connaissais plus le monde qu'à travers le Talmud.

Dans leur maison, on ne savait jamais vraiment combien ils étaient. Ils venaient de partout, des Italiens, des Espagnols, des Allemands, des Anglais, pour étudier et décrocher leur diplôme. Soudain, un étudiant frappait à la porte, il disait être l'ami d'un ami, et on lui offrait volontiers le gîte, le temps qu'il voulait. Il payait ce qu'il pouvait. C'était le plus riche d'entre eux, Alaric, qui décidait, car c'était lui qui faisait face lorsque les autres ne réglaient pas leur loyer. Il étudiait la médecine, comme Augustin. Ses parents, fortunés, le pourvoyaient en tout ce dont il avait besoin, et lui-même, fort généreux, n'hésitait pas à payer à ses colocataires des tournées de cervoise ou de vin. Il aimait rire et chanter, et le soir, on le retrouvait étendu à même le sol, endormi comme un bienheureux, à côté d'un cartilage de poulet.

Certaines nuits, leur maison était remplie d'une faune inquiétante. Dans chaque pièce, des étudiants dormaient, et on retrouvait un peu partout des restes de nourriture, des os, et du vin. De temps en temps, ils organisaient des fêtes où venaient des femmes, mais auxquelles je n'allais pas.

Ce soir-là, ce fut Alaric qui m'ouvrit la porte et m'annonça qu'Augustin n'était pas là, mais je pourrais le trouver à la taverne. Il me proposa de m'accompagner pour me montrer le chemin. Avec son manteau, sa tête blonde couverte d'un chapeau piqué d'une longue plume, ses yeux verts et sa barbe, il avait l'air d'un roi à côté des autres habitants de la maison vêtus de vieilles frusques, plus proches de vagabonds que d'élèves de l'université. Nous arrivâmes dans une taverne creusée à même la pierre, dans un sombre souterrain éclairé de quelques lanternes. De grands pichets de cervoise circulaient au milieu de plats impropres à la consommation. Augustin, qui était attablé avec un groupe d'étudiants, se leva pour nous accueillir.

— Éliézer, mon frère, dit-il, même pas surpris de

me voir. Viens donc avec nous ! Tu veux boire un coup ?

— Je ne peux pas !

— Pourquoi pas ?

— Tu sais bien que je ne bois que du vin casher.

— Bon Dieu ! Il n'y a ni trêve ni dispense chez vous ?

— Comme le dit notre texte : « *Il t'a fait souffrir, Il t'a affamé, Il t'a nourri avec la manne que tu ne connaissais pas et que tes pères n'ont pas connue, afin de t'apprendre que l'homme ne vit pas seulement de pain mais de tout ce qui sort de la bouche du Seigneur dont il doit vivre.* » Chaque chose que l'on mange est accompagnée de la parole divine. Nous ne mangeons ni ne buvons n'importe quoi, n'importe comment, n'importe quand. Car ce que l'on mange devient soi, d'une façon intime.

— Un jour, mon ami, tu te laisseras tenter, prophétisa Augustin en levant son gobelet de bois. Et ce jour-là, c'est sûr ! je serai là !

— Jamais, dis-je. Tu dois être bien ivre, déjà, pour dire de telles bêtises.

— D'une ivresse joyeuse et gaie ! Regarde ce vin clair, frais, qui désaltère et rend heureux ! Tavernier, cria-t-il, apporte-nous encore un pichet ! Et si tu as une oie bien grasse qui sort de chez le rôtisseur, sers-m'en donc une écuelle ! Et un hareng salé pour mon ami qui ne mange pas de viande ! Tiens, tu te souviens de notre virée au cabaret dans ta rue ? La semaine dernière, il me semble.

— Oui, un endroit bizarre où se rencontrent les

étudiants, les voyageurs et les brigands de la cour des Miracles qui préparent des sales coups.

— Et des femmes ! ajouta Augustin. Les filles de joie de la rue Tire-Boudin ! C'est la meilleure taverne de Paris. Curieux que vous n'y alliez pas plus souvent !

— Mais ton ami ne veut pas voir de femmes, dit Alaric.

— Pas en dehors du mariage.

— Comment tu fais, mon vieux ?

— J'étudie, dis-je.

— Quelle folie ! Tu étudies quoi ?

— J'étudie les femmes, dans le traité du Talmud intitulé « Les femmes ».

— Et que sais-tu sur les femmes si tu n'as pas vécu avec une femme ?

— Tout.

— Tout ?

— Dans le Talmud surgissent des questions comme : Est-ce qu'un homme endeuillé est exempté du devoir conjugal ? Quand doit-on l'accomplir ? Si un homme doit partir en voyage, et que c'est juste avant le début de la période interdite, peut-il avoir des relations avec sa femme ? Quel comportement faut-il avoir pour séduire une femme ? Est-ce que l'on peut divorcer d'une épouse qui a des défauts physiques ? Ou si un homme ne sent pas bon, une femme peut-elle demander le divorce ?

— C'est ça qui est écrit dans votre livre sacré ?

— Entre autres.

— Alors, je veux bien devenir juif ! Mais à part ça, t'as pas envie de voir des filles ?

— Je n'en ai pas le droit.

— Même juste une fois, de temps en temps ?

— Je suis *nazir*, abstinent, et en tant que Cohen, je dois rester pur.

— Nous, dit Augustin, quand on fait une entrave à la Loi, on prononce deux ou trois Notre-Père et c'est fini. Allons, laisse-toi tenter par un verre de vin !

— On peut festoyer et boire autant qu'on veut, sauf du vin qui n'est pas conforme.

— Excuse ma curiosité, je suis réfractaire aux choses religieuses, c'est une peur profonde chez moi. Quel est le problème avec le vin ?

— Le vin est symbole à la fois de connaissance et de jouissance. On dit que quand le vin entre, le secret sort. Le vin, c'est le philtre magique vers la vérité et aussi vers le plaisir ! Mais pas n'importe lequel. Sa consommation est préconisée et même sanctifiée… Il existe des mauvaises connaissances qui font perdre la tête et il y a des jouissances négatives et indignes. Le vin est la seule boisson qui descende dans le corps et élève l'esprit !

— Amen ! fit Augustin. Allons, bois et tu te confesseras !

— Nous n'avons pas de confession.

— Vous restez seuls avec votre conscience, alors ?

— Nous avons un bouc.

— Un bouc ?

— Un bouc émissaire.

— Et ce bouc, qu'en fait-on ? On le mange ?

— On l'envoie au désert.

— À la bonne heure ! Tu vois, mon ami Enguerrand vient d'obtenir sa *licentia docendi*, et nous on est là pour fêter ça ! Alors, dis-moi, quel bon vent t'amène dans notre quartier ?

— Un vent mauvais, je le crains.

Je considérai mon ami avec appréhension, il avait les yeux un peu troubles, et je me demandai s'il allait pouvoir m'aider.

— Nous sommes menacés.

— Menacés ? Mais de quoi ?

Je regardai autour de moi. Certains de ses amis buvaient plus qu'il n'était convenable et je commençais à me sentir mal à l'aise. Ils ne me connaissaient pas, ils savaient que je ne faisais pas partie de leur communauté. Je préférai donc garder ma capuche sur la tête.

— Un assassinat a eu lieu, dis-je, il s'agit d'un bébé. Un nouveau-né. On nous accuse d'avoir commis un meurtre rituel.

— Nous en avons entendu parler à l'université, dit Augustin, soudain sérieux. Par le chancelier Eudes de Châteauroux.

— Tu le connais ?

— Oh oui, on ne l'aime pas beaucoup, ici. Hier, il a rassemblé tous les étudiants et il a fait un sermon. Il a dit que les juifs étaient coupables d'avoir tué un enfant, afin de prendre son sang pour des raisons rituelles.

— Pourquoi vous a-t-il parlé de cela ?

— Pour nous faire réagir ! Il sait que les étudiants ont besoin d'action. Eudes de Châteauroux fait des sermons dans les églises et ici aussi, où il enseigne. Mais en vérité, il ne nous aime pas. Et même, il nous méprise.

— Pourquoi ?

— Il prétend que nous entretenons des concubines, que nous abusons des femmes, et que nous ne cachons même pas nos mauvaises actions et nos débauches. Il pense que nous dilapidons l'argent de l'université et que nous la déshonorons, il a sans doute été placé là par Louis pour tenir ce genre de discours, mais il n'a aucun pouvoir sur nous. Nous sommes au-dessus des lois ! De toutes les lois !

— Qu'est-ce qu'il a dit, au sujet de l'enfant ?

— Qu'il avait été tué par les juifs… Un rite satanique, sûrement ! Il nous a demandé d'être présents à l'inhumation du bébé.

— L'inhumation ?

— Un grand enterrement est prévu, au cimetière des Innocents. Avec du beau monde : Guillaume d'Auvergne, l'évêque de Paris, et même le roi !

— Guillaume d'Auvergne, le célèbre théologien…

— Tu le connais ?

— Un peu… Je l'ai rencontré, dans une autre vie. Écoute-moi, Augustin, si l'on nous accuse d'avoir commis ce meurtre, comme tu sembles le dire, il faut que nous puissions prouver le contraire. Sinon, le peuple va s'élever contre nous… et nous serons perdus !

— Je te le confirme, les étudiants sont prêts à faire une émeute dans votre quartier. Et quand ils décident d'effectuer une expédition punitive, personne ne peut les arrêter. Même les officiers de Louis. Ils ont beau dire que les femmes de mauvaise vie viennent nous rendre visite dans nos maisons, que les écoles elles-mêmes deviennent des lieux de prostitution où l'on enseigne au premier étage et où l'on fornique au second, ils ne peuvent rien contre nous !

— Et le prévôt de Paris ?

— Évrard de Valenciennes ? Philippe Auguste a placé le prévôt de Paris, chef de la Justice, sous la dépendance de l'université. Il doit prêter serment devant le recteur, ainsi il montre sa sujétion, ce qui explique l'impunité totale des étudiants. Les gardes du roi n'entrent pas à l'université, mon frère ! Ou alors, lorsqu'ils viennent s'aventurer par chez nous, ça se termine dans le sang ! Et le roi, regarde ce que nous en faisons ! Regarde cette miniature, ajouta-t-il en me montrant un tableau accroché au mur de la taverne.

Je m'approchai pour voir, elle représentait le roi Louis coiffé par un étudiant d'un drôle de vase plein d'excréments, alors qu'il le félicitait de veiller si tard dans ses ardeurs studieuses.

Soudain, nous entendîmes une cruche se briser. La taverne était remplie d'étudiants allemands, qui semblaient avoir une altercation avec l'aubergiste.

— Viens, s'interrompit soudain Augustin, c'est en train de mal tourner. Avant-hier, des jeunes du quartier qui avaient bien bu et qui voulaient partir sans payer ont frappé le tavernier qui avait l'audace de réclamer son dû ! Figure-toi qu'il s'est plaint, le bougre !

— Et alors ? Ils l'ont payé ?

— Penses-tu ! dit Augustin. Le lendemain, ils sont revenus armés pour tout détruire dans sa taverne et tabasser les clients. On ferait mieux d'y aller ! Demain soir, si tu veux, nous retournerons à la cour des Miracles… Tu te souviens, je t'y avais emmené tantôt ?

Ils savent tout là-bas sur les crimes. Peut-être obtiendras-tu des informations utiles à ton enquête. Tu as une arme ?

— Non ! C'est interdit.

— Moi, j'ai un sabre. Je le prendrai. Allons-y, mon frère.

À ce moment-là, un étudiant éméché vint au-devant de nous et, voyant ma barbe :

— Il est juif ? demanda-t-il à Augustin.

Mon ami et moi nous regardâmes.

— Qu'est-ce que ça peut te faire ? dit Augustin.

— Ils ont tué un enfant ! Ils ont commis un crime, un crime rituel !

— Oui, c'est vrai, dit un autre. Le chancelier nous a prévenus.

— Viens, juif, dit le premier en brandissant un couteau, on va te couper ta barbe !

Déjà les autres s'étaient rassemblés, prêts à combattre.

6

Il était tard lorsque je rentrai à la maison d'études. Une petite lumière vacillait dans la bibliothèque et j'y trouvai mon maître, la tête penchée sur un livre.

Sire Vives était toujours en train de réfléchir. Qu'il écrive, qu'il enseigne, qu'il mange, son esprit en alerte ne s'arrêtait jamais ! Il vivait la tête et le dos courbés sur la Torah, à tenter de trouver le sens, mais le sens sans cesse lui échappait.

— Éliézer, dit-il, je t'attendais ! Tu as tardé… Je me faisais du souci… Tu n'es pas blessé ?

— Je vais bien, Maître.

— Tu t'es battu ? demanda-t-il en me regardant d'un air attentif.

Je portai la main à ma bouche et je sentis qu'elle était pleine de sang. Je pris un linge pour m'essuyer.

— Les étudiants étaient ivres, dis-je. Ils nous ont attaqués.

— Fais bien attention à toi, murmura-t-il. Je t'ai dit de ne pas prendre de risques… Tu ne m'as pas écouté ! Connais-tu la loi du Pikouah Nefesh ?

— Oui, Maître. Nous l'avons étudiée l'an dernier. C'est un principe essentiel de notre loi talmudique, selon lequel c'est la vie qui prime sur toute autre considération, fût-elle religieuse. Lorsqu'une personne est en danger, par exemple, ce qui importe avant tout, c'est de sauver sa vie. Cela est déduit du Lévitique 18, 5 : « *Vous observerez mes lois et mes ordonnances : l'homme qui les mettra en pratique vivra par elles. Je suis l'Éternel.* »

— Cela signifie que la valeur ultime du judaïsme, c'est la vie.

— Peut-on mettre en danger sa vie pour sauver notre Talmud, qui défend la vie ?

— Quand une personne est en danger de mort, plus aucun principe de la Torah ne peut s'appliquer. Par exemple, on a le devoir de transgresser le chabbat dans le cas où l'on doit sauver un enfant de la noyade, et évidemment si une femme doit accoucher. Ainsi disent nos maîtres : « Celui qui sauve une vie sauve le monde. » Sauf pour trois cas. Les connais-tu ?

— Il existe trois exceptions à la loi du Pikouah Nefesh, Maître. Le cas où il faut commettre un blasphème ou sacrifier à d'autres dieux, le cas où il faut verser le sang, c'est-à-dire tuer mon prochain, et le cas de l'inceste que l'on serait forcé de commettre. Dans ces trois éventualités, il vaut mieux mourir, d'après la tradition, n'est-ce pas, Maître ?

— Oui, Éliézer.

— J'ai une autre question.

— Je t'écoute.

— Comment un élève peut-il s'affranchir d'un maître tout en lui restant fidèle ?

— Comment un fils peut-il se libérer de l'emprise

d'un père tout en respectant le quatrième commandement ?

— Comment auriez-vous fait, Maître, si vous aviez été confronté à ce problème ?

— Si tu sais être à la fois respectueux et contestataire, inventer ton propre chemin en suivant la voie de ton maître, trouver tes idées en t'inspirant de celles qui t'ont été données par ta tradition, alors tu sauras être audacieux, car on ne peut être créatif que dans la fidélité et dans la remise en question d'une vérité qui est socle, base et commencement. Ceci est valable aussi pour nos maîtres face à la Torah.

— Alors, j'ai bien fait de prendre des risques, n'est-ce pas, Maître ?

— Le risque en valait-il la peine ?

Je lui fis part de mon enquête chez les étudiants, des informations que j'avais recueillies, et surtout du fait que l'affaire était remontée jusqu'au roi, qui serait présent, selon mon ami, lors de l'enterrement au cimetière des Innocents, le lendemain.

J'évoquai également la présence des théologiens Eudes de Châteauroux et Guillaume d'Auvergne, ainsi que le discours d'Eudes pour influencer les étudiants.

— Ces nouvelles sont inquiétantes, dit mon maître. Il serait bon que tu te rendes à cet enterrement.

— En tant que Cohen, cela m'est interdit. Je ne peux m'approcher de l'impureté.

— En effet, tu es Cohen, et tu n'as pas le droit d'être en contact avec les morts, ni même d'entrer dans un cimetière.

Sire Vives se tut soudain. Il sembla réfléchir, puis

il se leva et alla consulter un ouvrage qu'il feuilleta pendant un moment en caressant sa barbe.

— Éliézer, reprit mon maître en me voyant troublé, te souviens-tu de l'étude que nous avons commencée sur les rêves ?

— Bien sûr, Maître. C'est dans le traité Berakhot.

Je compris qu'il désirait nous laisser un peu de temps pour nous remettre de nos émotions et j'attendis, comme à mon habitude, que sa pensée se dévoile.

— Concernant cette étude, comment savoir quel interprète du rêve a raison et lequel a tort ?

— Je l'ignore, Maître.

— Eh bien, aucun n'a raison ou n'a tort. L'interprétation, vois-tu, est personnelle et dépend autant du rêveur que de l'interprète. Elle est intime et orientée vers une fin : aider le rêveur à faire face à sa peur, celle qui est à l'origine du rêve.

— Mais la vérité, dis-je, le vrai sens du rêve ? Si chacun a sa propre interprétation et que toutes se valent, c'est donc qu'il n'existe point de vérité ? Il y a bien une interprétation plus juste que l'autre ? Sinon, il n'est pas possible de connaître le sens d'un rêve !

— Ce serait comme demander le vrai sens d'un texte. L'interprétation ne révèle pas la vérité, ni même le sens du rêve, dit sire Vives. Elle conduit le rêveur à s'ouvrir aux possibilités de sens impliquées dans ce qu'il dit de son rêve. C'est ce qu'enseigne Rabbi Benaa, qui s'est aperçu que son rêve portait vingt-quatre interprétations différentes.

— Quelles sont les différences entre les interprétations ? Y a-t-il des interprètes qui sont des prophètes ?

— L'interprétation du rêve est multiple car son

objectif n'est pas de définir la vérité du rêve, mais de réconcilier le rêveur avec lui-même par une parole créatrice qui lui permet de résoudre ses conflits intérieurs. En cela, l'interprète peut être comparé à un prophète. Si l'on parvient à élucider l'origine de ses problèmes et de ses angoisses, on peut changer sa vie, ou même anticiper les problèmes d'un pays, comme le fit Joseph avec le Pharaon ! À présent, veux-tu lire ce que dit Rav Hisda, s'il te plaît ?

— Rav Hisda a dit : « *Un rêve qui n'est pas interprété est comme une lettre qui n'est pas lue.* »

— Comment comprends-tu cette phrase ?

— Le rêve surgit dans l'esprit du rêveur lorsqu'il se réveille. Il constate que ce n'est pas lui qui l'a composé mais que ce message lui est parvenu malgré lui, presque à son insu, comme une lettre déposée devant une porte. Il faut donc qu'il aille en parler à un interprète qui l'aide à le déchiffrer. Mais comment se fait-il alors que chaque interprète, aussi compétent soit-il, lise la lettre à sa façon, comme dans l'exemple que cite Rabbi Benaa ? Si tel est le cas, c'est qu'il n'y a pas de vérité ?

— En effet, dit sire Vives, il en va de même avec notre texte de la Torah. Depuis plus de deux mille ans, malgré les milliers d'interprètes qui l'ont lu, il reste inépuisable et aucun rabbin n'a dit le dernier mot. C'est en cela qu'il est révélé : non pas parce qu'il a apporté une révélation dans le passé, mais parce que la révélation est permanente et infinie entre le lecteur et le texte.

— Mais alors, chacun peut choisir celle qu'il veut,

selon son désir, son histoire ou les rencontres qu'il a faites dans sa vie ?

— Oui, Éliézer ! Tu viens de comprendre ce que veut dire interpréter. Parmi les multiples lectures possibles de la lettre et, à plus forte raison, des images du rêve, le lecteur et le rêveur finissent par trouver celle qui répond à leur attente et qui leur procure de l'apaisement. C'est ainsi qu'ils voient clair en eux-mêmes.

— Maître, dis-je, croyez-vous qu'un jour les chrétiens nous respecteront et nous comprendront ? Que nous avons le droit d'interpréter la Torah comme nos rabbins nous l'apprennent puisque c'est notre peuple qui l'a reçue et transmise ?

— Éliézer ! Voyons… As-tu écouté ce que je viens de dire ? Disons plutôt que les chrétiens ont leur propre interprétation de la Torah, qui comme le rêve pour les rêveurs leur apporte un sens qui leur convient. Tout le problème est de comprendre que cette interprétation n'est pas la seule, loin s'en faut, et c'est précisément ce que nous enseigne le Talmud. Par exemple, tu ne peux pas être en contact avec les morts car tu es Cohen, c'est un fait. Cependant, rien ne t'interdit de rester à la porte, et d'observer ce qui se passe !

J'avais enfin compris où il voulait en venir. Mon maître trouvait toujours les solutions les plus ingénieuses à tous les problèmes et il avait l'habitude de dire : « Pourquoi s'interdire ce qui est permis ? »

— Ensuite, nous aviserons, ajouta-t-il, et nous verrons bien ce qu'il convient de faire. L'affaire semble prendre des proportions considérables… Je n'aime pas trop que le roi s'y intéresse. Il faut être extrêmement vigilant, et je compte sur toi pour nous aider. D'ici là, je ne peux rien faire d'autre que réfléchir à partir des éléments que tu m'as livrés. Mais tout cela doit rester strictement entre nous. N'en parle à personne. Même pas à tes plus proches amis.

— Pourquoi, Maître ?

— Il se peut qu'il y ait des espions au sein même de notre communauté, murmura-t-il.

— Qui, Maître ?

Je pensai alors à la remarque de Joseph concernant les karaïtes et au mystérieux personnage qui avait mis en garde sire Vives.

— Qui est l'homme qui est venu vous voir, hier ? lui demandai-je. Pour quelle raison se cache-t-il ?

— C'est un homme important à la Cour. Je l'y ai rencontré tantôt, lorsque j'ai été invité par le roi. Nous nous sommes liés d'amitié. Il a décidé de nous aider, et c'est heureux. Mais si le roi ou le prévôt de Paris avaient vent de sa présence ici, sa vie et la nôtre seraient en danger.

Je compris que mon maître ne désirait pas en dire davantage ni révéler l'identité de notre allié. Il se leva, me souhaita une bonne nuit, et je montai dans ma chambre où se trouvaient mes amis.

Samuel et Joseph étaient déjà sur leur couche, sous leur couverture, et ils discutaient comme nous avions l'habitude de le faire le soir après avoir révisé nos leçons.

— Où étais-tu ? demanda Samuel. On te cherche depuis tout à l'heure. Ézéchiel est passé dans la chambre, heureusement que tu avais mis tes affaires en boule sous ta couverture. On lui a dit que tu dormais. Il n'a pas vérifié.

— J'étais avec sire Vives, dis-je. Et vous ?

— Pendant ton absence, le prévôt de Paris est venu et il nous a interrogés, répondit Samuel.

— Il nous a entendus tous les deux, un par un, ainsi qu'une dizaine d'autres étudiants et notre instructeur, Ézéchiel...

— Que voulait-il savoir ?

— Si nous connaissions l'enfant, ce que nous pensions de notre maître, de la maison d'études, si nous avions des soupçons... Ce que signifiait Yoma...

— Qu'avez-vous répondu ? demandai-je.

— Que nous ne savions rien, dit Joseph. Ils cherchent à nous accuser. Pour nous détruire, nous expulser et nous tuer, en cela, Louis n'est pas différent de Philippe Auguste.

— Sire Vives a remarqué que l'enfant n'était pas circoncis, rappela Samuel.

— Ce pourrait être quelqu'un du quartier qui a tué un enfant non juif, dit Joseph.

— Mais pour quelle raison ? demandai-je.

— Certains ici sont très religieux, dit Samuel. Ils n'aiment pas les chrétiens, n'est-ce pas, Joseph ?

— Je n'ai jamais dit que je n'aimais pas les chrétiens, répondit Joseph, je pense simplement que nous devrions rester entre nous parce que le monde chrétien en ce moment nous menace. La preuve !

— Toi, tu vis enfermé dans ton Talmud, dit Samuel. Tu ne sors jamais, tu ne regardes même pas les filles le chabbat matin à la synagogue. Tu es marié au Talmud ?

Il se mit à rire, et moi aussi.

— Quel genre de femme chercheras-tu lorsque tu auras fini tes sept ans ici, Joseph ? ajouta Samuel pour le pousser à bout, car il le savait toujours gêné par ces questions-là.

— Je ne sais pas, répondit Joseph. Il est dit dans le Talmud que la femme est frivole.

— C'est une opinion, dis-je. Il est dit aussi qu'elle est plus intelligente que l'homme. Que la femme, c'est ce que l'homme a perdu depuis que Dieu lui a enlevé un côté, et qu'il recherche éperdument.

— Il est dit aussi qu'elle pleure facilement, poursuivit Joseph.

— Et que Dieu compte les larmes des femmes, répliquai-je. Selon le Talmud, il y aurait trois types de femmes. Le type Rachel, comme la femme de Rabbi Aquiba, qui s'est sacrifiée pour que son mari puisse partir étudier la Torah.

— Comme Déborah, dit Joseph, n'est-ce pas ?

— Quelle Déborah ? demanda Samuel.

— *La* Déborah, dit Joseph.

— Celle d'Éliézer ? demanda Samuel.

— Oui, dit Joseph.

— Tu l'as revue ? ajouta Samuel.

— Non. Hélas, non.

— Dis la vérité ! clama Samuel.

— Je ne la vois plus, je te dis.

— Non, je ne te crois pas.

— Moi non plus !

— On sait très bien que t'es amoureux d'elle, dit Samuel. Pourquoi tu t'en caches ?

— Elle s'est mariée avec un autre homme. Et depuis ce jour, c'est fini entre nous.

— Elle n'est plus mariée, dit Joseph. N'est-ce pas ?

— Oui. Son mari est parti. C'est la raison pour laquelle elle vit chez ses parents.

— Alors, la voie est libre ? Et comme dit Rabbi Eléazar, « tout homme non marié ne peut être appelé homme ».

— Et Rabban Tanhoum dit, complétai-je, « tout homme non marié ne connaît ni la joie, ni la bénédiction, ni le Bien ».

— Et Rava ajoute : ni la paix.

— Cela dépend avec qui on est marié ! dit Samuel. Par exemple, sire Vives. Vous croyez vraiment qu'il connaisse la paix ?

— Celui qui aime sa femme plus que lui-même et la respecte plus que lui-même, l'Écriture dit de lui : tu connaîtras la paix dans ta maison, dit Joseph.

— Tiens, dit Samuel. On a perdu Éliézer.

En effet, je pensais à autre chose… Déborah aussi avait été questionnée par le prévôt et cela me terrifiait.

C'est vrai, à un moment, j'avais cru que nous pourrions être ensemble, réunis sous la houpa. J'avais étudié la Loi, cherché un moyen, non pas de la contourner, mais de mieux la comprendre. Je m'étais interrogé et j'avais posé la question à mes professeurs. Nos maîtres ont toujours trouvé des idées nouvelles. Ils ont écrit des pages et des pages sur tous les sujets, n'y avait-il pas de solution pour nous ? Hélas ! D'après la loi de notre Torah – Lévitique 21,7 –, un Cohen n'a pas le droit d'épouser une femme divorcée. Le Cohen est un prêtre, sanctifié par Dieu. Sa sainteté implique qu'il doit se marier avec une femme pure comme lui, pour fonder une histoire nouvelle, immaculée. Il est le modèle du peuple, il a les meilleurs vêtements, la meilleure nourriture, la meilleure maison, le Temple, il est près de Dieu, il a un corps et un esprit parfaits, et ses enfants lui succèdent !

— Trouve une autre femme ! suggéra Samuel.

— Je ne peux pas. Je ne cherche plus, j'ai arrêté de chercher le jour où je l'ai rencontrée.

— Tu vois bien que c'est un amour impossible… Tu vas rester *nazir* toute ta vie ?

Que leur dire ? En vérité, j'étais incapable de m'intéresser à qui que ce fût, j'étais suspendu entre ciel et terre, je flottais, j'avais besoin de dormir, de rêver, et d'étudier. Juste étudier : c'était la seule occupation. Tout le reste était superflu et creux.

— Pourtant, il y a des jolies filles à la synagogue, le chabbat ! reprit Samuel.

— Toi tu as rencontré une femme, dis-je. Comment s'appelle-t-elle ?

— Rébecca.

— Elle est belle ?

— Brune, les cheveux longs, les yeux noisette, et un sourire adorable.

— Tu lui as parlé ?

— Un peu… Mais elle n'était venue que pour ce chabbat-là. Ses parents habitent à Rodom. Son père est rabbin là-bas. Il enseigne dans une grande maison d'études, qui s'appelle « la maison sublime ».

— Il faudrait que tu ailles la voir, dis-je.

— Si tu veux, nous t'accompagnerons, proposa Joseph en levant la tête de son livre. Nous pourrons peut-être rencontrer les rabbins de cette maison sublime… Il paraît qu'il y a un maître exceptionnel là-bas, un tossafiste, un élève de Rabbénou Tam !

Jacob Tam, l'un des petits-fils de Rachi, était aussi l'un de ses plus brillants disciples dans l'analyse des mots et des passages talmudiques. Ses élèves venaient d'Allemagne, de Provence, d'Angleterre, de Bohême et même de Russie pour étudier avec lui. On raconte que lorsqu'il vit les gens pleurer à la mort de son illustre grand-père, il était encore un enfant. « Pourquoi ces pleurs ? » demanda-t-il. Sa mère lui répondit que la lumière d'Israël s'était éteinte. « Je la reprendrai et je la rallumerai », dit-il.

— Si j'y vais, dit Samuel, ce n'est pas pour l'élève de Jacob Tam. C'est pour elle !

— L'un n'empêche pas l'autre, dit Joseph. Si c'est ta future femme, tu devrais te présenter aux parents et demander sa main.

— Attendez, pas si vite ! dit Samuel. Je la trouve belle, mais je n'ai pas encore décidé de l'épouser. Je ne l'ai vue qu'une fois.

— Une fois est suffisante, dit Joseph. Regarde Isaac et Rébecca !

— Il ne l'avait même pas rencontrée. Il est dit à leur propos quelque chose de curieux, dit Samuel : « *Isaac prit Rébecca, qui devint sa femme, et il l'aima. Ainsi fut consolé Isaac, après avoir perdu sa mère.* »

— Il l'a aimée après qu'elle fut devenue sa femme. L'amour n'est pas une condition du rapport intime, c'est une conséquence. Elle devient sa femme parce qu'il l'a prise, et il l'a aimée parce qu'elle est devenue sa femme.

— Étrange, dis-je, j'aurais cru que c'était l'inverse. Elle est devenue sa femme car il l'a aimée.

— Je crois, dit Samuel, qu'en prenant une femme on en vient à l'aimer car elle est l'épouse. L'amour n'est pas au commencement, il se construit à travers les responsabilités communes.

— Ce que les Hébreux ont répondu à Moïse face à la Torah : « *Nous ferons et nous écouterons* », cela s'applique aussi à l'amour ? demandai-je.

— Eh bien alors, dit Joseph, on pourrait aimer n'importe qui, pourvu qu'on vive avec la personne.

— Parfois, on en vient à la détester, dis-je.

— En tout cas pour nous, c'est ainsi, dit Joseph. Selon notre Loi, on se marie, puis on aime sa femme.

— J'en peux plus d'être *nazir*, dit Samuel. C'est pas normal, nous sommes comme des moines ! Nous n'avons même pas le droit d'émettre de la semence nocturne involontairement, d'après nos maîtres. Moi, ça m'empêche de dormir.

— La semence représente la vie, dit Joseph. Il ne faut pas la gaspiller. Cela serait comme faire mourir ce qui doit vivre !

— Mais dans le sommeil, c'est involontaire, n'est-ce pas ? Ou alors, c'est considéré comme un assassinat d'enfant par défaut, c'est ça ? dit Samuel en riant.

— Ne parle pas de ça, dis-je en frissonnant.

Mes amis finirent par s'assoupir tard dans la nuit, mais l'angoisse me tint éveillé jusqu'au petit matin. Je n'avais plus qu'une idée en tête : protéger Déborah du danger qui se rapprochait de nous. J'entendis le chant des oiseaux et les premiers bruits de la rue, cette rue qui ne cessait de s'emplir de passants et de rumeurs contre nous. Qu'allait-il advenir de nous ? Nous n'avions aucun moyen de nous défendre. Nous vivions en vase clos. Ils pouvaient surgir à n'importe quel moment et nous tuer, comme par le passé. Le théologien, la présence d'Eudes de Châteauroux et celle de Guillaume d'Auvergne à l'enterrement de l'enfant ne laissaient rien présager de bon. Quel était leur lien avec ce meurtre, que cherchaient-ils à en tirer et pour quelles raisons ?

Les paroles du mystérieux ami de sire Vives auguraient du pire pour nous et notre communauté. Il était clair maintenant que le roi Louis, malgré tout ce qu'il annonçait, ne nous aimait pas et qu'il profiterait de la situation pour nous chasser et prendre notre argent, comme l'avait fait son grand-père. Par ailleurs, la menace ne semblait pas seulement venir de l'extérieur : qui étaient ces karaïtes qui détestaient les talmudistes, et dont il ne fallait pas prononcer le nom ? Si nous voulions nous disculper de ce meurtre, il faudrait mener notre propre enquête, comme l'avait compris sire Vives dès le départ. Mais dans quelles directions chez nous, ou en dehors ?

Dans mon esprit, les idées s'entrechoquaient et je me demandais comment mener à bien cette mission. Tout d'abord, révéler la véritable identité de cet enfant et faire savoir qui étaient ses parents, puis découvrir la raison pour laquelle on l'avait retrouvé dans son sang, *dans notre rue*.

Au petit matin, j'entendis l'un de mes camarades se lever. Je fermai à moitié les yeux pour qu'il ne sache pas que j'étais éveillé. En silence, j'observai son étrange manège. Joseph s'habilla sans faire de bruit. Puis il se glissa en douce hors de la chambre. Les cours ne commençaient qu'à huit heures. Où allait-il ? Dans sa main, il tenait un volume du Talmud. Je n'eus pas de peine à deviner son titre : *Yoma*..

7

Ce matin-là, alors que tout le monde dormait encore, y compris Joseph qui avait regagné sa couche, je me glissai hors de la chambre. Je passai par la salle d'études et je constatai sans surprise que le volume du Talmud, Yoma, avait été remis à sa place, parmi les autres. Ainsi donc, c'était bien Joseph qui l'avait pris, mais pourquoi ? Et surtout, pourquoi ne pas le dire ?

Je sortis discrètement de la maison d'études. Dans notre quartier, on sentait l'humidité de l'ancien marais sur lequel avaient été construites les ruelles aux étroites maisons. Depuis qu'elles avaient été asséchées, les terres alentour avaient été mises en culture, les anciennes pâtures avaient été remplacées par des prés fauchables, puis par des céréales et des légumes verts. Les maisonnettes jouxtaient des vignes et des arbres fruitiers. De nombreuses communautés religieuses s'y étaient installées, Sainte-Catherine-du-Val-des-Écoliers, une congrégation champenoise, les béguines de l'Ave-Maria, ou encore la paroisse Saint-Nicolas-des-Champs. Les Templiers aussi avaient élevé leur forteresse sur les terres qu'ils avaient acquises grâce à leur richesse venue d'on ne sait où, et un château au milieu d'un grand jardin potager cultivé sur un marécage qu'ils avaient asséché. De chez nous, on pouvait apercevoir les hautes murailles qui l'entouraient et le donjon imposant qui s'élançait vers le ciel, au milieu des couvents dans lesquels étaient logés les moines-soldats, non loin des écuries.

Le quartier était fort animé. On y vendait des roses rue des Rosiers, le long des remparts construits par Philippe Auguste, dont elle était le chemin de ronde. On trouvait des tissus dans les rues proches de la porte Baudoyer, qui s'ouvrait sur la route de Brie et de Champagne, par où arrivait la laine, et les produits maraîchers nous parvenaient par la route de Meaux et de Troyes. Le blé était déchargé des bateaux place de Grève, avant d'être transformé en farine puis en pain par les talemeliers.

Notre rue, en dehors de la synagogue, de la maison d'études et de nos échoppes, était une rue ordinaire. Rien, ni la langue que nous parlions, ni notre aspect extérieur, ni la couleur de nos cheveux ou celle de nos yeux, ni nos habits, ne permettait de nous différencier des autres. Chaque année, il était question que le roi Louis fasse appliquer la mesure préconisée par le concile de Latran en 1215, qui ordonnait aux juifs de porter la rouelle, un signe distinctif cousu sur leurs vêtements, pour qu'on puisse les reconnaître. Et nous en avions peur : si l'on nous distinguait par nos vêtements, si nous portions une marque infamante, comment échapper aux croisés et aux inquisiteurs ?

J'empruntai les venelles qui grouillaient de monde et de bestiaux, de cris et d'odeurs, de boutiques et d'habitations, jusqu'à la fortification du Grand

Châtelet, qui protégeait le Grand-Pont. Où que mon regard se portât, je ne voyais qu'elle. Partout où j'allais, elle était présente. Elle régnait sur les âmes, les corps, les cœurs, les vies et les morts. Elle dirigeait les consciences, organisait les mariages, intervenait dans la vie intime comme dans la vie publique. D'une main de fer, elle était sans pitié, sans peur ni reproche. Elle s'avançait, majestueuse, haute dans le ciel, surplombait la ville, dominait tous les aspects de la vie, du début à la fin, ne laissait rien au hasard, exerçait son pouvoir, exécutait, brûlait, tuait, ravageait, consolait, promettait, terrifiait les plus petits comme les grands, inventait des mystères et des dogmes, créait des mondes après le monde, le diable après le bon Dieu, l'enfer et le paradis, pour mieux séduire et dominer. Tous avaient peur et tous se soumettaient, du plus pauvre hère jusques aux rois et reines. Personne ne pouvait lui résister, personne n'avait le choix de se cacher car elle était omniprésente, omnisciente et omnipotente. L'Église était immense : dans les esprits, les livres, les maisons, les moindres monuments, dans la rue, les couvents, celui des Jacobins, rue Saint-Jacques, où Louis désirait se faire moine en sa jeunesse. Chaque endroit était marqué d'une pierre blanche. Le prieuré de Sainte-Catherine-du-Val-des-Écoliers, créé après la bataille de Bouvines, selon le vœu d'un sergent d'armes. L'hospice des Quinze-Vingts pour les aveugles. La Sainte-Chapelle en construction pour honorer celle qui régnait sur les rois. Et bien sûr, la monumentale Notre-Dame pour dominer tout Paris. Toujours en travaux, comme si son élévation ne devait pas s'arrêter avant qu'elle n'atteigne les cieux, telle la tour de Babel. Ils avaient ajouté les portails et un étage, et la belle façade, avec les deux tours devant le grand vaisseau et les cinq nefs pour qu'elle s'étende en largeur aussi bien qu'en hauteur. Dans le quartier juif, nous vivions sous son ombre, cachés, presque sous terre, écrasés par sa voûte gigantesque, comme pour surplomber nos pensées, nous qui n'avions ni art ni architecture ni ornements, juste le Livre pour seul monument. La cathédrale annonçait à tous la puissance et l'omnipotence de l'Église, à la vue elle offrait sa grandeur, aux oreilles ses cloches qu'il était impossible de ne pas entendre, où que l'on soit, quoi que l'on fasse, au toucher elle proposait sa pierre rugueuse, à l'odorat la force de ses encens. Elle était le Temple, celui que nous avions perdu, par deux fois détruit, par les Babyloniens puis par les Romains, comme s'il nous était interdit depuis Babel d'élever un monument à l'Éternel. Ainsi ses piliers et ses chapiteaux étaient-ils ceux de la Bible, tout comme l'autel, où avaient lieu les offrandes vers l'Éternel : le Livre était notre cathédrale, et la cathédrale était leur Livre. On y voyait, au milieu des saints, défiler nos grandes figures, Job sur son fumier, Abraham et Isaac lors de sa ligature pour le sacrifice, ou encore le roi Nemrod. Sa nef, son transept et son chœur étaient ordonnés comme dans nos Écritures et aussi leurs Écritures : Jésus n'avait-il pas annoncé que si le Temple était détruit, il le reconstruirait en trois jours ? Ils l'avaient rebâti, plus puissant encore, il avait pris le pouvoir sur la société tout entière. À Paris, il n'était pas un bâtiment, un collège, une université, qui ne fût sa demeure. Tous lui étaient soumis : les reins et les cœurs, les paysans, les serfs, les seigneurs et les monarques. Qui osait se dresser contre le pouvoir de l'Église ?

Je poursuivis mon chemin jusqu'aux Halles, entourées des maisons à colombages où étaient logés les forains et qui regorgeaient de marchandises de toutes sortes. Les tailleurs d'images sculptaient les statues des cathédrales ; les maîtres des œuvres de maçonnerie ravalaient une église ; les talemeliers faisaient de la pâtisserie ; les cervoisiers fabriquaient leur breuvage ; les crieurs annonçaient les noms des tavernes où était servi le meilleur vin. Les tréfiliers travaillaient le fil de fer ; les archers, les étuviers, maîtres d'établissements de bains, les potiers, les écueilliers n'hésitaient pas à hurler pour convaincre le chaland. Au milieu des Halles, se dressait le pilori, où les voleurs et les brigands étaient punis, les membres coincés, alors que les gens leur jetaient de la boue. Je bus un peu d'eau de la Seine à la fontaine publique. J'avais pris soin de dissimuler mes habits, ma calotte et ma barbe sous ma pèlerine.

Sur le grand triangle du carreau des Halles, une foule s'était rassemblée. Je m'approchai et ne pus retenir un haut-le-cœur. La scène qui se déroulait devant tous n'était autre que la décapitation d'un homme. Certains à pied, d'autres à cheval, tous avaient les yeux fixés sur le condamné qui, en chemise, les yeux bandés, était agenouillé sur l'estrade, entouré par deux moines. Je frissonnai en passant devant les geôles dans lesquelles on enfermait les inculpés en attente d'une décision de justice. Dans la rue, des prisonniers nus jusqu'à la taille et encadrés par les agents du roi portaient des fers autour des poignets. Les yeux injectés de sang, ils n'avaient plus que la peau sur les os, calcinée par les stigmates de leurs blessures.

Je passai devant la Tour des réformateurs, où les condamnés étaient mis à la question et torturés sous la juridiction du roi et du Parlement. Je savais qu'ils y étaient retenus dans des conditions effroyables, entassés à cinquante par geôle, quand ils avaient la chance de ne pas être mis aux oubliettes, précipités au fond d'un puits ou jetés dans les fosses au sous-sol, qui abritaient la chambre d'Hypocras en forme d'entonnoir : les détenus y étaient descendus avec une poulie, ainsi ils étaient forcés de garder la station debout, ne pouvant ni s'asseoir, ni se coucher, ni s'adosser au mur à cause de l'inclinaison.

Je poursuivis jusqu'au cimetière des Innocents où avait lieu l'enterrement. Devant nous se trouvait Notre-Dame, impressionnante avec ses voûtes à nervures, ses simples dalles, les colonnes massives de la nef et ses chapiteaux à feuilles d'acanthe. À gauche, on apercevait la fléchette de l'église Sainte-Madeleine-en-l'Île, à côté de l'ancien quartier des juifs, avant qu'ils ne fussent expulsés par Philippe Auguste. À droite, de hautes maisons grises, et derrière, toutes les rues étroites et sombres, rue de la Harpe, rue de l'Arbalète, de l'Arbre-Sec, de l'Hirondelle, de l'Homme-Armé, des Blancs-Manteaux, et la rue de la Juiverie où nous sommes. Devant le pont Saint-Michel avec sa rangée de maisons serrées, se dressaient la silhouette massive du Petit Châtelet, qui relie l'île de la Cité de Paris aux berges de la Seine, et le Grand Châtelet.

Il faisait bon en cette saison et le soleil printanier

donnait envie d'oublier l'horreur du drame qui venait de se dérouler. Comme prévu, je m'arrêtai à l'entrée du cimetière pour observer la scène, de loin, sans pénétrer dans l'enceinte interdite.

Je vis alors un cortège de huit hommes bien vêtus avec d'élégantes coiffes. Certains portaient la robe, vêtement aux larges manches froncées aux poignets et doublé d'une fourrure, avec de courtes bottes aux bouts pointus. D'autres avaient un balandran, grand manteau qui recouvrait leurs habits. Le cercueil de l'enfant était entouré de trois pleurants, des moines encapuchonnés. La cérémonie commença et je tentai d'observer ceux qui étaient présents, comme l'avait préconisé mon maître. Des crieurs forçaient la voix pour déplorer la mort. Derrière eux se trouvaient les clercs, les religieux d'autres abbayes, les chapelains et enfin les chanoines. Suivaient quelques séculiers et des prélats d'importance. À côté d'eux, se tenait le représentant de la Justice royale, vêtu d'une robe et d'un chapeau noirs : je reconnus à son costume, sa corpulence et ses yeux globuleux Évrard de Valenciennes, le prévôt de Paris. Des proches semblaient en grand deuil. Qui étaient-ils, ceux qui portaient de longues robes noires, recouvertes de manteaux à queue ? Le reste de l'assistance était habillé de façon soignée en l'honneur de cette étrange mise en scène. Parmi eux, un homme aux cheveux gris, d'une cinquantaine d'années peut-être, portait une dalmatique sous une chasuble aux teintes dorées. À côté de lui, se trouvait un personnage de grande taille, aux traits anguleux, au nez long et fin, avec des petits yeux enfoncés, et vêtu de manière plus austère d'une tunique à larges pans sur une pèlerine sombre. Je demandai à un groupe de gens près de moi s'ils reconnaissaient les personnes devant nous. On me répondit qu'il s'agissait de deux hommes proches du roi, Gauthier Cornu, membre du chapitre de Notre-Dame de Paris, archevêque de Sens, aumônier et confesseur de Louis, et le théologien et chancelier Eudes de Châteauroux. Mais, contrairement aux rumeurs étudiantes qui avaient sans doute exagéré le bruit, le roi lui-même n'était pas venu.

Je rabattis ma capuche et me cachai derrière un arbre. Une autre surprise m'attendait. Vêtu d'une robe de moine, il portait la tonsure. Les cheveux blonds, l'œil noir, les lèvres serrées comme s'il ruminait quelque pensée morbide, le visage lisse et imberbe, Nicolas Donin – c'est ainsi qu'il se faisait appeler depuis sa conversion au christianisme – avait la pâleur du diable. Il se tenait à côté du chancelier et de l'évêque. Entre le *nazir* à la barbe blonde, qui mettait sa kippa et ses phylactères le matin quand je l'avais connu à l'école des perushim, et le moine au visage imberbe qui était devant moi, la différence était frappante. Tout le monde le connaissait dans la communauté. Son cas avait défrayé la chronique. Il était venu de La Rochelle pour étudier le Talmud dans notre école qu'il avait choisie pour sa renommée. Devenu l'un des élèves et disciples de sire Vives, il s'était distingué par sa connaissance de la Torah et par la précision de ses références talmudiques. Puis tout avait changé. Personne ne savait au juste ce qui s'était passé, mais, en haut lieu, on avait décidé de ne plus le garder parmi nous, et il avait fini par être excommunié, ce qui était extrêmement rare et grave dans notre communauté. Je savais qu'il avait vécu dans l'isolement, avant d'épouser la foi chrétienne. Mais enfin, que faisait-il dans cette procession et pourquoi tant de personnages de l'État s'étaient-ils déplacés ?

Soudain, Eudes de Châteauroux se leva et ouvrit les bras.

— Mes amis, dit-il en considérant son auditoire, vous êtes venus ici nombreux parce que, comme moi, vous êtes révoltés. Vous êtes révoltés par la mort de cet enfant ! Et vous avez raison de l'être. Cette mort n'est pas accidentelle. Elle résulte d'un crime. Et pas de n'importe quel crime : un infanticide. Le meurtre d'un enfant chrétien, retrouvé dans le quartier des juifs, dans un linge marqué d'un signe hébraïque ! Tout les accuse. N'est-ce point un geste satanique qui se moque et se joue de l'autorité divine ? Cette communauté qui se proclame le peuple élu ne cherche qu'à dominer les autres en se croyant supérieure. C'est la raison pour laquelle elle a été déchue, privée de son héritage. Car il a été ordonné à toutes les nations de croire dans le Christ, y compris aux juifs, et c'est à cause de leur péché de blasphème qu'ils sont pourchassés, méprisés, et que la synagogue est réprouvée. Pour cette raison, les juifs sont à l'origine de la ruine perpétuelle de Jérusalem. Ayant rejeté notre Seigneur, ils sont eux-mêmes honnis par Dieu. La grâce divine a abandonné le peuple élu pour se porter sur les nations qui ont entendu l'appel de Jésus. Le peuple juif porte en lui le nom et le sceau de Judas, le traître ! C'est le peuple de Satan que vous voyez à l'œuvre !

Dans la foule, je vis des jeunes et des vieux, des petits et des grands, des femmes et des hommes, écouter le théologien avec attention.

— Comme le dit le prophète Isaïe : « *Aveugle le cœur de l'homme, empèse ses oreilles et ferme ses yeux, pour qu'il ne voie pas de ses yeux, n'entende pas de ses oreilles, ne comprenne pas de son cœur.* » Pour les guérir de leur cécité et de leur surdité, et pour leur apprendre à s'ouvrir à la parole divine, l'Église leur a proposé une médecine spirituelle, qui consiste à revenir à elle par la lecture littérale des Évangiles. Cet exercice a permis à certains de se détacher des habitudes de la pensée rabbinique et de revenir à la vérité du Christ, ajouta-t-il en regardant en direction de Nicolas Donin. Mais la plupart ne veulent pas reconnaître que Dieu a annoncé l'avènement de Jésus Notre-Seigneur ! Tout comme ils ont tué le Christ, ils persévèrent et tuent des êtres innocents, car ils sont les agents du mal ! Et voici, un enfant a été retrouvé égorgé, une nouvelle victime des suppôts de Satan ! Nous devons les combattre, par tous les moyens !

À ces mots, en signe d'approbation, les hommes et les femmes se mirent à siffler et à crier. Je sentis un mouvement se former et se diriger vers la sortie du cimetière, la foule était prête déjà à se venger.

Je me dépêchai de m'éloigner et courus vers la rue de la Tacherie. Sur mon chemin, en entrant dans la juiverie, j'avertis les passants et les commerçants et leur recommandai de rester chez eux et de se barricader en prévision du danger imminent. En peu de temps, le message se répandit chez les bouchers, les talemeliers, les petites échoppes, et la rue se vida, les portes et les fenêtres se fermèrent, et ce fut comme si le quartier était mort. On avait l'habitude de se protéger et de se cacher depuis la dernière expulsion et tous eurent vite fait de se retirer dans leurs maisons bien fermées, les volets clos.

Au Beth Hamidrash, sire Vives était assis, seul, dans la bibliothèque. Les élèves étaient au réfectoire, en train de prendre leur déjeuner.

— Maître, dis-je, hors d'haleine, j'ai bien peur qu'ils ne viennent.

— Qui ?

— Les gens qui ont écouté le sermon d'Eudes de Châteauroux ! Fermons vite nos portes et protégeons-nous ! Nous n'avons pas les moyens de nous défendre.

Sire Vives referma le manuscrit qu'il était en train d'étudier et lissa sa barbe, l'air songeur.

— Tout d'abord, tu n'as pas pris de risques ?

— Personne ne m'a vu, Maître. Je suis resté aux abords, devant le cimetière, puisque je ne pouvais pas y rentrer.

Puis nous nous hâtâmes vers la porte, que nous avons verrouillée à l'aide d'un bélier, et nous demandâmes aux instructeurs de dire aux élèves de bien se garder de sortir, le temps que passe la vague de haine populaire.

— Eudes de Châteauroux…, murmura mon maître en fronçant les sourcils, lorsque je lui rapportai la scène. Il se trame ici quelque chose de grave, Éliézer. Avec Guillaume d'Auvergne et Nicolas Donin… Ils sont tous là, ceux qui nous haïssent, rassemblés pour faire le mal et nous détruire.

— Maître, demandai-je, que savez-vous de Nicolas Donin ?

Sire Vives me regarda, et je compris que la question le gênait.

— Il est parti, tu le sais.

— Pour quelle raison l'avez-vous excommunié ?

— Un jour, je t'expliquerai. Pour l'heure, il faut échapper à la vindicte populaire et aux agents du roi, et pour cela, il nous faut gagner du temps !

Soudain, nous entendîmes un hurlement. La foule était dans la rue, sous nos meurtrières, et elle demandait réparation. Certains frappaient déjà à notre porte en criant vengeance.

Le bouc émissaire, pensai-je. Tout pouvait s'enflammer en un moment. La ville s'embrasait parfois sur une calomnie, une dénonciation. Un autre cri nous fit sursauter, qui venait de la maison d'études.

— Yéhiel ! Tu as vu l'heure ?

L'épouse de mon maître arrivait avec un repas. Sire Vives menait une vie ascétique, il ne prenait qu'un repas par jour. Myriam, une petite femme plutôt ronde aux cheveux dissimulés par un tissu noir, les sourcils froncés et la bouche pincée, apparaissait de temps en temps avec un bol de soupe, un morceau de pain noir ou une bouillie de farine qu'elle mettait sous le nez de son mari, et elle attendait qu'il ait terminé pour repartir en trottinant, la tête rentrée entre les épaules. Elle ne cessait de le houspiller, lui faisait remarquer qu'il n'avait pas assez mangé ni bu, ou qu'il ne passait pas assez de temps avec sa famille, ce qui était vrai. Ses enfants étaient grands, l'un de ses fils, Messire Délicieux, qui vivait à Meaux, étudiait de temps en temps avec nous, ses filles étaient mariées et il se consacrait désormais à ses élèves et à l'étude du Talmud.

— Yéhiel, tu te rends compte que tu n'as pas mis les pieds à la maison depuis hier ? rugit Myriam. Tu crois que c'est une vie, ça ? Je m'occupe de tout, toute seule, et le soir je suis encore seule ! J'en peux plus, moi. Je te préviens, Yéhiel, je vais finir par partir !

— Partir… mais où ?

— Où ? Où… Eh bien, tu verras !

— Nous avons étudié une page du Talmud particulièrement difficile, murmura sire Vives.

— À quel sujet ? demanda Myriam, qui s'intéressait toujours aux enseignements de son mari et qui lui vouait malgré tout la plus fervente admiration.

— Eh bien, dit-il, cette page disait qu'on est puni par là où on a péché. Par exemple, Absalom, fils de Saül, était fier de sa chevelure, et il est mort accroché par les cheveux à une branche d'arbre qu'il n'avait pas vue. De plus, il a eu des relations sexuelles avec les dix servantes de son père, et ses ennemis lui ont planté dix lances dans le corps. On dit qu'il a volé trois cœurs, celui de son père, celui du tribunal, celui d'Israël, et trois couteaux l'ont achevé.

— Comment comprendre cette page ? Serait-ce à dire que ce qui nous arrive comme malheur aujourd'hui, nous l'avons mérité ?

— Non, pas du tout, dit Myriam. Cela signifie que c'est la vanité qui nous perd. Absalom a été tué à cause de ses cheveux qu'il gardait longs pour être beau, à cause des femmes qu'il a séduites et des provocations qu'il a lancées contre tous, pour montrer qu'il était le plus fort. Cela n'a rien à voir avec un châtiment ou une gratification divine. La vanité, c'est ce qui nous tue. N'est-ce pas, Yéhiel ?

— Merci, Myriam, dit-il. C'est exactement ainsi que l'on doit comprendre ce texte. J'aurais dû en effet faire preuve d'humilité et te consulter.

— À présent, mange, ajouta-t-elle. Ou peut-être crois-tu que tu puisses te passer de te nourrir ?

— Oui, oui, je mange, dit sire Vives, sans rien en faire.

— Dépêche-toi, je t'attends, insista-t-elle en restant sur le pas de la porte.

Sire Vives avala sa soupe.

— Je te jure, c'est pas une vie pour moi d'être mariée à un courant d'air.

— Attends qu'ils repartent, dit mon maître en jetant un coup d'œil à la meurtrière. Ils sont dehors, devant notre maison, et je ne suis pas tranquille.

Le soir, parfois, je parlais de mon maître et son épouse avec mes camarades de chambre, Joseph et Samuel. À mi-voix, nous plaisantions sur les rapports du maître et de son épouse. Dans le Talmud, on raconte qu'un élève s'est caché sous le lit de son maître pour voir comment il se comportait avec sa femme. Nous nous demandions ce qu'il se passerait si nous faisions de même. Est-ce qu'ils se disputaient chez eux, ou les colères de Myriam étaient-elles destinées à nous tous ?

— Dis-moi, Éliézer, dit Myriam en me toisant. Tu vas bientôt achever tes études et ton vœu va prendre fin.

— Oh, dis-je, pour l'instant, je suis ici.

— Quand penses-tu te marier ?

— Je n'en ai aucune idée.

— Encore un an et tu auras fini !

— Oui, encore un an.

— Tu penses toujours à Déborah ?

— Tous les jours.

— Sais-tu ce que j'ai appris ? On dit qu'elle vient d'avoir un enfant.

— C'est exact, dis-je.

— Ce ne doit pas être facile pour elle, alors qu'elle est seule.

— Pour moi non plus, soupirai-je. Ce n'est pas facile.

— Sais-tu qu'il est écrit : « *Il n'est pas bon que l'homme soit seul. C'est pourquoi l'homme doit quitter son père et sa mère, s'attacher à sa femme et former avec elle une seule chair* » ? Dans le jardin d'Éden, l'homme et la femme étaient nus, et ils n'en avaient aucune honte ! C'est le Créateur Lui-même qui leur a ordonné de s'unir.

— Comment puis-je trouver une épouse alors que c'est Déborah que j'aime ? demandai-je. Et comment l'épouser, alors que je suis Cohen, qu'elle a été mariée et que notre union est impossible ?

— Eh bien, Yéhiel, tu n'as pas trouvé la solution de ce problème ? demanda Myriam.

— Je suis douloureusement touché par ta question, répondit sire Vives, mais je ne peux pas te dire autre chose que ce qui est écrit par nos sages. L'amour est pour la Torah lié à la « connaissance » : « *Et Adam connut sa femme Ève.* » Notre maître Rachi nous dit qu'il faut comprendre « connaître » par « s'unir d'amour ». Dans l'acte d'amour, on connaît l'autre. L'amour est une *mitsva*, un commandement, plus qu'un besoin, qui nous accomplit et nous permet de nous ouvrir à l'autre, de l'accueillir tel qu'il le désire. Le mariage est appelé « *kiddouchin* », « sanctification ». Prie Hachem pour qu'Il soit à tes côtés dans l'étude. Je t'assure que tu verras des merveilles, Éliézer ! Pour le moment, songeons à sauver Déborah, ainsi que ses parents, du terrible danger qui la guette, comme tous les membres de notre communauté.

Ainsi parlait mon maître.

Il est interdit à un Cohen de contracter un mariage avec une femme divorcée, mais il existe d'autres interdictions pour les juifs, qu'ils soient Cohen ou non : porter son regard sur une femme ou une jeune fille, ainsi que la toucher. Ou encore, avoir une relation avec une femme mariée, même si elle est *agounah*, c'est-à-dire si son mari lui refuse le divorce.

Lorsque la Torah traite des relations interdites, elle emploie l'expression : « vous ne vous en approcherez pas ». D'où la nécessité de garder la distance. On ne doit pas porter son regard sur une jeune femme qui n'est pas la sienne, comme le dit le dixième commandement : « *Tu ne convoiteras pas la femme de ton prochain.* » Et Dieu dit : « Si *vous vous rendez impurs par ces fautes, Je ne serai plus votre Dieu, car vous vous serez séparés de Moi.* »

— J'ai l'impression que le calme est revenu, dit mon maître au bout d'un moment. Retourne voir ton ami Augustin, et tente de savoir qui sont les parents de cet enfant. Ne mets pas ta vie en danger, toutefois !

Quelque chose me dit que le prétendu crime rituel, avec ces funérailles, fait partie d'un plan plus vaste que nous devons déjouer au plus vite, si nous voulons sauver notre communauté.

8

Le lendemain matin, je me réveillai en sursaut. La conversation avec mon maître m'avait tenu éveillé une bonne partie de la nuit.

À chaque instant, je pensais à elle. Avec stupeur, avec appréhension, avec culpabilité, et l'angoisse me serrait la gorge comme une main de fer. Ses yeux ne cessaient de me questionner, sa bouche, son sourire, sa silhouette. Comment me concentrer sur les paroles du maître alors qu'elle régnait sur ma vie ? Elle qui hantait mes jours et mes nuits, et pour laquelle mon cœur palpitait, battait à se rompre. Elle que j'aimais depuis le jour où mon regard avait croisé le sien. Pourquoi ? Comment ? Je ne savais pas. Toutes les nuits, je ressentais ce manque intense, et cette pitié terrible pour elle, pour moi, de ne pas savoir ce qui nous attendait. « *Depuis les limites de la terre nous entendons des hymnes : Honneur à Dieu le Juste ! Mais je dis : Quelle épreuve pour moi !* »

Toutes les nuits, je rêvais d'elle, de ses lèvres, de son teint pâle, de ses yeux, de ses pommettes hautes, de ses cheveux qu'elle ne dissimulait pas car elle n'était pas mariée. Ou plutôt, elle ne l'était plus. Je l'aimais avant son mariage, et même pendant, je n'avais pas cessé. Mes pensées se dirigeaient vers elle avec un sentiment de désir et de nécessité, qui se manifestait par des rêves et des larmes. Que faisait-elle ? Songeait-elle au danger qui la guettait ? Je me demandais quelle était sa vie et si nous allions nous revoir un jour. Allait-elle revenir à la synagogue, le chabbat, comme elle l'avait promis ? Était-elle abattue ? Qui voyait-elle ? Que disait-elle ? Que pensait-elle ?

Dans mon rêve, j'étais heureux. J'étais allé la voir au bain rituel : c'était elle la gardienne du lieu, qui recevait les femmes, à la tombée de la nuit. Elle était vêtue d'une robe blanche, ses longs cheveux noirs descendaient jusqu'à sa taille. Et je lui parlais. C'était un moment unique où l'on se disait tout, et nous regarder nous suffisait à être heureux.

Elle était assise sur un banc, et je me penchais pour lui enlever ses chausses légères d'été. Puis je l'embrassais, je l'enlaçais, nous nous réfugiions en bas, à côté du bassin d'eau claire, eau de pluie pure et limpide, et enveloppé de linges blancs, de tout mon cœur, de ma bouche, de mes mains, de mon corps, je me remplissais d'elle, pour l'habiter et m'abreuver à sa source, la faire mienne et être sien, la toucher de mes mains et de mon corps. Et nous étions une seule chair, car en cette nuit ardente où je la fiançais à moi, où je la prenais et où elle devenait ma femme, je l'aimais, et cela me consolait de la mort de ma mère, perdue dans l'horreur d'un jour d'hiver, au beau milieu d'un massacre. De ce rêve, puissé-je en avoir vingt-sept interprétations. Davantage encore se précipitaient dans mon esprit et je savais que moi seul en détenais la clef.

En regardant dans la chambrée, j'eus la surprise de constater que Joseph s'était absenté à nouveau et qu'il avait usé de notre stratagème avec la couverture pliée pour faire croire qu'il était dans son lit. Je descendis pour le chercher dans la bibliothèque mais il n'y était pas. Que faisait-il, cette nuit ? Où s'était-il rendu et à quelle heure rentrerait-il ? Depuis l'annonce du meurtre dont on nous accusait, son comportement avait changé. Il semblait fatigué. Il était moins loquace. On aurait dit qu'il se repliait sur lui-même et qu'il ne participait plus aux cours comme il avait l'habitude de le faire, pour apporter une contradiction féconde aux propos tenus par nos maîtres. Parfois, pendant l'étude, il s'assoupissait sur ses pages du Talmud. Sa kippa tombait et l'on voyait son visage, comme posé sur le parchemin, peau contre peau. Il se faisait rappeler à l'ordre par le surveillant et se réveillait en sursaut, les regards tournés vers lui. On le voyait parler avec notre instructeur, Ézéchiel, et j'avais remarqué qu'il portait comme lui des fils bleus et blancs, qui dépassaient de son pantalon.

Ce jour-là, je pris un déjeuner rapide composé de lait et d'une tranche de pain. Joseph arriva, sans que je sache d'où il venait. Il me demanda si j'étudiais avec sire Vives. Je ne pouvais pas lui dire ce que je faisais en réalité, mais il semblait curieux, et un peu jaloux, lui qui avait certainement beaucoup plus de connaissances et d'intelligence que moi, et qui était naturellement appelé à être le disciple favori, le successeur de notre maître.

Samuel vint nous rejoindre avec une large tranche

de pain, un potage aux légumes et de la bouillie d'orge et de miel.

— D'où as-tu tout ça ? demandai-je.

— Je l'ai acheté chez le talmelier. Tu en veux ? Sers-toi, je t'en prie.

— Avec quel argent ? On a de la peine à s'éclairer, le soir…

— Ah, ça… Sais-tu qu'avec un peu d'argent on peut en faire plus ?

— Pas quand on étudie…

— Je t'expliquerai, si ça t'intéresse…, dit-il en sortant une brioche de sa poche. Tu en veux ?

— Non, merci.

— Tu sais, Éliézer, me confia-t-il soudain, je ne sais pas si je vais rester à la maison des perushim.

— Pourquoi pas ?

— Ce que nous faisons m'intéresse, bien sûr, mais… j'ai été dirigé ici un peu malgré moi, par mon père. Je n'ai pas un goût profond pour l'étude.

— Comment peux-tu dire cela ? Tu étudies nuit et jour et tu dis que tu ne te sens pas de goût pour l'étude !

— J'aime bien, mais pas toute la vie, tu comprends ? Je ne veux pas devenir rabbin, ni enseigner, moi ! C'est pas ma vocation ! Je crois que j'ai d'autres capacités.

— Lesquelles ? lui demandai-je.

— Je me demande si ce n'est pas un refuge, l'étude. Je veux dire, se retirer du monde, comme ça. C'est pas normal, non ? Moi je voudrais gagner de l'argent, avoir un métier. J'aime les chiffres. Je pense que c'est important, dans la vie. Ceux qui sont ici sont dans un monde abstrait, un monde conceptuel.

— Tu sais bien que c'est un privilège d'être ici. Nous sommes choisis, élus. Tout le monde nous envie, nous regarde avec admiration et respect, et attend le meilleur de nous. Nous perpétuons la tradition. Notre communauté ne peut exister sans maître ni rabbin.

— Oui, et alors ?

— Alors c'est important…

— Pourquoi ?

— Parce que je pense que nous sommes les seuls, les élus. C'est sire Vives notre maître ! Une bénédiction divine !

— Je ne suis pas capable d'une telle dévotion… Je l'admire et le respecte, c'est sûr, murmura-t-il en terminant sa brioche. Mais de là à lui vouer toute ma vie… C'est trop !

— Tu dois être bouleversé par les derniers événements, comme nous tous, dis-je.

— Non, c'est pas ça. Ici, nous passons notre temps à penser, à réfléchir. Parfois, je me demande si c'est suffisant.

— « Nous ferons et nous écouterons », ont répondu les Hébreux lorsque Moïse leur a proposé la Loi.

— Il y a des centaines de pages de réflexions sur ce sujet.

— Cela signifie que nous ne faisons pas qu'écouter, nous agissons d'abord. Nous avons 613 lois qui régissent notre comportement de tous les jours et qui organisent toute notre vie. Nous mangeons, nous dormons, nous aimons, nous travaillons, nous nous reposons. Toute notre existence est sous le signe de la Loi.

— Au fait, dit Samuel, tu sais pourquoi 613 ? Personne n'a réussi à faire le compte exact des lois. 613, ce n'est que l'opinion de Rabbi Simlaï. Tous ceux qui ont essayé de dénombrer les *mitsvot* ne sont jamais vraiment parvenus à ce chiffre.

— 248 préceptes positifs et 365 interdictions, qui rappellent les 365 jours de l'année. La valeur numérique de 613 est la même que celle du mot « créé », comme : J'ai créé l'homme, dit Dieu, dans le livre d'Isaïe.

— Mais la valeur numérique du mot « Torah » est 611.

— « *Betorah* » signifie « dans la Torah » et vaut 613.

— À ce compte-là, 6+1+3=10, comme les dix commandements, répondit Samuel.

Je ne pus m'empêcher de rire avec lui. Je laissai Samuel à ses calculs et je tentai de sortir discrètement de la maison d'études. Au moment où j'ouvrais la porte, Ézéchiel rentrait.

— Où vas-tu, Éliézer ? demanda aussitôt l'instructeur. Le cours va bientôt commencer.

— Chez le parcheminier, mentis-je.

— Tu as demandé la permission ?

— Oui, c'est pour sire Vives.

— Dépêche-toi, dit-il en me regardant d'un air intrigué.

Je sortis et me dirigeai vers le quartier des étudiants, dans la maison où vivait Augustin avec ses camarades d'université. Il était encore tôt, on entendait les cloches sonner dans Notre-Dame. Laudes, pensai-je. « *Grâce à Dieu au jour qui se lève ! Le moment où revient la nouvelle lumière du jour évoque la résurrection du Seigneur Jésus, qui est la lumière véritable, éclairant tous les hommes, le soleil levant qui vient d'en haut.* » Quand donc pourrais-je m'enlever cela de la tête ? Parfois même ces phrases se mélangeaient à la prière du matin, après que j'eus enroulé les phylactères autour de mon bras, « *Écoute, Israël, l'Éternel est notre Dieu, l'Éternel est un* ».

Les cloches sonnaient, entêtantes. Certains refrains reviennent à tout moment, comme surgis du fond de la mémoire, sans que l'on sache pourquoi. Et soudain, plus que n'importe quel autre souvenir, ils vous bouleversent. Je m'arrêtai un moment devant la cathédrale. Ces tintements menaçants me tapaient sur la tête dans un vacarme infernal, m'écrasant le cœur et l'esprit. Je n'arrivais plus à me mouvoir. Une étrange émotion s'empara de moi, en même temps que les larmes me montaient aux yeux. Je me sentis flotter, un vertige me saisit, j'eus l'impression que j'allais m'évanouir, en pleine rue, que je n'étais plus maître de moi-même, mais happé par une force à laquelle je ne pouvais échapper et qui prenait le contrôle de mon être. J'étais soudain plongé des années en arrière, lorsque j'avais séjourné au monastère et que, de gré ou de force, je suivais les prières et me levais à l'aube, dès que les cloches sonnaient. Cela signifiait qu'il fallait obéir, que je n'avais pas le droit de manquer à la règle qui exigeait la prière commune : les hymnes, puis les psaumes, le capitule, un extrait de l'Ancien Testament, des Évangiles, et des prières et bénédictions… Dans le froid, se lever, se vêtir en grelottant, se diriger vers la chapelle, s'agenouiller, se signer… Une vie sacrée, dans le jeûne, la privation et, pire, la contrition, au sein de laquelle se trouvait une joie céleste.

Les cloches s'arrêtèrent de sonner, et je me glissai dans les ruelles jusqu'à l'habitation où je frappai. Un jeune homme tout juste sorti de son lit m'ouvrit et me dit qu'Augustin était déjà parti étudier, que je pourrais le trouver dans l'une des grandes salles de classe de l'université.

Je me dirigeai vers la faculté de médecine à quelques rues de là, entrai par le portail, traversai la cour et montai l'escalier jusque dans la salle où officiait le professeur. Je jetai un œil par la porte entrouverte. Il était encore tôt, il faisait froid, une simple chandelle éclairait les élèves qui écrivaient sur des pupitres avec un grattoir ou une plume sur des rouleaux de parchemin, qu'ils plaçaient sur leurs genoux. Certains, distraits, regardaient par la fenêtre, d'autres terminaient leur nuit, la tête posée sur leurs bras. Chez nous, nous avions une dizaine d'exemplaires du Talmud, sur lesquels nous travaillions en suivant l'étude de notre maître, à deux ou à trois. À l'université, le professeur donnait un cours magistral, sans document écrit. Augustin m'avait expliqué combien il était compliqué et cher d'acquérir un livre. Il fallait le commander à un copiste ou l'emprunter à des loueurs qui évaluaient la valeur des ouvrages en fonction du nombre de feuilles, du sujet et de la rareté. Certains professeurs, pour gagner de l'argent, exerçaient aussi cette activité. Les libraires vendaient des livres, mais le prix était fixé et ils ne pouvaient pas le majorer ni le diminuer. Le parchemin était onéreux ; on le faisait venir de la campagne sur des charrettes qui transportaient des cargaisons de matériel, et le recteur le faisait vérifier par les parcheminiers de l'université. Pour économiser les manuscrits, les copistes les grattaient et réécrivaient dessus, selon le principe du palimpseste. Souvent, les moines utilisaient des pierres ponces pour effacer les pensées de philosophes grecs et recopier d'autres passages, des prières ou des textes liturgiques, parfois même plusieurs fois, un texte écrit sur un texte, lui-même réécrit sur un autre, et ainsi de suite. Dans notre maison d'études, jamais nous n'avions adopté ce principe : il nous était interdit d'effacer les lettres hébraïques. Alors, pour conserver nos manuscrits intacts, nous écrivions dans les marges, sous les lettres, en tout petits caractères, au-dessus et en dessous, si bien que le vide se remplissait d'écritures et la page de colonnes de mots, sans paragraphes ni aérations, pour gagner de la place.

Je m'assis sur un banc, devant la salle de cours. Des étudiants marchaient dans les longs couloirs, discutaient, riaient, quelques-uns couraient avec leur besace. L'un d'eux ouvrit la porte de la salle de cours et se mit à hurler des insultes, aussitôt les autres lui emboîtèrent le pas et ils entonnèrent une chanson grivoise. Certains portaient des masques, d'autres des costumes. Un vrai spectacle commença, un impromptu sorti d'on ne sait où, un carnaval avec des jongleurs et des comédiens grimés qui, dans une procession burlesque et satirique, imitaient les professeurs et se moquaient du clergé. L'un d'entre eux qui jouait le rôle du roi se fit bastonner par un paysan ignare. Un autre, déguisé en moine, annonça s'appeler saint Andouille et se mit à parodier un sermon chrétien, à grand renfort de trivialités et de commentaires qui me firent sourire.

Soudain, l'étudiant se tut et se figea, ses condisciples se dispersèrent : deux personnages importants venaient d'arriver. Je reconnus à son air hautain Eudes de Châteauroux, avec l'homme aux cheveux gris qui l'accompagnait lors de l'enterrement : Gauthier Cornu, archevêque de Sens et confesseur du roi. Les deux étaient en grande conversation. Je me cachai sous ma capuche, lorsqu'ils passèrent devant moi.

— J'en ai déjà parlé en ce lieu, dit Eudes de Châteauroux. Je suis sûr qu'ils ne resteront pas inactifs. Ils sont prompts à l'action, pour cela, je leur fais confiance ! Et notre bon roi, que pense-t-il de cette affaire ?

— Il est persuadé qu'il s'agit bien d'un meurtre rituel, dit Gauthier Cornu. Il ne fait pas confiance aux juifs. Il rêverait de pouvoir s'en débarrasser mais il a besoin d'eux… Avez-vous remarqué que plus nous les chassons, plus ils reviennent ? Il pense à leur demander de porter une rouelle sur leurs vêtements pour les distinguer des autres. Sinon, comment faire ? Il sera plus simple ainsi de les maîtriser, et de les expulser en cas de nécessité.

— Les expulsions renflouent les finances… pendant un temps. Puisque après, nous n'avons plus d'usuriers. Cependant, notre rôle est de les empêcher de propager leur hérésie, lorsqu'ils sont ici.

— Certes, mais comment ?

— Ne vous en faites pas pour cela. Dites à notre bon roi que nous sommes en relation épistolaire avec le pape, pour mettre fin aux paroles de ce peuple rebelle qui menace la paix du royaume.

— Que préparez-vous ? demanda Gauthier Cornu. Notre roi serait heureux de le savoir. Vous connaissez mon lien avec Louis et sa famille, ainsi qu'avec sa mère, Blanche de Castille.

— Grâce à l'un des leurs qui les a quittés, nous savons maintenant, dit Eudes.

— Quoi ?

— Leur arme secrète. Celle qui menace l'Église et l'autorité de notre roi.

— Qui est ?

— Vous n'aviez pas deviné. C'est leur livre… Celui qu'ils appellent le Talmud. Enlevons-leur le livre et ils se convertiront ! C'est à cause de lui qu'ils survivent, de siècle en siècle. Le livre est inspiré par le Démon. Heureusement, nous avons l'Inquisition avec nous. Notre pape, Grégoire IX, en tant que représentant de Dieu, exerce également sa souveraineté sur les juifs. Il s'agit de lutter contre les ennemis intérieurs, les juifs autant que les Sarrasins. Toutes les déviances dogmatiques et les hérésies seront durement punies. L'Inquisition va mettre en place des tribunaux pour les juger et les punir, voire les détruire. Après leur jugement, ils seront châtiés par le pouvoir séculier, selon leur condamnation, qui peut aller jusqu'au bûcher en cas d'extrême gravité. Nous allons ordonner aux évêques, aux moines et à tous ceux qui sont en charge des âmes de leurs diocèses de procéder à des enquêtes. Et après ces enquêtes, les officiers du roi feront exécuter la sentence. Vous verrez, l'Inquisition aura raison des juifs et de leur Talmud ! Nous sommes aidés par les dominicains, qui ne sont soumis qu'à l'autorité du pape et qui vont constituer des nouveaux tribunaux pouvant agir en toute indépendance. Tous les témoignages seront consignés. Ceux qui se dénoncent pourront être graciés, mais les autres recevront les plus terribles châtiments. Et la torture pour les menteurs.

Soudain, je vis mon ami Augustin qui sortait de la classe.

— Éliézer, s'écria-t-il, qu'est-ce que tu fais ici ? Tu viens étudier avec nous ?

— Non, merci… Je suis venu te voir, murmurai-je pour lui faire comprendre que nous étions face à deux inquisiteurs et qu'il devait être plus discret.

— Je suis content de te voir, dit-il en m'entraînant d'un pas vif vers l'escalier. Tu les as entendus ? Eudes de Châteauroux et Gauthier Cornu… Depuis quelque temps, ils hantent l'université pour prêcher. L'autorité ecclésiastique a décidé de rétablir son pouvoir à travers l'enseignement de l'orthodoxie religieuse dans ce lieu. À quoi bon ? Les étudiants viennent de loin pour suivre les cours des professeurs les plus réputés mais ils n'aiment pas être soumis à l'évêque de Paris, ni au chancelier. D'ailleurs, je me suis renseigné au sujet de ton affaire. Pas impossible que les étudiants y soient mêlés. Ils aiment bien semer le trouble, peu importe où ! De plus, comme tu vois, nous sommes pauvres, nous n'avons rien. Nous sommes même parfois obligés de vendre nos instruments d'étude pour survivre…

— Suggères-tu que l'un des vôtres a pu être missionné pour tuer l'enfant contre de l'argent ?

— Tu me parles d'un mercenaire… Hélas, sache que pour se procurer de l'argent, certains ici sont prêts à tout. Et en toute impunité, comme tu peux voir, puisqu'ils ne sont pas soumis aux lois. Regarde la lettre que je vais me dépêcher d'envoyer à mes parents.

Je lus le parchemin que mon ami me tendait.

À mes chers parents, salut et obéissance filiale.

Veuillez apprendre que, grâce à Dieu, je suis en bonne santé dans la ville de Paris, dans laquelle je me consacre corps et âme à l'étude, je suis logé dans la petite chambre d'une grande maison, qui est juste à côté des écoles et du marché, ainsi je me rends quotidiennement en cours sans efforts. J'ai aussi de bons amis. Cependant, je n'ai pas d'instruments, c'est la raison pour laquelle je vous prie de me faire parvenir, s'il vous plaît, de l'argent pour acheter ce qu'il me faut pour étudier la médecine ; et vous conjure de m'envoyer, par le porteur de la présente, assez de monnaie pour acheter du parchemin, de l'encre, une écritoire et d'autres objets indispensables pour la poursuite de mes études. J'espère que je pourrai les mener à bon terme afin que vous soyez fiers de votre enfant.

Le porteur de cette lettre pourrait me rapporter, en plus de quelque argent, des souliers et des habits si toutefois vous en avez, dont vous n'avez plus l'usage, car les miens sont bien usés et bien vieux, et je n'en ai point d'autres.

Votre fils, Augustin.

— Tes parents ne peuvent pas refuser cela ! dis-je. Cette lettre est à pleurer.

— Oh, ils vont dire non. Ils ne comprennent pas

que je sois parti à Paris faire des études alors que j'aurais pu rester chez eux sans rien leur coûter et m'occuper de la boutique. Ils m'en veulent et ils seront impitoyables. Ils préfèrent que je crève de faim plutôt que de m'aider. Je ne peux plus rien emprunter à Alaric, j'ai honte. Ces problèmes d'argent me minent, tu sais. Je n'en dors plus la nuit.

— Si je pouvais t'aider, je le ferais. Mais je n'ai rien, tu le sais bien.

— Au pire, je ferai appel à un usurier. Peut-être peux-tu me dire à qui je dois m'adresser ?

— Comment le saurais-je ?

— Il n'y a que les juifs qui ont le droit de faire ce métier...

— Je ne connais pas d'usurier mais je peux me renseigner auprès de mon rabbin...

— Merci, mon frère. N'oublie pas. Ce me sera d'un grand secours. Et maintenant, à mon tour de t'aider pour ton enquête. Tu es prêt à tout ?

Je lui fis signe que oui. Ensemble, nous empruntâmes le pont aux Meuniers jusqu'à une longue rue tortueuse qui débouchait sur la rue Neuve-Sauveur. Nous prîmes la direction du Châtelet, traversâmes le territoire des tanneurs, des selliers et des artisans du cuir jusqu'au Grand-Pont, où je fus saisi à la gorge par l'odeur du sang. Dans le quartier des bouchers, rue de la Tuerie et rue de l'Écorcherie, les bêtes étaient abattues en pleine rue. Les animaux y arrivaient par troupeaux et causaient des accidents. Parfois, la justice organisait des procès d'animaux, un simulacre où ils étaient jugés par un tribunal et condamnés à la pendaison comme des hommes, sur la place publique.

La Grande Boucherie se situait près du fleuve, ce qui était pratique pour laver la viande et déverser les abats dans le fleuve.

— Voilà, dit Augustin en désignant une échoppe à la devanture un peu sombre. C'est dans cet endroit que nous nous approvisionnons en cœurs et en organes…

— Qu'en faites-vous ?

— Nous nous intéressons au corps humain. Mais nous n'avons pas le droit de disséquer des cadavres.

— Alors ?

— Nous prenons des cochons ou des bœufs.

— Jamais d'hommes…, n'est-ce pas ?

— Tu sais bien que si !

— Que faites-vous, Augustin ? Vous les… tuez ?

— Pas du tout ! Nous allons la nuit au cimetière des Innocents.

— Mon Dieu ! Vous déterrez les cadavres ?

— Seulement ceux qui viennent d'être enterrés. Nous retournons la terre fraîche et nous les prenons pour les étudier. Il nous arrive aussi de décrocher les pendus sur la place de Grève. Ou d'exhumer les suppliciés dans les fosses communes.

— Et après ?

— On les dissèque pour comprendre l'anatomie du corps humain.

— Vous les ouvrez ?

— On incise et on regarde ce qu'il y a à l'intérieur. C'est essentiel pour faire avancer la médecine.

— Où faites-vous cela ?

— Dans une vieille baraque à la campagne, je te montrerai si ça t'intéresse.

— Et après, vous en faites quoi ?

— Parfois, ils restent des semaines sur les tables.

— C'est horrible !

— Pour se faire un peu d'argent, on vend la graisse, c'est utile pour les roues des charrettes, ou pour fabriquer des médicaments.

— Bien sûr, dis-je, écœuré. Bien sûr.

— Sinon, nous achetons les cadavres des corps que personne ne réclame. Mais tout cela doit rester entre nous, n'est-ce pas ?

— Je ne parle à personne, tu sais bien.

— L'important, mon frère, c'est de ne pas avoir peur du sang !

— Mais toi, tu n'es pas dégoûté parfois ?

— Cela ne me dérange pas... Une question d'habitude, je suppose !

Nous entrâmes dans l'échoppe. Un bœuf mort était suspendu à un croc. Une lame affûtée à la main, les bras solidement refermés autour du cou de l'animal, le boucher, un homme robuste et gras au visage sanguin, tenait un porc. D'un bras sûr et d'un geste violent, il lui planta brutalement le couteau dans le cou. Je détournai les yeux devant le spectacle du sang qui jaillissait, mais j'entendis le cri de l'animal. Un cri presque humain. L'homme suait, et la bête éructait : elle faillit lui échapper mais il s'accrocha. Une sorte de lutte s'engagea au corps à corps, il lui tenait le groin alors que le porc se vidait de son sang et convulsait. Le sang se mit à jaillir, il le recueillit dans un baquet tout en maintenant la bête qui agonisait. Il fallait une terrible force pour la tenir et accomplir cet acte horrible. Le spectacle me soulevait le cœur.

— Alors ? demandai-je à Augustin, après que nous nous fûmes éloignés de la boucherie.

— Alors, il n'a rien d'intéressant pour moi, dit-il en remontant son pantalon pour me montrer la lame d'un sabre. Poursuivons notre chemin.

— Pour aller où ?

— Eh bien, aux portes de l'enfer !

Nous empruntâmes des passages qui conduisaient à des ruelles, puis à un îlot auquel on accédait par des grilles. Nous poursuivîmes notre chemin par une succession de petites rues qui nous menèrent vers un lieu encore bien plus sombre : la fameuse cour des Miracles. Mon maître m'avait recommandé de ne pas prendre de risques, et j'eus une sorte d'appréhension avant de me jeter dans la gueule du loup, mais je ne pouvais plus reculer.

Nous pénétrâmes dans l'un des quartiers les plus nauséabonds et les plus dangereux qui soient, royaume des bandits et des prostituées. Des enfants maigres, à l'air égaré, estropiés demandaient l'aumône. D'autres mendiants couverts de sang de bœuf et de peaux de bête exhibaient leurs membres gangrenés en bavant. Une vision de cauchemar que cette confrérie des gueux, une sorte de bande désorganisée au milieu des déchets et des immondices. L'odeur d'herbe brûlée, d'excréments et de pourriture me saisit à la gorge et m'empêcha presque de respirer. Une épaisse fumée s'échappait des feux allumés à même le sol, où les gens préparaient à manger : des soupes où surnageaient quelques aliments ramassés sur les pavés des marchés, ou des vieux bouts de chair dont personne ne voulait et qui dégageaient une fumée noire qui brûlait les yeux des enfants aux traits défigurés par la misère. En voulant nous enfoncer dans le quartier, nous fûmes arrêtés par une grille mais Augustin se hissa au sommet d'un mur et je le suivis pour entamer une traversée discrète par les toits. Au-dessous de nous, les rues grouillaient de monde, mendiants et vagabonds, bandits de toutes sortes, familles, hommes et femmes seuls, décharnés, moines défroqués, marchands ruinés, marauds, estropiés, unijambistes, personnages improbables aux membres emmaillotés ou maquillés de blessures au sang de bœuf, et qui erraient la nuit après avoir mendié le jour.

Enfin, nous parvînmes sur une petite place où brûlait un feu. Parmi les gens qui mangeaient avec leur main, il en était un, plus effrayant que les autres, qui portait un lourd chapeau et une cape fermée au cou par une corde à tête de mort. Il faisait très sombre, mais je reconnus le célèbre roi des mendiants à sa barbe broussailleuse et à son nez cabossé, comme tordu par un mauvais coup de poing. À côté de lui se tenaient deux hommes balafrés, probablement ses gardes, deux individus au visage dévoré par une maladie de peau, eux-mêmes entourés d'une troupe de hères habillés de guenilles, aux yeux hagards, comme à l'affût de quelque denrée qui pourrait apaiser leur faim.

Je me cachai dans un coin et rabattis ma capuche sur ma tête.

— Robert Merri, murmura Augustin. Tout ici passe par lui.

— Augustin, dit-il à mon camarade, que viens-tu faire par chez nous ? Tu viens chercher un cadavre ?

Quelle taille ? Quel sexe ? Quel âge ? Un vieillard ? ou un enfant, comme la dernière fois ?

— Non, non, dit Augustin. Pas aujourd'hui.

— Un morceau de corps ? Une tête ? des bras ? des jambes ? J'ai un supplicié si tu veux. Et les restes d'un brûlé que j'ai récupéré hier sur la place de Grève.

— Aurais-tu vendu un enfant dernièrement ?

— Mort ou vivant ? ricana Robert Merri.

— Un nouveau-né, mort ou vivant, dis-moi… On te l'aurait acheté la semaine dernière…

— Il y a eu un abandon d'un enfant mort-né. Et pourquoi tu veux savoir si quelqu'un l'a acheté ? Tes camarades ont fait un sale coup ?

Augustin préféra ne pas répondre.

— Le mort-né, tu te rappelles qui l'a pris ?

— Oh, je sais plus, moi ! Le soir même de la délivrance, un type est venu le chercher.

— Quelqu'un qui connaissait la mère de l'enfant ?

— On a souvent des femmes qui accouchent et qui abandonnent leur enfant. Soit ils survivent, soit ils meurent.

— Cet enfant, qu'est-il devenu ?

— Mort, je te dis.

— Mort, répéta Augustin. Mort comment, dis-moi ?

— Mort, comme… mort.

— Tu l'as vendu ? insista mon ami tout en lui tendant une pièce.

— Tu en poses des questions !

— Tu l'as vendu à qui ?

— Ah, ça je ne sais pas son nom… C'était la nuit,

je l'ai à peine vu. Mais il avait une barbe, me semble-t-il. Et des yeux bleus, ça je m'en souviens.

— Bien, dit Augustin. Merci pour le renseignement. Tu es sûr que tu n'as pas son identité ?

— Pourquoi tu me demandes tout ça ? Tu cherches quoi ? C'est pour tes études ?

— Non… C'est pour autre chose.

— Dis-moi… Ce serait pas pour une enquête, non ? Je te fais confiance, Augustin, toi et moi on fait des affaires, mais attention à ne pas me trahir… Tu sais que j'aime pas ça, pas du tout !… D'ailleurs, tu m'as apporté l'argent ?

— Non, pas encore, je vais le faire.

— Quand ?

— Demain, je l'aurai.

— Demain, je l'aurai ! Ça fait combien de temps que j'entends ça… Et c'est qui, ton ami, d'abord ? Il fait quoi ?

— Laisse-le, il n'a rien à voir avec tout ça.

— On pourrait le retenir en otage, jusqu'à ce que tu rapportes ce que tu nous dois ?

Robert Merri s'approcha de moi, et soudain je me souvins qu'Augustin m'avait demandé si j'avais une arme.

— Qui es-tu, toi ? Enlève ta capuche !

Ses yeux noirs brillaient comme s'il avait de la fièvre. Ses joues balafrées, sa peau pâle, presque blanche, son sourire aux dents gâtées, son regard m'effrayaient, et, par précaution, je me dissimulai et je reculai. Je regardai autour de moi et m'aperçus alors qu'une foule d'éclopés et de brigands à l'air peu recommandables s'approchaient de nous. Ils nous observaient, comme s'ils allaient bientôt nous dépouiller et nous réduire à néant.

— T'as pas l'air d'être un étudiant. C'est quoi cette barbe et cet accoutrement, là ? T'es qui ? Alchimiste ? Médecin ? Juif ?

— Je suis étudiant, monsieur.

— Tu es sûr qu'on s'est pas déjà rencontrés ? Tu serais pas envoyé par le prévôt ?

— Non, dis-je.

— Viens, murmura Augustin. Il faut partir. Et vite.

— Oh non, dit Robert Merri, pas si vite !

Il partit d'un rire sardonique qui me fit frissonner. Était-ce un signe de ralliement ? Les brigands formèrent un cercle autour de nous, et ce fut à cet instant qu'Augustin sortit son sabre.

— Que voulez-vous ?

— On veut voir le visage de ton ami. Les hommes du prévôt ne sont pas les bienvenus ici. Si c'est le cas…

D'un coup d'épée, il abaissa brusquement ma capuche, et lorsqu'il me vit, Merri éclata d'un rire étrange.

— Alors, dit-il, te revoilà parmi nous ?

9

— Viens, Éliézer, dit Myriam, je vais te soigner. Enlève ta chemise !

J'étais gêné de me déshabiller devant l'épouse de mon maître. J'étais rentré tard et blessé à nouveau, et j'étais tombé sur sire Vives, qui m'avait accueilli et emmené chez lui, dans la petite demeure attenante à la synagogue.

— Tu ne veux pas enlever ta capeline et baisser ta capuche, à la fin ? demanda-t-elle.

Je défis ma tunique maculée de sang. Des plaies couvraient mes bras et je sentais mes jambes endolories par les contusions.

— Allons, vas-y ! Enlève ton pantalon. N'aie pas honte, j'ai un fils, je te rappelle. Même si je ne le vois pas beaucoup depuis qu'il s'est marié. Ça sert à quoi de faire des enfants pour que ce soient d'autres qui en profitent et qu'on ne les voie plus ?

Elle examina mes blessures sur le visage, sur le corps, ainsi que les brûlures dues à l'incendie qui s'était déclenché au milieu de la bataille, et grâce auquel nous avions échappé à la mort. Dans l'obscurité, nous avions réussi à nous cacher et à filer en passant par les toits jusqu'aux quais de Seine, d'où Augustin avait regagné son quartier et moi le mien, tant bien que mal, heureux d'être vivants.

— Quelles sont ces cicatrices sur tes bras ? demanda Myriam. On dirait des lacérations.

— Ce n'est rien, dis-je.

Son regard se figea d'effroi.

— Et ces marques sur ton dos, et tes jambes ! Ce ne sont pas des brûlures. D'où viennent-elles ?

— Un accident, dis-je.

Sire Vives regarda mes blessures.

— As-tu déjà combattu dans ta vie ? demanda-t-il. On dirait une forme de… torture !

— J'ai suivi des leçons d'escrime. J'ai appris aussi à faire face à plusieurs assaillants. Je pense que cela nous a été profitable cette nuit…

— Je savais que tu connaissais beaucoup de choses, mais j'ignorais que tu savais te battre, dit sire Vives, l'air penseur. Qui t'a enseigné l'art du combat ?

— Quand j'étais plus jeune, j'ai reçu une formation par un maître d'armes. J'ai appris à abattre sans pitié quiconque m'attaque avec une épée, mais aussi à épargner le prisonnier dont les mains sont attachées.

Cela, je l'avais gardé pour moi jusqu'à présent. À la maison d'études, tout ce qui était du domaine de l'action ou de la violence était suspect, nous n'avions aucune éducation physique, nous ne savions pas ce qu'était une épée, et je ne voulais pas dire aux autres que l'on m'avait enseigné l'art de l'esquive et de l'estocade.

Tu deviendras chevalier. Tu iras dans la maison du seigneur, tu apprendras à t'occuper des chevaux, à chasser et à pratiquer le combat à l'épée avec un maître. Tu apprendras le code d'honneur, auquel tu obéiras aveuglément, et qui définira ta conduite concernant ta façon de manger, de te vêtir et aussi de te comporter avec les femmes. Bientôt, on te demandera de jeûner et de prier pour Notre-Seigneur, de te mortifier, et tu seras adoubé. Puis tu partiras à la guerre. Tu iras faire la croisade avec notre roi. Et ce jour-là, tu seras fier de toi car tu auras accompli ton devoir. Tu iras à Jérusalem pour en chasser l'infidèle.

— *L'infidèle, c'est-à-dire ?*

— *Ceux qui, sur ta route, ne croient pas en Notre-Seigneur : les mahométans et les juifs.*

— Tu sais qu'ici, nous ne pratiquons pas ce genre d'activité, dit mon maître. Nos seules armes sont les armes de l'esprit et de la parole. Nous refusons toute violence, contre les autres et contre soi-même. C'est interdit.

— Je sais, Maître. Mais si l'on nous attaque, ne devons-nous pas nous défendre ?

— Où t'es-tu battu cette nuit ? demanda sire Vives.

— À la cour des Miracles, murmurai-je.

— Le miracle, c'est que tu en sois revenu ! Nous allons réciter une prière au chabbat prochain pour remercier notre Dieu d'avoir accompli ce prodige. Que faisais-tu là-bas ? Tu sais que c'est l'endroit le plus dangereux de Paris !

Mon maître m'observa avec attention. Ses cernes

étaient creusés, ses joues aussi. Son sourire était comme figé et ses sourcils froncés accentuaient les rides de son front.

— Je menais mon enquête.

Je lui narrai alors les mésaventures de la soirée, alors que Myriam appliquait des cataplasmes à base de plantes sur mes blessures.

— J'ai des éléments susceptibles de nous éclairer, ajoutai-je. Il se pourrait que l'enfant trouvé dans notre quartier soit un enfant mort-né, que quelqu'un a acquis contre de l'argent.

— Une machination ourdie contre nous… ? s'étonna Myriam. Mais par qui ? Et pourquoi ?

— Ce peut être Eudes de Chateauroux et les Inquisiteurs, dis-je.

Sire Vives prit un moment pour réfléchir.

— Si nous voulons trouver la vérité, dit-il, nous devrions questionner chaque terme de l'énoncé. Nous disons qu'un enfant a été retrouvé mort dans notre rue. Mais que signifie « mort » ? Est-ce que cela veut dire mort de mort naturelle ? assassiné ? égorgé comme il semble selon les apparences ? ou mort-né comme notre enquête semble le montrer ? Puis se pose également la question de l'enfant. À partir de quand un fœtus est-il un être humain ? « Un enfant est retrouvé mort dans notre rue » peut vouloir dire des choses très différentes, voire antithétiques. La réalité peut paraître semblable mais les enjeux ne sont pas les mêmes.

— Cependant, la question demeure, dit Myriam. S'il s'agit d'une mort naturelle maquillée en meurtre, quelqu'un cherche à nous faire accuser, mais pour quelle raison ?

— Quelqu'un qui veut notre perte, dis-je. Qui nous hait en tant que peuple. Quelqu'un de haut placé puisque Eudes de Châteauroux, Guillaume d'Auvergne et Gauthier Cornu sont allés à l'enterrement.

— Nicolas Donin ! s'exclama Myriam. Il cherche à se venger de nous depuis son excommunication. C'est la raison pour laquelle il s'est allié à Eudes de Châteauroux. C'est lui qui a ourdi cette machination contre nous !

— Maître, pouvez-vous m'expliquer ? dis-je. Vous ne m'avez pas dit pour quelle raison vous avez excommunié Nicolas Donin. C'est une décision d'une gravité extrême, et j'aimerais comprendre. Ce n'est pas par simple curiosité, mais cela me semble être un élément essentiel de l'enquête que nous menons.

Il y eut un silence. Sire Vives me considéra, l'air embarrassé.

— Eh bien, dis-lui, l'encouragea Myriam.

— Après son excommunication, Donin est allé chez les franciscains, rue Saint-Jacques. C'est là qu'il a préparé avec ses amis moines une liste d'accusations contre nous. Il l'a envoyée au pape Grégoire IX afin qu'il prenne des mesures à notre encontre.

— Le pape a reçu sa demande ?

— Hélas, oui. Les calomnies étaient si virulentes qu'il était obligé d'agir. Il a écrit une bulle, qu'il a fait parvenir aux évêques de France, d'Angleterre, de Castille, de Léon, ainsi qu'aux rois de France, d'Angleterre, d'Aragon, et aux dominicains et franciscains de

Paris. Dans cette bulle, il disait que Nicolas Donin lui avait écrit au sujet d'erreurs et de blasphèmes trouvés dans le Talmud, il conseillait de faire saisir tous les livres afin de commencer une instruction contre nos écrits.

— À quelle fin ?

— Pour les interdire. Pour nous empêcher d'étudier. Pour nous détruire.

— Quelle vengeance, dis-je. Quelle haine… Pourquoi nous en voulait-il autant ?

— C'est à moi qu'il en voulait, dit sire Vives après un silence. Au départ, il est arrivé de La Rochelle pour étudier le Talmud, disait-il. Il paraissait curieux et désireux d'apprendre, comme les autres. Il se montrait travailleur, brillant, et affichait devant tous un visage plutôt avenant, même s'il avait une lueur sombre et mauvaise dans le regard. Il s'est bien adapté au groupe d'élèves. Il me posait beaucoup de questions, intéressantes, étonnantes parfois, même après les cours, ce qui me plaisait. J'étais content d'avoir un élève qui m'apportait la contradiction, qui me poussait dans mes retranchements, même s'il était parfois dérangeant. Mais les choses ont changé…

— Comment ?

— Je n'aimais pas son approche. Elle était purement théorique. Même quand nous parlions des rêves ou des choses de la vie, cela ne semblait pas faire écho en lui. Il disait que les rêves ne sont pas dignes d'être écrits, ni même interprétés. Il semblait en avoir peur. Envers les autres, il n'exprimait pas d'émotion. Il ne s'intéressait pas aux élèves… Il pensait que le Talmud est inepte et qu'il fallait s'en tenir à la Loi et à elle seule, telle qu'elle est écrite dans la Torah. Mais la raison pour laquelle nous l'avons excommunié est beaucoup plus grave.

— Quelle est-elle ? demandai-je.

Sire Vives ne me répondit pas.

— Il s'est converti au christianisme ? repris-je.

— Pas tout de suite, dit Myriam.

— Qu'a-t-il fait alors ? insistai-je.

Sire Vives me regarda, l'air gêné.

— Dis-lui, Yéhiel ! dit Myriam.

Soudain, nous entendîmes un bruit qui venait de dehors, une cavalcade et des murmures étouffés. Sans tarder, nous sortîmes et nous vîmes avec effroi deux hommes munis d'une torche, qui commençaient à mettre le feu à la porte de la maison d'étude. Nous reculâmes. C'est alors que, munis d'un bélier, ils forcèrent l'entrée et s'engouffrèrent à l'intérieur.

— Oh, mon Dieu ! murmura Myriam.

— Il faut les arrêter, dit sire Vives.

— Non ! Reste ici, Yéhiel ! Ou bien, préfères-tu te faire tuer ?

— Mes élèves ! clama sire Vives. Je ne laisserai jamais mes élèves ! ajouta-t-il en se dirigeant vers la porte, alors que je le talonnais et que Myriam hurlait : « Yéhiel ! »

Les hommes qui avaient forcé l'entrée avaient disparu dans la maison d'études.

Comment ne pas trembler d'effroi devant ce qui était en train de se produire ? Que faire, en vérité, alors que nous n'étions pas armés ? Qui étaient ces hommes ? Étaient-ce des agents du roi ? des badauds ?

des étudiants ? Nous pénétrâmes dans la maison, et sire Vives me fit signe de me cacher derrière la porte.

Cours, Éliézer, cours. Comment courir ? Comment ne pas courir ? Se cacher, mais où ? Alors oui, courir... Mais où ?

Je savais ce qui nous attendait et j'étais horrifié. Mon cœur battait à tout rompre. Nous entendîmes un terrible fracas. Des bruits de pas et des cris indiquèrent que les élèves s'étaient réveillés. Après tout, nous étions plus nombreux qu'eux, même s'ils étaient armés. Pourquoi ne pas nous battre ? Si seulement nous étions entraînés... Il n'y avait que moi et sire Vives me regarda, car il s'attendait à ce que je les défende, tous !

Nous nous avançâmes vers la bibliothèque, mais je pus passer au réfectoire et me saisir d'un couteau. Avant que nous n'ayons eu le temps de réagir, les hommes revinrent chargés d'un lourd fardeau, déposé dans des sacs qu'ils traînaient derrière eux.

Alors, interdits devant ce spectacle effrayant, et devant les flammes qui dévoraient la porte de notre demeure, nous comprîmes la raison de leur visite. Ce n'étaient pas les hommes qu'ils étaient venus chercher. *C'étaient les livres.*

10

Je descendis sans bruit jusque dans le vestibule. Deux niches creusées dans le mur en pierre blanche abritaient des lampes à huile qui éclairaient et réchauffaient la pièce. Par une porte étroite, on accédait à la salle voûtée qui abritait le bassin, lui aussi illuminé par des lueurs vacillantes propices à la méditation.

Le mikvé se trouvait dans les bas-fonds de la synagogue, à côté de la maison d'études, sous la terre, à plus de six mètres de profondeur. Cette eau, selon les textes, rappelle les fleuves de l'Éden, l'eau du paradis, c'est-à-dire la source originelle. On y descendait par un escalier, qui menait à une antichambre. Celle-ci donnait sur le bassin où les femmes prenaient leur bain rituel, après leurs menstruations, augmentées de sept jours, selon la Loi, période durant laquelle elles n'avaient aucun contact physique avec leur mari.

En vérité, ce bassin rempli d'eau de pluie, non stagnante, ou alimenté de nappes souterraines est l'endroit le plus secret et le plus essentiel de la juiverie : selon les maîtres du Talmud, sa construction est plus importante même que celle d'une synagogue, et on lui donne la priorité dans le cas où il faut choisir. Destiné en premier lieu aux femmes, il est en quelque sorte le temple dont elles sont les vestales. On dit que l'intimité entre l'homme et la femme est le plus beau chef-d'œuvre, si elle est entourée de spiritualité. Le bassin rituel en est la préparation. Ainsi, à la fin de ses menstruations, plus sept jours, la femme doit s'immerger et se purifier avant de retrouver son mari. Car il est écrit dans la Genèse : « *C'est pourquoi un homme quittera son père et sa mère et s'unira à sa femme, et ils deviendront une seule chair.* » Mais cette union, la moitié du mois, n'est pas permise, ce qui signifie qu'elle n'est pas acquise. L'homme et la femme, au bout de cette période d'abstinence, retrouvent l'ardeur des fiançailles. Comme le disaient nos maîtres, « ce qui nous est constamment accessible perd à nos yeux de son éclat ». Ils se séparent pour mieux se redécouvrir. À chaque cycle, ils deviennent des étrangers l'un à l'autre, et ils se rencontrent comme pour la première fois. Les hommes peuvent également s'immerger dans l'eau, pour ceux qui le veulent, avant le chabbat ou les fêtes, ainsi que les scribes qui recopient la Torah et qui doivent se purifier avant d'écrire.

J'en avais fait l'expérience, pour ma part, dans une circonstance particulière. Je m'étais immergé dans l'eau claire : je m'étais purifié avant le service des Cohen, le jour du dernier Yom Kippour, pour bénir et protéger toute l'assemblée. L'eau me fit du bien, elle lava mon cœur de mes péchés, de mes fautes, celles que j'avais commises sans le savoir et celles que j'avais faites en connaissance de cause, et elle effaça tous les vœux qui me liaient à ma vie passée ainsi que nous le formulons lors de la prière avant le jour du Pardon : « *Tous les vœux que nous avons faits depuis le dernier Kippour de l'an passé jusqu'au Kippour d'aujourd'hui, toute interdiction ou sentence d'anathème que nous avons prononcée contre nous-mêmes, toute privation ou renonciation que, par simple parole, par vœu ou par serment, nous avons pu nous imposer, nous les rétractons d'avance ; qu'ils soient tous déclarés non valides, annulés, dissous, nuls et non avenus ; qu'ils n'aient ni force ni valeur ; que nos vœux ne soient pas regardés comme vœux, ni nos serments comme serments.* » Ainsi il est possible pour nous de recommencer une histoire dans la sincérité, quelle que soit la vie que l'on a menée avant, quels que soient les fautes et les manquements que l'on ait eus, car l'eau qui vient renouvelle le corps et l'esprit. En m'immergeant, je compris qu'il n'y avait pas de péché originel, ni pour l'humanité ni pour l'homme. Il ne s'agit pas seulement de se laver, comme nous le faisions, lorsque nous allions aux étuves avec Joseph et Samuel, le vendredi matin, pour nous préparer avant l'entrée du chabbat. Nous nous baignions alors dans de grands bacs de bois remplis d'eau chaude et recouverts d'un linge pour éviter les échardes. Le mikvé au contraire est le lieu spirituel où se joue la vie de l'homme, c'est la raison pour laquelle il a inspiré le plus grand des sacrements chrétiens, le baptême. *Tu verras, l'eau te lavera de tes doutes et de ta vie d'avant. Tu verras, après, tu seras différent. Tu mourras au péché pour entrer dans une existence nouvelle, avec la force de l'Esprit saint. Si tu souhaites vivre chez nous, avec nous, tu devras épouser notre foi et notre croyance. Sinon, tu partiras ou tu mourras… Luc… accepterais-tu d'être baptisé ?*

Elle était assise sur un banc de pierre, le teint pâle, encore plus pâle sans la lumière du jour. Elle habitait ce lieu comme chaque endroit où nous avions été ensemble. La rue, la synagogue, la maison de ses parents, les quais de Seine où nous allions nous promener… Son empreinte était partout depuis ce jour où je l'avais rencontrée.

C'était un soir de Pourim, lors de la prière à la synagogue, pendant la lecture de la Méguila où est racontée l'histoire de la reine Esther, la plus belle jeune femme du royaume qui sauva son peuple du désastre, lorsque le terrible conseiller du roi, Aman, avait forgé le plan d'exterminer les juifs de Perse. Je me rappelle avoir tourné les yeux vers la gauche, là où se trouvait la barrière qui séparait les hommes des femmes, et j'aperçus juste un regard, un regard clair, limpide, profond, ombré de longs cils, un regard calme et serein comme un lac, neutre et bienveillant comme un soleil d'hiver, avec une lueur mystérieuse comme une forêt où l'on pourrait se perdre. Ce regard croisa le mien, et je pensai au Cantique des Cantiques, « *tu es belle mon amie, oui tu es belle ! tes yeux sont des yeux de colombe* ». Je me tournai vers l'armoire sacrée, et je priai. Qui ? Quoi ? Pourquoi ? Pour échapper à ce gouffre dans lequel je venais de me noyer ? Pour reconnaître que ma vie, simplement, venait de changer ? Je n'osais plus diriger mes yeux vers l'endroit où se trouvaient les femmes, je m'absorbai dans les bénédictions et les hymnes, et lorsque, enfin, je me tournai à nouveau vers elle, qui était là, j'en étais sûr, le regard fixé sur moi, ce fut une conversation muette, une confirmation qui succédait au hasard. Pourquoi ne l'avais-je pas remarquée avant ? D'où venait-elle ? Ainsi je vis son âme, sans voir le reste de son visage, sans même savoir qui elle était, quel âge elle avait, si elle était mariée ou jeune fille, enfant peut-être, ou femme mûre dont la tête était couverte d'une coiffe, puisqu'elle était dissimulée derrière le mur de bois ajouré, et mon cœur frémit à l'imaginer.

Dès lors, je ne pouvais plus prier. Je sentais sa présence, même sans me retourner. Lorsque la prière s'acheva, je sortis et je l'aperçus : la reine Esther ! Tout le monde était déguisé ce jour-là dans la synagogue. Dans sa robe rouge, un voile pudique autour du visage, elle était accompagnée de ses parents et d'une ribambelle d'enfants, frères et sœurs. Je ne pouvais pas lui parler, ni même l'approcher, pourtant, plus rien d'autre au monde n'était possible en cet instant. Elle partit avec sa famille, je la vis qui s'éloignait alors que je me rendais au dîner de Pourim, durant lequel je ne cessai de penser à elle, à cet instant où nos regards s'étaient croisés. Mes amis parlaient, riaient, et surtout trinquaient, car ce soir-là, il fallait boire, jusqu'à dire n'importe quoi, jusqu'à confondre le héros Mardochée et le bourreau Aman ! Ils chantaient et dansaient tous ensemble. Tout me parvenait dans un brouhaha indistinct, comme si je m'étais perdu quelque part au fond de moi-même. En vérité, j'avais besoin de m'isoler pour rêver d'elle, alors que j'étais au milieu de la fête.

Pendant que mes camarades tournaient dans une

ronde effrénée, je regardais le plafond, assis sur une chaise, une main sur le ventre, et je réfléchissais à ce qui venait de se produire. Joseph sortit du cercle et vint me voir.

— Je ne sais pas à quoi tu penses, dit-il, mais tu devrais changer de position.

— Pourquoi ?

— Pourquoi ? Parce que tu ressembles à un défunt que l'on va mettre dans la tombe… Tu m'entends, Éliézer ?

— Oui… oui… De loin.

— Tu peux m'expliquer ce qui se passe ?

— Rien ! Je te promets.

— Tu es ivre, ou quoi ?

— J'ai un peu bu, oui…

— C'est bizarre, ça te rend triste. Tu te souviens comme tu chantais à tue-tête, Éliézer, au dernier Pourim ?

— Pas vraiment…

— Tu hurlais des chansons grivoises que t'avais dû entendre chez ton ami Augustin ! Et aussi des chants grégoriens, ceux-là, je ne sais pas où tu les avais appris !

— Quelle honte, dis-je. Je ne peux pas croire que j'aie fait ça.

— D'où te venaient ces airs chrétiens ?

— D'une autre vie.

— Une autre vie ? Tu es mort et ressuscité ?

— En quelque sorte, oui. Ressuscité grâce à sire Vives.

— Tu es bien mystérieux sur ton passé… En tout

cas, tu es beau en Mardochée ! s'exclama Joseph, et je lui sus gré de changer de sujet.

Je le regardai : avec son turban, sa tunique orientale et sa moustache postiche, il était le roi Assuérus. Samuel, déguisé en Égyptien, nous rejoignit avec deux gobelets, dans lesquels il versa une bonne rasade de vin.

— Alors ? dit-il en s'asseyant près de moi. Qu'est-ce que tu as ce soir ? Dis-moi.

— Tout va bien... J'ai vu cette fille, à la synagogue... Je n'arrive plus à penser à autre chose qu'à elle. Je veux la voir, la connaître ! J'ai l'impression que ma vie en dépend...

— Ah, c'est ça ! dit Samuel. La nouvelle, celle qui a les yeux verts et les cheveux bruns ?

— Je ne l'avais jamais vue avant.

— Je l'ai remarquée, moi aussi ! Tu lui as parlé ?

— Non, je n'ai pas osé...

— Je crois qu'elle est de Melun, dit Samuel. Ses parents viennent d'arriver dans le quartier.

J'étais dépité que mon ami ait aussi remarqué sa beauté et qu'il ait été assez audacieux pour se renseigner, alors que je ne savais rien d'elle.

— Je pense que je viens de tomber amoureux, dis-je. Amoureux à la manière de Jacob ! C'est-à-dire avec passion. Avec un désir si ardent que je serais capable de soulever des rochers.

— Je ne te reconnais pas, Éliézer, dit Joseph. Qui aurait cru que tu puisses parvenir à un tel niveau de connaissance de la Torah en si peu de temps, si ce n'est à force de volonté et de détermination, et soudain, tu te laisses happer par la première femme qui passe devant toi !

— C'est peut-être sa femme, dit Samuel en hoquetant. Celle qui lui est prédestinée, son âme sœur ! Son *zivoug*... Tu sais ce que le Talmud dit, dans Sanhédrin 22a : quarante jours avant la conception de l'embryon, une voix céleste proclame : « C'est la fille de tel homme qui lui est destinée. »

— Pour moi, il n'y a qu'elle, dis-je.

— Eh bien, lance-toi !

— Je n'ai aucune chance de l'épouser ni même de l'aborder, dis-je. Je vis ici grâce à l'argent de la communauté, j'ai fait vœu d'abstinence...

— Tu devrais essayer, répondit Samuel en se resservant du vin. Allez, viens danser maintenant !

Je sentis l'alcool me monter à la tête, je suivis mes camarades et décidai de l'oublier pour le reste de la soirée. Même sire Vives était un peu ivre, au milieu des étudiants qui l'entouraient. Sur son visage, se peignait une impression à la fois gaie et mélancolique, c'était le seul moment où il se laissait aller à boire et à exécuter des pas de danse en levant les bras et en tapant des mains. Un étudiant l'accompagnait de sa mandoline et les autres formaient des cercles autour de lui.

— À ton mariage ! me dit-il en levant son gobelet.

Et cette phrase, à ce moment-là, peut-être dans les torpeurs de l'alcool, me saisit de stupeur.

— Comment vas-tu, Déborah ?

Elle me regarda, surprise, avec effroi.

— Qu'est-ce que tu fais ici ? s'écria-t-elle. On avait dit que tu ne devais pas venir ! Jamais…

— Je voulais avoir de tes nouvelles.

— J'ai repris mon travail ici. Je ne sors pas pendant la journée, mais je dois gagner un peu d'argent, pour le bébé et moi.

— Comment va-t-il ? dis-je.

— Il va bien.

— Je ne m'habitue pas à ce silence. Je ne me résous pas à ne plus te voir.

— Nous avions dit… la dernière fois, que nous ne devions plus nous voir. Tu me l'avais promis…

— Je sais, mais j'ai peur pour toi. Tu dois partir, Déborah.

— Partir, où ? Je dois rester ici jusqu'à la fin de l'enquête. Si je fuis, nous sommes perdus.

— Je suis venu te voir, l'autre soir, avouai-je.

— Tu m'as épiée ?

— Je te guettais devant la maison de tes parents. Je t'attendais, au cas où tu sortirais. Pour que rien ne t'arrive.

— Hier il était là, je l'ai vu. J'ai peur, Éliézer. Je sais qu'il rôde et qu'il me suit.

— Il m'a semblé l'avoir vu. Qu'est-ce qu'il cherche ?

— Allons, pars, dit-elle. On pourrait te surprendre. Tu sais bien, des femmes viennent tout le temps ici, et elles parlent entre elles. Les rumeurs vont vite dans la communauté. On raconte tellement de choses, Éliézer.

— Qu'est-ce qu'on dit ?

— On parle de ta vie passée. Les bruits les plus

inquiétants circulent à ton sujet. Certains disent même que tu es chrétien ! Si tu viens me voir, on croira que nous sommes ensemble. Ce serait terrible, tu sais bien, ce que les gens raconteraient. Ils diraient que nous sommes amants. Que nous l'avons été, même quand j'étais mariée.

— Je déteste ces rumeurs. Les gens n'ont vraiment rien à faire d'autre que de répandre des bruits, alors que c'est interdit ? Le Talmud dit que colporter des ragots est une faute mortelle. C'est une expression bien sûr, mais cela montre à quel point c'est grave.

— Les gens adorent parler les uns des autres. C'est leur principale occupation. J'entends les femmes entre elles, tous les jours. Je suppose que les hommes, c'est pareil. Qui regarde qui, qui a vu qui… On dirait qu'ils se nourrissent de ça. Moi ça ne m'intéresse pas. Je préfère lire les psaumes, ajouta-t-elle en me montrant un livre posé sur la table, devant elle. Les psaumes m'apaisent et me bercent. Écoute celui-ci, Éliézer : « *Comme une biche soupire après des courants d'eau, Ainsi mon âme soupire après toi, ô Dieu ! Mon âme a soif de Dieu, du Dieu vivant : Quand irai-je et paraîtrai-je devant la face de Dieu ?* »

— *Du Dieu vivant*, oui. Pas du Dieu de la mort. Tu ne peux pas t'enterrer ainsi.

— La synagogue, c'est ce qui me manque le plus, dit-elle. Depuis que je me suis retirée du monde, je n'y vais plus. J'aime bien deviner les hommes derrière la barrière en bois. Je les entends prier. J'adorais te voir, toi, avec ton châle blanc.

— Tu y reviendras, bientôt.

— Quand ?

— Quand tout sera fini.

Nous nous regardâmes pendant un moment. Dans cette angoisse, dans notre silence, il y avait tout ce que j'avais juré de ne plus évoquer, ce que j'avais promis de taire à jamais, devant elle ou devant Dieu. Les vœux, les serments, les engagements. Et jamais comme à cet instant, je n'avais eu autant envie de la prendre dans mes bras, de l'étreindre, de la serrer contre moi et de l'embrasser.

— Avec sire Vives, nous menons une contre-enquête, dis-je. Il se trouve que celle-ci nous mène du côté de Nicolas Donin. Il était présent avec certains membres du clergé lors de l'enterrement de l'enfant. Sais-tu quelque chose qui pourrait nous éclairer ?

— Je sais qu'il a écrit une lettre au pape, pour dénoncer les juifs.

— Il va profiter des circonstances actuelles et du soupçon qui pèse sur nous, au sujet de l'infanticide, pour accuser les talmudistes.

Elle me regarda avec inquiétude.

— Je suis sûre à présent que c'était lui hier. Il m'espionne. J'ai tellement peur.

Elle se mit à trembler.

— Tu sais ?

Elle se ressaisit :

— Il est terrible. Il n'a aucune pitié pour personne. Je suis sûre qu'il a tout manigancé pour nous faire accuser.

— Qu'est-ce qu'il veut ?

— Notre destruction à tous. La mienne, la tienne, et celle de toute notre communauté. Il veut nous mener tous au bûcher. C'est un flambeau de haine pure.

— Pourquoi t'es-tu mariée avec Nicolas Donin, Déborah ?

Je ne lui avais jamais posé la question d'une façon aussi franche. Nous ne parlions jamais de lui entre nous.

— Je t'ai attendu, Éliézer, autant que j'ai pu. Un entremetteur nous a présentés, tu sais bien, je n'ai pas choisi, ça ne se fait pas ; ça a été si vite. Mon père est venu me voir et il m'a dit : « Il est temps pour toi de te marier. » J'aurais voulu étudier, mais ce n'était pas possible, j'aurais pu apprendre un métier, je savais coudre et faire le pain. Mais mon père s'est montré intransigeant. La famille de Nicolas Donin est fortunée. Pas la mienne. Voilà, je me suis mariée et le jour même j'ai compris que j'allais vivre un cauchemar. Sous le dais nuptial, il était absent à lui-même, je crois que c'était le pire jour de sa vie. Et de la mienne aussi. Il n'y avait pas de joie. Cette joie qui doit combler l'époux et l'épouse. Moi je pensais à toi. J'avais le sentiment que j'étais en train de m'égarer et de tomber dans un piège, mais comment m'échapper ? Et qu'aurais-je fait ? Où serais-je allée ?

— Tu serais venue avec moi. Je t'aurais emmenée.

— Que serions-nous devenus, sans les nôtres ?

— Comment était-il, à cette époque ?

— Il était calme, toujours très calme, il ne parlait pas ou peu. Il était obsédé par la Loi, ce que nous devions faire et ne pas faire. Vis-à-vis de moi, il était terrible. Il critiquait tout ce que je disais ou faisais. Les repas que je préparais, les robes que je mettais, les expressions de mon visage, et jusqu'à ma façon de parler, tout l'agaçait. Il ne supportait pas de voir mes parents. Il pensait que mon père avait trop d'ascendant sur moi. Peu à peu, il m'a coupée de mes amis, de ma famille, et même de la communauté. Avec lui, je vivais dans un climat de peur, de tension permanente. Heureusement, il s'est mis à étudier, jour et nuit, et il rentrait de moins en moins à la maison. Le soir, il partait et ne revenait qu'au petit matin, avant de retourner à la maison d'études.

» Un jour, son comportement a changé. Il a arrêté de faire les ablutions rituelles avant de passer à table et de dire la bénédiction «*Béni es-tu, Éternel, qui nous as ordonné de nous laver les mains*». Il ne voulait plus que j'allume les bougies du chabbat, car ce n'était pas mentionné dans la Torah. Il mélangeait le lait et la viande, ne portait plus la kippa. Le chabbat était le jour le plus dur de la semaine. D'abord, parce qu'il était là. Ensuite, parce qu'il m'interdisait d'allumer le feu avant, même en hiver, ou de demander à des non-juifs de le faire, comme c'est la coutume lorsque nous avons trop froid l'hiver. Il disait que dans la Torah il est interdit de manipuler le feu le jour de chabbat. Il s'attachait à des lois bien précises sans se rendre compte qu'il était en train de transgresser la plus signifiante, « *Tu aimeras ton prochain comme toi-même*».

— Est-ce qu'il t'a parlé des karaïtes ?

— Il ne me parlait plus de rien, sauf pour critiquer ce que je faisais, ce que j'aimais, ce que j'étais. Avec moi, il devenait de plus en plus sombre et mauvais. Lorsque je le voyais, j'avais envie de mourir. Il me faisait perdre le goût à la vie. Lorsque j'allais au mikvé, je voyais les femmes se préparer, se laver, se couper les ongles et se purifier pour rejoindre leur mari, alors que moi je rentrais seule le soir, et la mort dans l'âme. Cela aussi, il le méprisait. Il disait que la Torah demande que la femme se lave sous l'eau vive, pas dans un bain stagnant.

— Sous l'eau vive ?

— Dans un ruisseau, ou dans la Seine… Il avait des idées sur tout, et il était pétri de certitudes. Je me demandais souvent ce qu'il apprenait dans l'étude et si cela ne lui servait pas de justification pour dominer les gens en général et moi en particulier.

— Qu'est-ce qui t'a donné la force de te séparer de lui ?

Je me perdis dans ses yeux embués de larmes. Puis elle se redressa et se mit à plier des linges pour cacher sa nervosité.

— Tu le sais bien, Éliézer. Tu ne le sais que trop bien.

Puis elle fit volte-face et ajouta :

— Et même sans cela, je n'aurais pas pu le supporter plus longtemps. Dormir dans la même pièce que lui m'était odieux. Or nous n'avions qu'une seule chambre, même si elle contenait deux couches. Mais qu'allais-je devenir ? Qui allait s'occuper de moi ? Lorsque je lui ai annoncé que je voulais divorcer, il m'a regardée d'un air froid. Il m'a dit qu'il était d'accord, mais j'ai compris, à la façon dont il parlait, que c'était pour préparer un coup, pour se venger de moi. La suite de l'histoire, tu la connais. Un jour il est parti, et je n'ai plus eu de nouvelles de lui. Il avait disparu.

» Et moi, je n'avais pas de *guett*... Sans acte de divorce, j'étais sa captive. Personne, à l'exception du mari, ne peut procéder à la remise du *guett*. Pourquoi la Loi est-elle aussi injuste avec les femmes qui divorcent ?

— J'ai étudié ce passage, et je n'ai pas encore trouvé la solution. Le Talmud envisage le cas d'une femme qui serait dégoûtée par son mari dans Ketoubot 63a. Sous certaines conditions, il est dit que les femmes peuvent divorcer sans l'accord du mari.

— Ce n'est pas sûr. J'ai vu sire Vives. Lorsque j'ai su qu'Aaron – alias Nicolas Donin – était devenu moine et qu'il était entré au monastère de la rue Saint-Jacques, j'ai cru que le tribunal rabbinique pourrait me donner le *guett*. Mais j'ai appris que ce n'était pas possible. Il fallait que je lui demande de me répudier !

— Et alors ? Tu es allée le voir ?

— Ce fut ma plus grande erreur. Je suis allée lui rendre visite au parloir du monastère. Je ne voulais surtout pas attendre davantage... Cette rencontre a semblé le rendre fou, et j'ai mesuré toute l'étendue de sa haine. Je pensais qu'il aurait pitié de moi, mais ce fut tout le contraire. Il m'a dit qu'il ne me le donnerait pas. Jamais. Il a assuré que je resterais sa captive et qu'il ferait tout pour me détruire, moi et... et les miens.

— Pourquoi cette haine ?

— Il m'a eue en son pouvoir, et il ne supportait pas de me perdre.

— Et que s'est-il passé ?

— Je l'ai supplié, imploré. Mais chacune de mes larmes semblait lui donner des idées de plus en plus atroces. Je lui disais que sans le *guett*, il m'était impossible de mener une vie de femme, de mère. Que toute ma vie était condamnée !

— Comme tu as dû souffrir...

— Il m'a affirmé que toute sensualité portait la marque du péché, même dans le mariage, que l'union sexuelle résultait toujours de la concupiscence et que j'étais une infâme pécheresse. Mieux valait que je devienne abstinente... Pourquoi pas me convertir et entrer au couvent ?

» Cela a été terrible... Je me suis enfuie de ce monastère, je suis allée voir sire Vives et je lui ai exposé mon cas. Allais-je rester captive de cet homme, devenu moine, toute ma vie parce que la Loi ne permettait pas d'accorder le divorce sans le consentement du mari ? N'était-ce pas là une injustice terrifiante ? Ne pourrais-je jamais devenir mère ? Si j'avais un enfant d'un autre homme, il serait un *mamzer*, un bâtard !

— Qu'a dit mon maître ?

— Il m'a demandé de réfléchir. Il devait chercher une solution.

— Une solution ? dis-je en tremblant. Laquelle ?

— J'ai parlé avec sire Vives de mon mariage, il voulait connaître tous les détails concernant la façon dont s'étaient déroulés la cérémonie et le mariage en lui-même. Il pourrait convoquer un tribunal rabbinique, car il est chef du Beth Din, et avec d'autres rabbins ils seraient à même de statuer sur mon mariage.

— Mais en aucun cas un tribunal rabbinique ne peut donner le *guett* ! m'exclamai-je. Sinon...

— Qu'est-ce que ça change... ? Tu es Cohen,

n'est-ce pas ? Tu dois rester pur. Tu ne peux plus m'approcher. Je suis considérée comme une pestiférée. J'ai perdu mes amies, personne ne me parle. Je suis séparée d'un homme excommunié et maintenant d'un moine ! Je vis comme une exclue. On dirait que les gens ont peur de moi. Même les femmes au mikvé me regardent avec méfiance. Aujourd'hui, Nicolas Donin ne cherche plus qu'une chose : se venger. Dieu sait jusqu'où il va aller ! Quand j'y pense, j'en tremble ! ajouta-t-elle en un sanglot.

Elle se mit à pleurer, le visage dans ses mains. Alors que je m'approchais d'elle pour la rassurer, elle se ressaisit :

— Que va-t-il se passer ?

— N'aie pas peur. Je vais tout faire pour vous sauver, l'enfant et toi.

— Il faut partir cette fois, murmura-t-elle. La nuit tombe.

Chaque pas loin d'elle était lourd et pesant. J'avais envie de lui crier mon amour. Depuis des mois, je me retenais, parce que je ne voulais pas trahir la promesse que nous nous étions faite. Mais à présent il y avait cet enfant mort, cette accusation, et Nicolas Donin rôdait autour d'elle. J'avais refoulé mon sentiment au fond de mon cœur, mais chaque soir, j'y trouvai cette envie d'être avec elle, et la douleur de ne pas l'être. Je pensai au passage que nous avions étudié dans le traité Sotah. La femme, bien sûr. La femme adultère était au cœur de l'énigme. Et il m'apparut évident que pour trouver le coupable, il fallait absolument découvrir qui était la mère de l'enfant mort trouvé dans notre rue.

11

Le soir, c'était le début de Chavouoth, la Pentecôte juive. Cette fête, je ne peux que m'en souvenir aujourd'hui, car elle marqua pour moi la fin d'un monde et l'un des souvenirs les plus douloureux de cette enquête.

La cérémonie débuta avec la traditionnelle nuit d'étude : nous nous réunîmes pour étudier un passage du Talmud jusqu'à l'aube. Chaque année, nous avions un texte différent, qui se rapportait toujours d'une façon ou d'une autre à ce que nous vivions. Pendant toute la nuit, le maître commenta un chapitre du Talmud qu'il avait choisi. Les jeunes et les vieux, les hommes et les femmes, de tout âge, toute profession, s'étaient rassemblés dans une atmosphère d'écoute et de recueillement. Sa science, sa mémoire, son intelligence hors du commun tout comme son intransigeance le rendaient captivant. Sa passion et son engagement étaient visibles, même tard, jusqu'au crépuscule. Sa clairvoyance ne s'embarrassait pas des heures les plus sombres ; à la lueur des bougies, nous l'écoutions, illuminés par son savoir. Il était un Rav, un maître, un guide. Avec lui, nous étions dans une sorte de miracle permanent de la pensée en acte. Un philosophe, en somme, dont la réflexion ne connaissait pas de limites, dont l'intelligence embrassait toutes les questions et dont les réponses appelaient la discussion.

En cette veillée de Chavouoth, pour quelle raison avait-il choisi d'évoquer Pinhas ? Ce personnage extrême des Nombres avait pris une lance, était entré dans la tente où se déroulait un rite de prostitution sacrée et avait transpercé l'Hébreu Zimri et la femme midianite lors de leurs ébats. Il les avait tués d'un coup, au nom de Dieu, agissant sous une impulsion néfaste, comme le disait notre maître Rachi. Et Rabbi Hiskia ajoute : « *Il est interdit de tuer un homme pour une raison affective.* » Tout son entourage le condamna, mais il est dit que Dieu le défendit : « *Il a détourné ma fureur contre les fils d'Israël en se montrant jaloux à ma place au milieu d'eux. C'est pourquoi je n'ai pas exterminé les fils d'Israël sous le coup de ma jalousie.* » C'est-à-dire la jalousie à l'égard des autres dieux. Quelles étaient les fautes de Zimri, qui fut tué par Pinhas ? L'idolâtrie et la débauche publique. La Torah en effet révèle que Pinhas a fait justice à la place de Dieu. La violence deviendrait-elle nécessaire, parfois ? Dans certaines situations, la Torah permet et accepte son usage, mais le Talmud, dans ce cas, contredit la Torah et même la parole de Dieu !

Dans un texte, il est dit : les paroles des sages sont comme de la cendre ardente. On peut se poser la question : pourquoi de la cendre, pourquoi pas une flamme ? C'est parce que la cendre ardente devient flamme qui s'embrase. Le texte nous suggère des idées, et nous soufflons sur ses braises. Plus la nuit avançait, plus le maître se révélait, et les vrais disciples aussi, car certains, pris de fatigue, dodelinaient de la tête, et d'autres s'en allaient, terrassés par la fatigue.

Vers deux heures du matin, Myriam apporta du lait et des gâteaux pour ceux qui voulaient continuer l'étude jusqu'au petit jour. Puis le soleil se leva et nous dîmes la prière. Nous lûmes les dix commandements. En plein désert, Moïse était descendu avec les tables de la Loi où étaient gravés les principes suprêmes de la vie et de la morale. Une lourde responsabilité à porter pour ceux qui l'acceptaient et qui savaient, déjà, qu'ils se distingueraient non pas par leur supériorité naturelle mais par la Loi qu'ils respecteraient. Mais ils refusèrent cette Loi trop pesante brisée entre les mains du prophète, et il fallut en écrire une autre.

Sous l'arche de pierre percée d'un puits de lumière et de soupiraux, la synagogue était discrète comme une cave. On pouvait à peine l'apercevoir de la rue. Une petite porte y donnait accès, par un escalier, une mesure de précaution prise après la destruction des synagogues et de leurs fidèles pendant les croisades. Lors de la dernière expulsion, quand les juifs avaient été chassés de notre pays, leur maison de prière sur l'île avait été transformée en église.

Notre synagogue était petite mais jolie avec sa grande salle voûtée, où étaient les fidèles et l'officiant. Nous n'avions pas le droit de construire en hauteur, ce qui était réservé aux églises et aux cathédrales. L'intérieur était fait d'une seule pièce, avec l'espace des hommes et celui pour les femmes, derrière une barrière de bois. La lueur du jour perçait à travers d'étroites meurtrières. Derrière, une petite chambre servait de boulangerie en semaine, avec une table à pétrir et un four. Une abside contenait l'armoire sacrée, joliment décorée, où étaient gardés les rouleaux de la Torah que l'on sortait le chabbat, le lundi, le jeudi et lors des fêtes.

Dans la synagogue, mon maître énonça les dix commandements, alors que tous se mettaient les mains sur les yeux pour mieux s'imprégner des paroles de l'Éternel. Ce fut un moment, nos corps couverts d'un châle blanc, comme des nomades au désert, comme si nous étions au mont Sinaï. Ces mots résonnèrent, ce jour-là, avec une gravité extrême :

1. *Je suis l'Éternel, ton Dieu, qui t'ai fait sortir du pays d'Égypte, de la maison de servitude. Tu n'auras pas d'autres dieux face à moi.*

2. *Tu ne te feras point d'image taillée, ni de représentation des choses qui sont en haut dans les cieux, qui sont en bas sur la terre, et qui sont dans les eaux plus bas que la terre. Tu ne te prosterneras pas devant d'autres dieux que moi, et tu ne les serviras point ; car moi, l'Éternel, ton Dieu, je suis un Dieu jaloux, qui rejette la faute des pères sur les enfants jusqu'à la troisième et la quatrième génération de ceux qui me haïssent et qui fais miséricorde jusqu'en mille générations à ceux qui m'aiment et qui gardent mes commandements.*

3. *Tu n'invoqueras point le nom de l'Éternel, ton Dieu, en vain ; car l'Éternel ne laissera point impuni celui qui invoque son nom en vain.*

4. *Souviens-toi du jour du chabbath, pour le sanctifier. Tu travailleras six jours, et tu feras tout ton*

ouvrage. Mais le septième jour est le jour du chabbath de l'Éternel, ton Dieu : tu ne feras aucun ouvrage, ni toi, ni ton fils, ni ta fille, ni ton serviteur, ni ta servante, ni ton bétail, ni l'étranger qui est dans tes portes. Car en six jours l'Éternel a fait les cieux, la terre et la mer, et tout ce qui y est contenu, et il s'est reposé le septième jour : C'est pourquoi l'Éternel a béni le jour du chabbath et l'a sanctifié.

5. Honore ton père et ta mère, afin que tes jours se prolongent dans le pays que l'Éternel, ton Dieu, te donne.

6. Tu ne tueras point.

7. Tu ne commettras point d'adultère.

8. Tu ne déroberas point.

9. Tu ne porteras point de faux témoignage contre ton prochain.

10. Tu ne convoiteras point la maison de ton prochain ; tu ne convoiteras point la femme de ton prochain, ni son serviteur, ni sa servante, ni son bœuf, ni son âne, ni aucune chose qui appartienne à ton prochain.

À cet instant, je ne sais pourquoi, j'entendis ces paroles comme si elles s'adressaient à moi, et j'en ressentis une forte émotion. Ainsi donc, j'avais eu dans ma vie un autre Dieu que le nôtre, devant lequel je m'étais prosterné. Je n'avais pas respecté le jour du chabbat, ni même mes parents, les cinq premiers commandements, je les avais trahis, et je m'étais même rebellé contre les cinq autres, sans même le vouloir, sans même le savoir. J'avais convoité Déborah, femme de mon prochain, et je serais prêt pour elle à faire tous les faux témoignages. Qu'allais-je dire ? Puisque par amour on pouvait faillir plus encore.

On ne peut pas être toujours dans une ascension spirituelle : soit on monte, soit on descend, et moi, j'essayais de remonter après ma chute. Étais-je pour autant capable de respecter les dix commandements ? Qui l'était, en réalité ? Pourtant, dix lois, ce n'était pas grand-chose. C'était loin des 613 que nous devions suivre à la lettre. Mais qui pouvait se vanter de les respecter, ces dix paroles ? Qui ne faisait pas d'entorse à la Loi ? Nous étions tous des pécheurs, des fauteurs, nous avions tous transgressé en connaissance de cause, nous étions tous indignes de la Loi que nous nous efforcions de connaître, de comprendre, de commenter à l'infini, de ces dix paroles qui pesaient si lourd sur ma conscience. Et la veille de chaque Kippour, nous nous efforcions d'être meilleurs car nous n'étions pas marqués à jamais par le sceau du péché originel.

Lorsque j'évoque ces moments, mon cœur saigne car je sais que plus jamais je ne reverrai les fidèles de la juiverie, les fils au milieu des pères et des pères de leurs pères. Plus jamais je ne dirai pour eux la bénédiction des Cohen, plus jamais les hommes ne recouvriront la tête de leurs enfants, tous penchés sous leur châle, dans la position ancestrale. Combien sont morts ? Combien sont partis, chassés par l'Inquisition, honnis par le roi, haïs par le peuple ? Pourtant, au mont Sinaï, au pied de la montagne, il est dit que le peuple voyait les voix. Voix ancestrales entonnant des chants d'un autre temps, voix comme des mirages venant des siècles passés, grandes incantations… Et je pense à la poésie du Livre de Ruth, l'histoire d'une femme non juive qui, après la mort de son mari, a suivi sa belle-mère Noémie en prononçant ces mots éternels, signes d'amour et de sa conversion: « *Où tu iras j'irai, là où tu demeureras je demeurerai; ton peuple sera mon peuple, ton Dieu sera mon Dieu. Là où tu mourras je mourrai, là je veux être enterrée. Que l'Éternel agisse ainsi avec moi, et qu'il en rajoute: seule la mort me séparera de toi.* »

Chavouoth a aujourd'hui pour moi le goût de l'aridité désertique, et la nuit d'étude est un regret du temps passé, car ils ont pris nos livres et les ont brûlés. Ainsi le peuple ne voit plus les voix. Il n'est plus ensemble: autour du repas, du texte ou de la montagne, qui révèle le code de la vie commune et rappelle à quelques-uns de ne pas s'endormir, mais de rester, lorsque le monde sommeille, lorsque personne ne veille, la conscience éclairée de son temps, la lumière vacillante de l'aube.

À la fin de la nuit, mes camarades et moi nous rendîmes dans nos chambres pour prendre un peu de repos. Je ne savais pas alors que ce serait la dernière veillée avec Samuel. Mon cœur tremble de l'évoquer et de me souvenir de ses paroles qui furent, sans que je le soupçonne, les ultimes. À chaque fois que j'y pense, les larmes me montent aux yeux. Cet événement est tellement bouleversant qu'à la dernière fête de Chavouoth, un malaise m'a saisi, l'angoisse m'a étreint la gorge et, plus que la peur, une sorte de terreur m'a envahi, jusqu'au moment où j'ai fini par perdre connaissance.

Ce soir-là, mes amis étaient-ils ivres ? Ou plutôt ivres d'étude et de fatigue, toujours est-il qu'ils riaient et racontaient des histoires.

— Dans les mauvaises habitudes, dit Joseph, il ne faut pas trop parler à une femme, sinon tu risques d'avoir des relations sexuelles avec elle.

— C'est sans doute pourquoi tu ne parles jamais aux femmes ! dit Samuel.

— Écoute celle-ci, poursuivit Joseph. Celui qui regarde trop souvent les femmes finit par faire une faute. Celui qui regarde le talon de la femme aura des enfants remplis de défauts.

— Le talon ?

— Le talon est sale et ramasse la poussière..., commenta Joseph. Et puis, il y a aussi cela.

— Quoi ? demanda Samuel.

— Celui qui a des relations sexuelles comme une table renversée aura des enfants pleins de défauts !

— Une table renversée ? Qu'est-ce que ça veut dire ?

— Et celui qui parle pendant l'acte sexuel aura un enfant sourd.

— Eh bien..., dit Samuel en pouffant de rire, c'est terrible.

— Et celui-ci, ajouta Joseph. Il est interdit de contraindre sa femme à des relations intimes. Rachi dit qu'il faut que la femme émette sa semence en premier.

— Qu'est-ce que ça veut dire ? demanda Samuel.

— Nos rabbins ont l'air d'avoir une sacrée expérience dans ce domaine, remarquai-je.

— Toi aussi, dit Samuel. Je suis sûr que tu as rompu ton vœu de célibat. Je pense que tu joues un jeu et que tu nous caches qui tu es, en réalité.

— Taisez-vous, je dors ! dis-je.

— Personne ne sait d'où tu viens, poursuivit-il. Tu restes toujours très allusif sur ton enfance, ta jeunesse, et je ne connais même pas ta famille.

— Peux-tu nous expliquer pour quelle raison tu as pris le traité du Talmud sur la femme adultère, et pourquoi tu l'as caché sous ton lit ? demanda malicieusement Joseph.

— Et toi, dis-je, peux-tu me dire pour quelle raison tu as dérobé le traité Yoma sur le bouc émissaire, celui que sire Vives a cherché, et pourquoi tu lui as menti en prétendant que tu ne l'avais pas ?

Joseph me regarda, l'air inquiet.

— Je t'ai vu l'autre soir, alors que tu le rapportais en secret à la bibliothèque. Tu n'as même pas osé le dire. Pourquoi ? Que cherchais-tu ?

— J'étudiais, c'est tout.

— Pourquoi Yoma ?

— Je voulais me faire ma propre idée sur les raisons pour lesquelles le meurtrier avait inscrit cette référence sur le linge de l'enfant. Et j'ai trouvé une piste intéressante.

— Laquelle ?

— Quelqu'un a écrit dans la marge de la page 37b de Yoma : « Sotah 2a. » Le chapitre que nous étudions en ce moment sur la femme adultère. Que tu as volé et caché sous ton lit !

Il y eut un silence. Nous nous regardâmes. C'était terrible. Chacun se soupçonnait, se méfiait de l'autre, et Samuel nous considéra avec effroi. Je fus parcouru d'un frisson. « *Tu ne voleras point...* » C'était vrai, j'avais gardé dans notre chambre un livre de chaque traité. Heureusement, pensai-je, cela avait permis de sauver le dernier exemplaire du Talmud après que les officiers du roi nous avaient pris tous nos manuscrits.

— C'est étrange, dit Joseph. Je suis sûr maintenant que le coupable est l'un des nôtres. Ne vois-tu pas qu'il y a comme un jeu de piste à travers le Talmud ? Une référence mène à une autre. Et ce sont des textes que nous étudions !

— Dans ce cas, dit Samuel, as-tu regardé Sotah ? Peut-être une autre référence est-elle inscrite ?

— Pas encore..., dit Joseph. Allons-y !

Il sauta de son lit et se glissa sous le mien, d'où il extirpa, victorieux, le traité en question.

— Voilà la page précisément, commenta Joseph. Le Talmud pose la question suivante : Pourquoi dans la Bible le passage concernant la femme soupçonnée d'avoir trompé son mari se trouve-t-il juste à côté de celui concernant le *nazir*, celui qui est abstinent, et forme un ensemble avec le texte des bénédictions du peuple par les prêtres ? Un rabbin dit à ce sujet : toute personne qui voit une femme adultère devrait s'abstenir de boire du vin, comme le *nazir* ou le Cohen qui ne doit jamais absorber de boisson alcoolisée avant le service dans le Temple.

— Quel est le lien entre l'abstinent, le Cohen et la femme adultère ? demanda Samuel. Le plus transgressif et le plus saint.

— Le *nazir* et le prêtre se consacrent à Dieu et s'engagent dans la voie de la pureté et de la sainteté, remarquai-je. Le premier a fait vœu de ne pas prendre du vin et le prêtre s'est engagé à ne pas le boire quand il doit entrer au temple pour accomplir son service.

— La spontanéité authentique doit être distinguée de toute perte de présence à soi, dans la clarté et la lucidité, dit Joseph. Il s'agit d'éviter la confusion de la boisson pour s'engager dans la voie de la lumière et de la responsabilité. Au contraire, la femme soupçonnée d'adultère est sur le chemin de la tentation qui la conduit à briser son alliance. Elle n'a pas pris de vin, mais elle a ignoré la véritable connaissance et la véritable jouissance nées de l'alliance dans la fidélité. Voilà la raison pour laquelle le Talmud établit un lien entre trois choses apparemment différentes : le soupçon d'adultère, le naziréat et la prêtrise des Cohanim. Et, tu as raison, Samuel, quelqu'un a inscrit à la plume une autre référence dans la marge du texte : Berakhot 56b.

— Pourquoi étudiais-tu Sotah, Éliézer ? demanda Samuel.

— Éliézer étudie ce traité depuis des mois, dit Joseph. On dirait qu'il l'apprend par cœur.

— Qu'est-ce que vous insinuez ? demandai-je.

— Dis-nous toute la vérité, exigea Joseph. Tu as eu une relation avec Déborah ? Selon le Talmud, si tu es l'amant de Déborah, tu ne pourras jamais l'épouser. N'avons-nous pas lu aujourd'hui : « *Tu ne commettras point d'adultère* » ?

— Exact, dit Samuel. Le Talmud soutient que « *de même que la femme adultère est interdite à son mari, de même elle l'est à son amant*». Cela signifie que même si elle divorce, la femme adultère n'a pas le droit d'épouser son amant.

— Alors ? dit Joseph. Que s'est-il passé entre vous ?

— Si Éliézer est l'amant de Déborah, dit Samuel, il ne le dira *jamais*.

— Mais qu'est-ce que ça peut vous faire ? m'écriai-je.

— Quoi ? Mais c'est impossible ! dit Joseph. C'est en contradiction avec les dix commandements, et aussi, cela résulte d'un terrible mensonge ! Et tu es Cohen... Tu as la responsabilité de la communauté. Comment peux-tu nous bénir si toi-même tu n'es pas exempt de péchés ?

— Qui est exempt de péchés ? demandai-je.

— Raconte, dit Samuel, tu l'as revue, Déborah ?

— Oui, je l'ai vue, dis-je.

— Tu lui as dit que tu l'aimais ?

Je sentis le feu me monter au visage.

— Impossible, dis-je.

— Pourquoi ?

— Pour trois raisons : elle était jeune fille lorsque je l'ai connue, c'est-à-dire qu'elle n'était pas mariée, puis elle est devenue la femme d'un autre, donc elle aurait été adultère, et enfin, elle a été mariée. Un Cohen ne peut épouser une femme divorcée.

— Un Cohen ne peut épouser une divorcée, en effet. C'est irrémédiable.

— Alors ?

— C'est une histoire impossible.

— Tu n'as pas l'impression de t'empêtrer dans des histoires impossibles, à force ?

— C'est toujours la même histoire impossible, dis-je.

— Mais elle t'est toujours interdite. À chaque fois pour une raison différente... Tu devrais trouver une solution. Tu en as parlé avec notre maître ?

— Oui, bien sûr.

— Et alors ?

— Je n'ai pas compris le sens de ses paroles.

— Questionne-le à nouveau. Tu comprendras !

— Je suppose que ce n'est pas le moment.

— Allons, dit Samuel en se penchant sous le lit, voyons ce que raconte le traité Berakhot. Je suis sûr qu'il contient la clef de l'énigme !

C'est au moment où il prononça ces paroles que nous les entendîmes. Au début, c'étaient des rires sardoniques, puis des imprécations, des menaces et des hurlements. Je ne sais comment ils réussirent à entrer. Je n'eus qu'une seule pensée alors : comment les sauver ? Les derniers exemplaires des traités du Talmud, ceux que j'avais cachés sous mon lit. Samuel, qui avait l'esprit pratique, eut la même idée que moi : il prit la moitié des volumes, je pris l'autre, et nous les enveloppâmes dans nos couvertures. Ils montaient, combien étaient-ils ? Vingt, trente ? À leurs gestes et leurs voix, je les reconnus : nul doute qu'il s'agissait des étudiants en colère, sans doute fanatisés par Eudes de Châteauroux. De toutes parts, les élèves encore endormis sortaient de leur chambre, attaqués, bousculés, frappés par les jeunes en furie, dont certains étaient armés de gourdins. Une épaisse fumée s'échappa du réfectoire, où ils avaient dû mettre le feu. Dans la panique, nous dévalâmes les marches avec nos livres. Joseph, en premier, avait réussi à s'enfuir. Nous le talonnions. C'est à ce moment-là qu'ils fondirent sur Samuel et qu'ils s'acharnèrent sur lui. Pourquoi lui ? Pourquoi pas moi ? Peut-être parce qu'il était devant ? Peut-être par hasard ? Il eut juste le temps de me jeter les volumes qu'il tenait, avant qu'ils ne le frappent et ne le battent. Je posai mon précieux butin. Je ne pouvais pas abandonner mon camarade, il était blessé et en sang. J'eus juste le temps de voir ses yeux me supplier et sa bouche murmurer : *Cours, Éliézer !*

12

Lorsque je rentrai à la maison d'études, le soir tombait sur la ville, c'était vendredi, veille de chabbat.

Pour échapper à l'émeute, j'avais couru jusqu'à en perdre haleine et je m'étais caché sur les quais de Seine, sous un pont, avec la couverture dans laquelle j'avais réuni tous les volumes du Talmud. J'y avais attendu la fin de la journée, pour être sûr que les étudiants étaient rentrés chez eux. Un pêcheur à côté de moi avait fait une bonne prise et m'avait offert de partager son poisson, ce que j'avais accepté avec reconnaissance. L'émotion, l'action et le répit avaient creusé ma faim. Je l'avais fait griller sur un feu et l'avais humé avec appétit, c'était comme manger la vie pour revenir à elle. J'avais ressenti une étrange satiété à être simplement heureux d'être là et à faire partie de la nature, du monde, de l'existence. J'incorporais le réel, j'existais, je m'en délectais, et je le célébrais ! Au fond de moi, je savais que Samuel était mort mais je ne parvenais pas à y penser. J'avais aperçu sa blessure et j'étais pétrifié d'horreur et de tristesse, à revoir les images et à me demander comment j'aurais pu agir pour lui sauver la vie. Je me disais que j'allais le retrouver sur sa couche, en train de dévorer une brioche ou de raconter une histoire tout en commentant une page du Talmud.

Lorsque je revins, le soir avant chabbat, la rue de la Tacherie semblait avoir retrouvé son calme. Mais notre habitation était dans un état de dévastation terrible. Les murs étaient brûlés, les tables renversées, les chaises cassées. Tout le monde s'était mis au travail pour tenter de lui redonner une apparence digne de l'accueil du chabbat, comme si, très vite, il fallait effacer les traces de cette barbarie pour rester vivant.

Je montai dans notre chambre où régnait une odeur de feu et de sang. Joseph était là, il me considéra d'un air consterné. Sans un mot, je cachai les livres sous mon lit et je m'y allongeai, épuisé et désespéré. Il n'y avait rien à dire. Regarder la couche vide de Samuel et l'alcôve creusée dans la pierre où il posait ses affaires rendait son absence insupportable et augmentait notre souffrance de ne pas être avec lui.

Ce chabbat nous fut une douleur si intense que j'en garde encore la mémoire. Ce jour simple dédié au repos, à ceux que l'on aime et à la prière est devenu le jour le plus sombre. Les vendredis soir, avec Joseph et Samuel, on parlait, on riait, avec profondeur et légèreté. Après le repas, nous chantions. Joseph connaissait des airs ashkénazes qui lui venaient de ses parents, des airs envoûtants qui transportaient l'âme et me ramenaient à mon enfance, dont les souvenirs s'effaçaient et me parvenaient comme dans un rêve. J'aurais voulu expliquer à Samuel que je ne parlais pas de mon enfance, car je n'avais pas de souvenirs d'enfance. C'est comme si tout s'était arrêté. Je ne me souviens pas du visage de mes parents, ni de mes frères. Je ne sais plus ce qu'ils disaient, ce qu'ils faisaient. J'ai oublié comment se déroulaient les journées, et ce que nous nous disions. J'ai tout oublié, hormis les regards de mes petits frères et les pleurs du bébé. Mais je me rappelle le rire de Samuel, de ses cheveux roux et bouclés, de ses brioches achetées dehors et de ses rêves. Comme si son passé s'était substitué au mien. Il ne quitterait pas la maison d'études pour épouser Rébecca, nous n'irions pas à Rodom pour rencontrer sa famille, il n'aurait pas un autre métier que celui d'étudiant éternel, martyr de l'étude, tué alors qu'il sauvait le Talmud, lui qui disait que sa vie était ailleurs.

Ce soir-là, nous lûmes des psaumes, qui me firent penser à Déborah, à cause de leur désespoir, de leur ardeur, de leur espoir. Fallait-il que tout fût lié ? « *Mon âme est abattue au-dedans de moi : Aussi c'est à toi que je pense, Depuis le pays du Jourdain, Depuis l'Hermon, depuis la montagne de Mitsear.* » Comme j'aurais aimé être avec elle en cet instant. Je me sentais défait, déchiré, dans une forme de lassitude proche de l'abandon. Tout me paraissait hors de portée, même manger, même respirer, et même vivre. J'aurais tout donné pour la voir et pleurer dans ses bras. Le ciel était sombre, il faisait presque froid malgré la saison, j'étais dans une angoisse profonde.

À la synagogue où nous nous rendîmes à la tombée de la nuit, notre maître parla de notre ami avec une émotion si visible et si intense que nous en eûmes tous les larmes aux yeux. Dans une vibrante élégie, il évoqua tout ce qu'il était pour lui, pour nous, ses qualités irremplaçables, ce qui le rendait unique et qui faisait de lui la personne généreuse, gaie, à l'intelligence vive que tous aimaient côtoyer. Il se souvenait de chacun de ses mots, de chacune de ses expressions, et il parla de ses aspirations, de son avenir et de notre cœur meurtris, à jamais. Rien n'expliquait, rien ne justifiait, rien ne consolait. Rien, rien, rien. Nous étions devant le vide de sens, juste avec la colère qui montait en nous. Ces étudiants sauvages, mus par la haine instillée en eux à des fins de vengeance, étaient-ils des instruments ou des bourreaux ? Il dit cette phrase étrange : « Sa mort n'est pas un hasard, elle a été préméditée, et nous devons tous y réfléchir pour que ceci ne se reproduise pas. » Que voulait-il signifier ? Samuel avait-il été assassiné ? Pour quelle raison ?

Alors il me revint une image. Un soir de chabbat où avec les élèves des autres années nous étions une cinquantaine à festoyer comme tous les vendredis, nous nous étions lancés dans une danse. Chacun avait revêtu de beaux habits et les tables étaient recouvertes de nappes blanches. Les flammes des bougies projetaient nos ombres sur les murs. Nous étions en cercle, dans un rythme lent. Samuel buvait plus qu'il n'aurait dû et secouait ses boucles rousses en riant. Joseph nous observait d'un air absent, il semblait ailleurs. Sire Vives était presque assoupi, il se reposait, comme Dieu après la création du monde. Myriam discutait avec les femmes des instructeurs. « *Le sixième jour. Les cieux et la terre furent achevés, et toutes leurs dépendances. Dieu acheva au septième jour Son œuvre qu'Il avait faite, Il se reposa de toute Son œuvre.* » Il l'avait créée pour qui ? Pourquoi ? Pour l'homme, pour qu'il agisse et pour que, après l'action, il pût connaître le goût du repos. Un sourire se dessina sur le visage de Joseph. Avec ses yeux noisette, sa barbe bien taillée, ses cheveux bien coiffés, on aurait dit un ange. Samuel évoquait un passage du Talmud que nous avions étudié, selon lequel celui qui rêve de montagnes rêve en fait de grandeur. Il disait en riant : celui qui rêve d'un choffar pense aux temps messianiques, celui qui voit un chien, un lion, ou celui qui voit quelqu'un qui se rase dans son rêve…

Samuel parlait des rêves, le Talmud le faisait sourire, le distrayait, il s'en moquait presque et pourtant, il était celui qui était mort pour lui. Lui qui voulait partir… En fin de compte, pour quelle raison aurait-il risqué sa vie pour le sauver ? Et si tout était faux… Si on l'avait vraiment assassiné ? S'ils étaient venus pour le tuer ? Mais alors, pourquoi lui et pas les autres ? Si le meurtre de l'enfant n'était que le premier d'une série d'assassinats contre notre communauté, *qui serait le prochain* ? Ce qui lui était arrivé aurait pu m'arriver. Le Talmud valait-il la peine qu'on risque sa vie pour lui ? Soudain, une pensée me traversa l'esprit : c'était le Talmud qui avait changé Nicolas Donin, et qui l'avait rendu fou de haine. Qu'y avait-il débusqué pour qu'il veuille partir, s'enfuir de la maison d'études ? C'était le Talmud qui avait tué Samuel, c'était un livre pour lequel les gens étaient prêts à donner leur vie. Quelle étrange fascination exerçait-il donc et quel en était le secret ?

Le lendemain, je me levai tôt pour me rendre à la synagogue afin de faire la prière du chabbat. Après la liturgie du matin, nous devions déjeuner chez sire Vives, Joseph et moi, mais Joseph avait décliné l'invitation.

— Où iras-tu ? lui demandai-je.

— Nulle part.

— Que vas-tu manger ?

— J'ai un repas froid dans ma chambre, merci. Je n'ai pas le cœur à sortir, ni à manger quoi que ce soit.

— Ne reste pas seul, lui dis-je. Chez sire Vives, il y a toujours un bon plat chaud, que Myriam a fait mijoter !

— Il est écrit dans la Torah : « *Vous ne ferez pas brûler de feu dans toutes vos demeures le jour du chabbat.* »

— Le chabbat doit-il se dérouler dans le froid et l'obscurité, comme un jour de pénitence ? Selon nos rabbins, s'il est interdit d'allumer ou de toucher un feu le jour du chabbat, en revanche, il est licite d'en tirer profit, s'il a été allumé avant la tombée de la nuit.

— « *En six jours, le travail sera fait,* dit l'Exode, *mais le septième jour sera sacré pour vous, ce sera un jour de repos complet en l'honneur de Dieu.* » C'est pourquoi toute utilisation du feu est proscrite, Éliézer. Quoi qu'en disent nos rabbins.

— Nous avons déjà 613 commandements, dis-je. Pourquoi s'interdire ce qui est permis ?

Dans la synagogue, nous prîmes place sur nos sièges habituels, assis côte à côte, au premier rang. D'habitude, Samuel était à nos côtés. Son absence se fit réellement oppressante. J'avais l'impression de le voir comme s'il était là, parmi nous. Je sentais sa présence. Notre maître était parmi les officiants, devant la table sur laquelle étaient posés les rouleaux de la Torah, parchemins déployés pour la lecture du samedi. Joseph et moi avions eu l'honneur de la porter hors de l'armoire sainte, où elle était précieusement gardée. Nous l'avions tenue dans nos bras comme une fiancée et tout le monde l'embrassait.

Puis mon maître, comme tous les chabbat, se plaça au centre de l'assemblée afin de prononcer son sermon. Sa voix résonnait contre les parois de pierre alors qu'il faisait entendre les paroles de la Torah :

— C'est un monde de violence que le nôtre. La religion devient violente lorsque ses adeptes pensent détenir son sens ultime, c'est-à-dire l'interprétation du texte divin révélé par Dieu à Moïse, et lorsqu'ils annoncent que leur compréhension du texte est la seule possible. Au contraire, l'interprétation du texte permet de le rendre humain en lui faisant perdre son aspect absolu.

» Mes amis, poursuivit mon maître. Si je vous parle aujourd'hui avec gravité de la question de la violence, c'est que mon élève, mon disciple, mon fils en esprit et en cœur, Samuel, est décédé par un acte de violence terrible dirigé contre lui… Vous savez qu'un enfant a été retrouvé dans son sang dans notre quartier. Samuel est décédé parce que des hordes d'individus remplis de haine sont venus nous attaquer. Samuel est mort pour sauver notre Talmud ! Vous n'ignorez pas ce que cela signifie : nous sommes accusés, et bientôt nous serons tous pourchassés. Je vous le demande, mes amis. Le soir, restez dans vos maisons. Pour le chabbat, après la prière, ne vous attardez pas devant la synagogue, mais rentrez vite dans vos demeures, et enfermez-vous.

» Hélas, ajouta-t-il, la voix vibrante et les yeux remplis de larmes, aujourd'hui je vous le dis, ceux qui peuvent fuir, qu'ils s'enfuient ! Ceux qui peuvent partir, qu'ils partent ! Ceux qui restent, qu'ils puissent faire face au danger, car il est devant eux !

On entendit des murmures de peur et d'effroi dans l'assistance. Tout le monde se leva pour prier, lorsque sire Vives prit les rouleaux de la Torah pour les enrouler et les placer dans leur étui de cuivre, avant de les remettre dans l'armoire sacrée. Puis on procéda à la prière finale, celle où est répétée la bénédiction des Cohen. Je me levai et sortis de la pièce pour me préparer à bénir la communauté. Puis je me déchaussai car mon corps ne devait pas être en contact avec le cuir, symbole de mort et de violence. Je revins avec les deux autres Cohen de l'assemblée, je mis mon châle sur la tête, fermai les yeux, et je prononçai la prière pour toute la communauté avec ferveur. Nous étions face aux fidèles, la tête et le corps recouverts de blanc, nous étendîmes les bras afin que notre bénédiction soit sur tous :

Que Dieu te bénisse et qu'Il te garde,
Que Dieu éclaire Sa face vers toi et qu'Il te prenne en grâce,
Que Dieu tourne Sa face vers toi et qu'Il t'accorde la paix

Il n'y avait pas besoin d'en dire plus, de souhaiter davantage, nous étions là pour répandre le bien. Telle était notre mission depuis Aaron, de génération en génération. Et nous devions l'accomplir, même quand nous n'avions pas le cœur de le faire, même quand nous n'y croyions plus, même quand tout était fini.

À ce moment-là, je me dis que peut-être, oui peut-être, notre assemblée, notre groupe, notre peuple, trouverait la paix avec le mot «*Chalom*» prononcé à la fin de notre prière. Que nous poursuivions ce but, que c'était notre idéal, notre horizon, et notre espérance : la paix individuelle et universelle. Je me retournai vers l'armoire qui contenait les rouleaux de la Torah, je murmurai : «Seigneur, Maître du monde…» et j'eus envie en ce lieu d'être enfin pur afin de mériter cette responsabilité qui m'était échue par mon père, et par le père de mon père, et cela depuis les premiers temps des Cohanim, de bénir tout le peuple. Mais comment retrouver la pureté, alors même que j'étais poursuivi par mon passé, alors que j'avais été si loin des miens, projeté malgré moi dans l'abîme et la fosse, la violence et la terreur, alors même que je persévérais dans la faute ? Et alors que mon ami était mort, tué par un étudiant enragé par un sermon contre nous et notre communauté ou, pire, par un acte dirigé contre lui ! Et soudain, ces paroles me revinrent au milieu de la prière, ces voix qui me hantaient, sans que je parvienne à les éliminer de mon esprit, comme des mots murmurés à mon oreille : *Tu es fort et vaillant à présent que tu deviens un homme, tu devras t'exercer et t'aguerrir pour être invincible, et pour gagner dans les tournois tu apprendras à t'occuper des chevaux, à les monter, à chasser et tu seras expert dans le maniement des armes. Dans la rude vie qui t'attend, tu seras un guerrier. Tu n'auras point de répit, point de repos. Tu n'auras pas besoin d'apprendre autre chose que l'entretien des armes et la guerre. Et lorsque tu auras fini ta formation, tu seras adoubé, on te remettra ton vêtement, ton haubert, ton heaume, tes chausses de fer, ton bouclier et ta lance avec ton gonfanon, orné des emblèmes de notre maison et de sa devise :* Arda para subire, *Brûle de t'élever. Et le jour viendra où tu partiras avec notre roi pour faire la croisade et reprendre la terre aux infidèles, et sur ton passage, tu combattras par le glaive ceux qui refusent de se baptiser, les incroyants, les hérétiques, les mahométans et… les juifs !*

Les juifs. En pensant à ces mots par lesquels l'adoubement était accordé au futur chevalier, à cet instant, je me mis à trembler, j'entendis la voix, *Cours, Éliézer, cours*, elle se superposa à celle de Samuel, j'écartai mes doigts pour former les triangles de David, afin de sentir la présence divine, qu'elle descende sur moi et m'apaise, qu'elle chasse les souvenirs, les cauchemars, les angoisses, les idées du passé, les ténèbres, et qu'elle combatte les forces du mal à l'œuvre en moi et en dehors de moi, *Amen.*

— Priez, dit l'homme d'une voix forte. Il est bien trop tard pour faire autre chose !

Les regards se tournèrent vers celui qui avait interrompu la prière des Cohen. Il portait un manteau sombre au large col et un chapeau. Dans la pénombre, on ne distinguait pas bien son visage.

— Vous êtes convoqué, Yéhiel de Paris, dit l'homme, à une disputation à la cour du roi Louis !

On entendit des cris dans l'assistance. Puis le silence se fit, un silence glacé. Tout le monde était saisi d'effroi. Une disputation, une controverse théologique. Qui était cet individu ? Chacun savait ce que signifiait la présence d'un intrus au sein de la communauté. Sire Vives avait raison. Nous devions fuir, nous étions en danger. Peut-être même nos ennemis étaient-ils parmi nous ! Cet homme était-il seul ? Des gens l'attendaient-ils dehors ? Quelle menace pesait sur nous ? Je sentis une sueur froide le long de mon dos.

— Vos livres ont été saisis et étudiés. Nous avons fait la liste de toutes les calomnies et de tous les blasphèmes qu'ils contiennent à l'égard de Dieu et de Notre-Seigneur ! Vos textes ont été traduits et envoyés au pape et au roi. Nous savons ce qu'ils contiennent. Ils parlent de tous les sujets interdits, et ils sont hérétiques. Ils sont responsables de toutes les abominations et du crime rituel de l'enfant dont vous avez pris le sang ! À cause de quoi, il a été décidé de vous convoquer pour une disputation dont le sujet est le suivant : Faut-il brûler le Talmud ?

À ces mots, il y eut à nouveau des murmures angoissés. Les fidèles se regardèrent sans savoir que faire. Mon voisin me prit le bras, et je compris qu'il pensait, comme moi, que ce message augurait le pire pour nous tous.

— Vous serez opposé aux plus grands théologiens chrétiens, Gauthier Cornu, archevêque de Sens, Guillaume d'Auvergne, évêque de Paris, et Eudes de Châteauroux, chancelier de l'université. Du côté des juifs, vous serez secondé par les rabbins Moïse de Coucy, Judah Ben David de Melun et Samuel Ben

Salomon, dit sire Morel de Falaise. Cette controverse aura lieu dans cinq jours, à la cour du roi Louis, en présence du roi et de la reine mère, Blanche de Castille. Si vous perdez le combat face aux théologiens chrétiens, ajouta le messager, les manuscrits du Talmud seront brûlés ici, à Paris, sur la place de Grève !

— Et si nous sommes victorieux ? demanda sire Vives.

— Dans ce cas, vous serez libres de continuer à étudier et à défier l'Église par vos mensonges.

Il régnait un silence de mort dans la synagogue. Cet homme était-il juste un missionnaire de la Cour envoyé en plein chabbat pour semer la terreur dans notre communauté, ou avait-il des acolytes qui allaient nous attaquer ? Personne ne parvenait à distinguer ses traits sous le capuchon de son large manteau. Je regardai autour de moi mais il n'y avait qu'une seule entrée à la synagogue, et il était impossible de s'échapper, pas d'armes, bien sûr, pas le moindre moyen de nous défendre. Je fermai les poings, par réflexe, au cas où il y aurait eu un combat, ou peut-être un massacre.

Lorsque l'homme se leva, je le reconnus enfin sous l'ombre de sa capuche, ce visage long et pâle comme la mort, ces traits creusés, ces yeux noirs inexpressifs, cette bouche aux lèvres fines et pincées.

— Êtes-vous prêts à risquer votre vie pour le Talmud ?

Au sein même de la synagogue, il fit le signe de la croix, puis il partit d'un pas rapide dans un murmure de révolte et d'angoisse.

Nicolas Donin.

13

Le déjeuner chez mon maître se déroula dans une atmosphère de terreur. Son fils, qui se prénommait aussi Joseph, mais que l'on surnommait Messire Délicieux, était venu avec sa femme et ses trois enfants pour célébrer le chabbat avec ses parents. Myriam avait préparé un plat à base de viande et de blé, qui avait cuit toute la nuit sur les braises d'un feu que sire Vives avait réussi à prolonger on ne sait comment.

Nous étions debout devant la lourde table de bois dressée avec soin par la maîtresse de maison, pour en faire un autel somptueux recouvert d'une nappe blanche, avec des assiettes et des couverts en étain, et des fleurs. Au milieu trônaient les deux pains du chabbat, ainsi qu'un pichet de vin, symbole de la connaissance. Sire Vives dit la bénédiction sur le fruit de la vigne, puis sur le fruit de la terre, qu'il rompit avant d'en donner à chacun sa part : un cérémonial qui faisait de l'instant du repas un moment solennel et sacré, où l'on ne parlait que de choses plaisantes et élevées. Mais ce jour-là, personne n'avait vraiment le cœur à discuter, et même Messire Délicieux, qui savait si bien nous distraire par des histoires drôles dont il avait le secret, était taiseux.

Mon maître, assis en bout de table comme à son habitude, mangeait peu, sous l'œil inquiet de sa femme. Il ne disait mot, il semblait absorbé dans de profondes et désespérantes réflexions.

— Pourquoi Joseph n'est-il pas venu ? demanda-t-il soudain.

— Maître, dis-je, je pense qu'il est très affecté par le décès de Samuel. Je ne suis pas arrivé à le convaincre. Il a préféré rester dans sa chambre.

— Nous le sommes tous, dit sire Vives. Samuel nous manque tellement.

— Quelle angoisse, dit Myriam. J'ai peur qu'ils reviennent. Pourquoi s'arrêteraient-ils ?

Voyant les enfants qui écoutaient, sire Vives jugea prudent d'apaiser son épouse.

— Mais non, dit-il. Ils ne reviendront pas.

— Nous allons devoir partir, poursuivit Myriam. Nous ne pouvons pas rester à espérer un miracle. On attend quoi, au fond ? D'être expulsés à nouveau ?

— Maman, intervint Messire Délicieux, je t'en prie. Nous en parlerons plus tard.

— Oui, c'est ça. Après, quand il sera trop tard !

— Pourquoi Nicolas Donin nous hait-il autant ? demandai-je à sire Vives. Et, si je puis avoir l'audace d'insister, vous ne m'avez toujours pas dit pour quelle raison vous l'avez excommunié.

— Est-ce qu'il nous hait parce que je l'ai excommunié ou est-ce que je l'ai excommunié parce qu'il nous hait ?

Comme souvent, sire Vives répondait par une question à une question.

— Dis-lui la vérité, Yéhiel, lui enjoignit Myriam.

Il y eut un silence.

— Il a rejoint les karaïtes, dit sire Vives.

— Les karaïtes, murmurai-je en me souvenant des paroles de Joseph. Qui sont-ils ? Que veulent-ils ? Pourquoi nous en veulent-ils ?

— Cette secte est née en Terre sainte et s'est propagée en Espagne puis jusque chez nous, dit sire Vives. Pour les karaïtes, seule la Torah compte, la Loi orale est considérée comme inepte et subversive. Pour eux, la Torah orale contredit la Torah écrite, elle ne peut donc être de source divine. Ils disent que le Talmud avec ses disputes et ses multiples contradictions est imparfait et critique. Une lutte a eu lieu au sein même du judaïsme entre les karaïtes et les talmudistes. Les karaïtes aujourd'hui se cachent. Ils ne disent pas qui ils sont, mais on les remarque car ils vivent de façon austère. Ils se déplacent la tête découverte, sans kippa, sauf dans leurs synagogues. Leur calendrier est écrit en fonction de l'observation de la lune. Ils ne tolèrent pas le feu le chabbat, même quand il a été allumé par quelqu'un d'autre ou avant le début du jour saint.

» Nicolas Donin pensait que la Loi orale avait pris trop de liberté et qu'il fallait impérativement en revenir au texte et à ce qui était écrit. Il était intolérant à l'idée d'interprétation, de quoi que ce soit qui ne fût pas conforme à l'idée qu'il s'en faisait. Si quelqu'un pensait différemment, il faisait tout pour le détruire. Il voulait que l'on s'en tienne à la Torah et à elle seule. Il disait que nos interprétations étaient humaines et il refusait tout principe rabbinique de la foi d'après les sages. Il récusait l'autorité des rabbins, la seule loi qu'il acceptait était celle de la Bible et des prêtres du Temple.

» Or, si l'on en reste à la Torah et à elle seule, on devrait lapider un homme qui coupe du bois le jour du chabbat, tuer les amants adultères d'un coup d'épée devant tout le monde, comme le fait Pinhas dans la Bible, lapider les jeunes filles qui ne sont pas vierges… Contre cela, la Loi orale, le Talmud, s'élève et dit : « *On n'a pas le droit de tuer un homme pour une raison affective.* »

Je n'ai pas peur de le dire : si notre Torah n'est pas humaine, si elle n'est pas interprétable, si elle nous paraît violente et injuste par moments, comment la défendre ?

— Si les karaïtes récusent l'autorité des rabbins, dis-je, qui est leur chef, leur maître à penser ?

— Certains font office de chefs, mais pas comme nos rabbins dont les paroles ont la préséance sur les écrits de la Torah. Tous leurs efforts consistent à démythifier le Talmud. Chez nous, comme tu le sais, l'étudiant a la liberté d'examiner le texte et de le remettre en question. Plus que cela, il doit y ajouter quelque chose. Ce n'est pas pour rien qu'on nous appelle les tossafistes. Nous sommes les ajouteurs, les disciples de notre maître, Rabbi Chlomo, fils d'Isaac le Français, alias Rachi. Ce que je veux vous dire, c'est que là où les conservateurs veulent imposer leur vision de la réalité, les tossafistes préfèrent bouleverser l'interprétation des choses.

» Pour nous, c'est l'étude qui est la valeur ultime

du judaïsme. Nos maîtres éclairent les textes de la Torah à la lumière de ce qu'ils vivent au quotidien, leurs discussions s'intéressent à la vie sous tous ses aspects, et elles ont pour objectif de rendre le judaïsme vivant et vivable, de préserver la Loi juive et de résoudre ses difficultés et ses contradictions. À Auxerre, Melun, Corbeil, Dijon, Évreux, Falaise, Orléans, Touques, Sens, Troyes, nous avons créé des maisons d'études où les maîtres enseignent. Nos rabbins sont des commentateurs émérites de la Loi. Ils sont de fins lettrés : ils s'intéressent à la langue, composent des dictionnaires, des traités, des recueils de lois. Les tossafistes ont introduit une méthode nouvelle de discussion du Talmud, qui fait référence à d'autres discussions, afin de comparer les divergences et les ressemblances, quitte à contredire les maîtres. Les académies se sont développées partout, avec des émissaires envoyés dans les régions éloignées afin de collecter des fonds pour créer des écoles et faire vivre la Loi.

— Mais aussi pour la changer ? demandai-je.

— Parfois, s'il le faut. Quand il le faut. Rabbénou Tam a introduit des modifications dans les usages. Il a aboli des lois très dures, impossibles à appliquer, inadaptées au monde d'aujourd'hui. En la matière, il faut beaucoup de courage et de discernement. Tam pensait que la Torah ne devait pas être un poids ni une douleur pour l'homme. Il a fait promulguer des décrets et des règles dans une volonté de changement, grâce à une force intérieure très puissante, à cause des nécessités historiques et quotidiennes, pour s'adapter à chaque époque et vivre un judaïsme de vie, respectueux des traditions, mais pas figé sur le passé, ainsi qu'il est dit : « *Et vous vivrez par mes lois !* »

— N'y a-t-il pas de limites à la flexibilité de la Loi ? demandai-je. Jusqu'où peut-on l'interpréter ? Jusqu'où peut-on la modifier ?

Toute mon existence était régie par la Loi, mes moindres gestes comme les décisions les plus essentielles, jusqu'au choix d'une épouse. Depuis mon retour au judaïsme, je voulais éviter tout écart. Mais où commence l'interprétation et où finit-elle ? Jésus n'a-t-il pas livré une autre vision de la Bible ? Or celle-ci a été à l'origine d'une nouvelle religion, qui n'a plus rien à voir avec le judaïsme au point de vouloir sa disparition. À force d'interpréter, n'avons-nous pas enfanté un livre infini, dont l'écriture ne s'arrête jamais, une pensée qui ne connaît aucune limite – quelque chose, en effet, de divin ? *De divin ou de diabolique ?*

— Tu poses la question qu'il faut, répondit sire Vives. Y a-t-il une limite à l'interprétation ? Rabbénou Tam a dit : la Loi des rabbins est comme la Torah de nos pères. Les rabbins doivent réguler et superviser, mais ils s'assurent que les transformations sont en accord avec la tradition. C'est toute la subtilité de la chose. Et c'est ce que combattent les tenants du dogme. Ceux qui ont juré notre perte à tous. Nicolas Donin n'admettait pas que le Talmud soit au centre de notre pensée et de nos actes…

— Faisait-il partie de cette secte, les karaïtes, dès le départ ? Était-il venu nous espionner et nous détruire ?

— Je l'ignore. Tout ce que je sais, c'est qu'il s'est mis à nous détester.

— Pourquoi ?

— C'est le cœur du problème, Éliézer. Intolérant et mû par une volonté de domination et de puissance, Nicolas Donin n'a pas supporté le monde des tossafistes et il a décidé de lui livrer une guerre sans merci. Depuis, il cherche à annihiler des siècles de réflexion sur un sujet qui nous est essentiel et qui lui est insupportable.

— Lequel, Maître ?

Il me regarda avec intensité et ses yeux se mirent à briller d'une lumière particulière dans la pénombre. Et il me raconta. Mais ce n'était pas pour se justifier de n'avoir pas su ou pu combattre un karaïte. Il était habité par un souffle venu d'ailleurs, venu d'un temps ancien, toujours dans l'aménité, la bonté et le regret de voir un disciple devenu non seulement son ennemi, mais l'ennemi de tout son peuple.

— Nicolas Donin voulait tout simplement la fermeture de la maison d'études. Il s'est mis à dévaloriser les professeurs et même les élèves, au point d'être agressif et méprisant envers tous. Il ne supportait pas que l'on ne pense pas comme lui. Il devenait de plus en plus intolérant et colérique. Était-il en contact avec d'autres gens ou agissait-il par lui-même ? Je ne sais pas. Il était irrespectueux avec les maîtres, déroutant avec les élèves, jusqu'au moment où il s'est mis à nous insulter, tous les jours, sa colère montait contre nous. Nous lui avons demandé de partir. Mais il ne voulait pas. Il préférait rester ! Avec les autres enseignants, nous nous sommes réunis, nous avons décidé qu'il n'avait rien à faire chez nous. J'ai convoqué un tribunal rabbinique et nous avons pris la responsabilité de l'exclure.

— Comment a-t-il réagi ?

— Il est parti. Il s'est réfugié au monastère.

— Sans doute à ruminer sa haine, intervint Myriam. Dieu sait ce qu'il a pu imaginer dans sa cellule !

— Maintenant nous savons, dit sire Vives Il a écrit une lettre au pape. C'est ma faute. Je n'ai pas vu qui il était.

— Ce n'est pas ce qu'il était, Yéhiel, dit Myriam. C'est plutôt ce qu'il est devenu...

— Que veux-tu dire ? dit sire Vives.

— Au départ, il était comme les autres. Il était là pour apprendre, pour progresser, il était fier de faire partie des perushim. Je m'en souviens. Il était comme les autres étudiants, empressé et heureux d'étudier. Passionné par ce qu'il découvrait, même si souvent il te contredisait. C'était une discussion féconde.

— Alors, pourquoi a-t-il changé ? demandai-je.

— Le Talmud ! s'écria-t-elle. Le Talmud l'a rendu fou. Comme il t'a rendu fou, Yéhiel ! Il t'a pris tout entier, même à moi. Tu ne penses plus, tu ne parles plus qu'à travers lui. Tu es devenu la parole ! Tu n'es plus toi-même. Tu n'es plus avec moi. Tu as abandonné ta famille pour étudier, comme Rabbi Aquiba, le Talmud a volé ton âme. Il vous a envoûtés, toi, les tossafistes, les guéonim. Tous les maîtres du Talmud ! Et tu serais capable de mourir pour lui !

— Bien sûr, dit simplement sire Vives.

— Eh bien, reprit Myriam, Nicolas Donin est

capable de donner la mort à cause de lui. Je l'ai vu changer, Yéhiel. Il est devenu combatif. Il fallait qu'il s'affirme, qu'il parle plus fort que les autres, pour discuter, certes, pour convaincre, mais aussi pour asséner ses idées. C'est le Talmud qui l'a perdu, répéta Myriam. Ce livre ne laisse pas indemne. On y entre, mais on n'est pas sûr d'en sortir. Certains s'y fourvoient. D'autres en meurent. Lui, il l'a happé et l'a laissé exsangue. Il l'a capté, si bien qu'à côté tout semblait dérisoire, et surtout… il lui a fait voir les choses autrement.

— Comment ? Pourquoi ? demandai-je.

— Cette façon de discuter de tout, tout le temps, de toujours trouver des arguments contraires, et puis le contraire du contraire, et le contraire du contraire du contraire, et ça ne s'arrête jamais… À la fin, on ne sait plus quoi penser et on a besoin de se raccrocher à quelque chose de solide, de tangible. D'où la Loi.

— Tu crois qu'il est devenu fou au point d'inventer un meurtre et de fomenter un complot contre nous ? demanda sire Vives.

— Peut-être, dit Myriam. En tout cas, il est clair qu'il a décidé de s'attaquer au Talmud.

— Qu'allons-nous faire, Maître ? Faut-il en parler à Évrard de Valenciennes ?

— C'est impossible, dit sire Vives. Il ne nous croira pas. Et peut-être même est-il lié à lui dans ce complot !

— Alors, comment pouvons-nous nous disculper et faire en sorte que cette persécution s'arrête ?

— Nous allons lutter, Éliézer.

— Comment ?

— Avec les armes de l'esprit et de l'intelligence.

Nous avons là un mystère qu'il nous faut résoudre. Et nous allons le faire.

Le soir, à la fin du chabbat, dès l'apparition des trois étoiles qui annonçaient le déclin du jour, j'allumai une bougie et je dis la prière qui marquait le début de la semaine, la *Havdala*.

Je me glissai ensuite hors de la maison d'études et me rendis à la taverne pour voir Augustin et le questionner, comme j'y avais pensé tout le chabbat, au sujet du meurtre de mon ami. Je lui en voulais de ne pas nous avoir prévenus, d'avoir laissé monter cette émeute sans rien nous dire. Mais peut-être ne le savait-il pas ? Il y avait des dizaines de milliers d'étudiants, il n'était peut-être pas en lien avec tout ce qui se disait dans son milieu. J'ouvris la porte, le cœur oppressé à l'idée d'y retrouver ceux qui étaient venus tout saccager et prendre la vie de Samuel. Peut-être allaient-ils me reconnaître ? Mais en cet instant, peu m'importait, tant j'avais soif de connaissance, et de vengeance.

Il régnait dans l'auberge une odeur de viande rôtie et de céréales trop cuites. Dans une ambiance de beuverie, les étudiants attablés trinquaient à grand renfort de gobelets et de pichets remplis à ras bord de vin ou de cervoise. Un goliard, poète vagabond, vêtu d'une tunique usée, les dents noires, les yeux chassieux, déclamait une ode à la gloire des tavernes. Un homme se leva soudain pour saisir son voisin par le col, il le poussa violemment et prit la chandelle qui se trouvait sur la table. L'autre cria qu'il l'avait payée et que, s'il la voulait, il n'avait qu'à ouvrir sa bourse. Des insultes fusèrent de toutes parts, et des gens se mêlèrent bientôt à la bagarre, sans doute sous l'effet du vin.

Je vis Augustin, assis à une table du fond, l'air sombre. Je le rejoignis aussitôt, il parut étonné de me voir.

— Que viens-tu faire ici, mon frère ? Ne sais-tu pas que c'est dangereux pour toi ?

— Te trouver, dis-je.

— Je suis là, mais partons, non ? Ne restons pas ici.

— Je dois te parler de Samuel.

— Je suis désolé, dit-il. Enfin, désolé, c'est pas le mot. Je suis horrifié... Je l'aimais, beaucoup... Il était comme un frère pour moi.

Je vis que son chagrin était sincère.

— Que s'est-il passé ?

— Après un sermon d'Eudes de Châteauroux, un vent de révolte a soufflé sur le quartier. Je m'en veux de ne pas avoir senti le danger. Je ne pensais pas que ça irait jusque-là. Quelques jours avant de venir chez vous, ils s'en étaient pris aux habitants du Quartier latin, ils avaient saccagé des boutiques, ils étaient entrés dans des maisons... Et Eudes de Châteauroux les a défendus contre le prévôt de Paris, qui voulait intervenir cette fois. Il a même prononcé un sermon en leur faveur en face du roi, de l'évêque de Paris et du légat pontifical Romain Frangipani. Le pouvoir ecclésiastique et monarchique a incriminé les étudiants, et les professeurs ont dû arrêter les cours. Eudes se fait passer pour un homme de bien qui fait tout ce qu'il peut pour résoudre les conflits... De ce fait, il jouit maintenant d'une excellente réputation auprès des étudiants, qui se sont mis à écouter ses diatribes contre les juifs. Et il en a profité pour diriger leur colère contre vous.

— Samuel est mort en tentant de sauver le Talmud. J'étais avec lui, et je suis vivant. Je ne comprends pas pourquoi ils l'ont attaqué lui, et pas moi !

— Ça ne m'étonne pas de lui. Toujours spontané et généreux… Le cœur sur la main…

— Je ne savais pas que tu le connaissais si bien, dis-je. L'as-tu rencontré, en dehors des moments où l'on se voyait ensemble ?

— Parfois, se troubla Augustin. Enfin, non. Pas souvent.

— Où ? Pourquoi ?

Il me regarda d'un air étrange. J'avais le sentiment qu'il me cachait quelque chose.

— Il m'a tiré d'un beau pétrin. On peut dire qu'il m'a sauvé la vie. Vous êtes comme ma famille… D'ailleurs, je n'ai plus de famille. Mes parents m'ont abandonné. Ils m'ont répondu qu'ils ne me donneraient rien, même pas une savate…, ajouta-t-il, des sanglots dans la voix. Tu comprends ? Je n'ai plus que vous… Si tu meurs, je n'ai plus personne… Si tu meurs, je meurs… !

— Ne dis pas ça…

— J'ai continué à mener mon enquête auprès des gens que je connais à la cour des Miracles, et je sais tout à présent.

Je m'approchai de lui. Il sentait le vin. Se moquait-il de moi ? Ou disait-il la vérité, sous l'effet de la boisson ?

— Tout ? Raconte-moi alors.

— Oui. Je crois avoir résolu une partie de l'énigme… Tu veux savoir ce que j'ai appris ?

— Oui.

Il regarda autour de lui, l'air paniqué.

— Pas ici, les murs ont des oreilles ! Depuis les émeutes, le roi envoie des espions dans nos tavernes. Je pense que j'ai trouvé la mère de cet enfant mort et je sais même qui l'a acheté… Car il s'agit bien d'une manipulation !

— Qui ?

— Rejoins-moi demain chez moi et je t'emmènerai quelque part. Mais pars maintenant, ajouta-t-il en me pressant de me lever. À demain, mon frère ! Et ne m'oublie pas !

Il pleuvait sur le cimetière de la rue Pierre-Sarrazin, de l'autre côté de la Seine, non loin du quartier des étudiants. Il pleuvait, et c'était comme si Dieu lui-même couvrait de ses larmes le cadavre du défunt.

Sire Vives, Myriam, Joseph et moi nous rendîmes à l'enterrement avec les élèves de la maison d'études. Nous avancions comme des âmes en peine, les étudiants portaient le cercueil. Des centaines de stèles grises aux noms bibliques étaient rangées, ou plutôt juxtaposées, les unes à côté des autres, et formaient le quartier des morts où notre ami allait reposer. Certains de nos rabbins et de nos maîtres tossafistes y avaient été enterrés avec les gens de notre communauté.

Bien sûr, je restai dehors, devant l'entrée. Les élèves en procession autour du cercueil récitaient les prières d'usage. On avait envoyé un étudiant prévenir sa famille, qui résidait dans le nord du pays, mais il n'était pas encore revenu de son triste voyage et il fallait enterrer le corps juste après le décès, selon la Loi.

De loin, je vis qu'on le descendait dans la tombe, recouvert de son linceul et de son châle de prière. Et je ne pus retenir mes sanglots, lorsque mes amis récitèrent le Kaddish, la prière pour les morts écrite en araméen, qui sanctifie le Nom de l'Éternel et appelle la paix.

Le temps a passé à présent, mais la douleur est la même, rien ne l'efface, et je la ressens comme au premier jour. Par moments, j'ai soudain besoin de lui parler, de le voir, de l'entendre ; parfois j'oublie et, lorsque par un sursaut je me rappelle qu'il est mort, j'ai un frisson d'horreur. J'aimerais tant avoir l'espoir d'une existence dans l'au-delà, mais je sais que nous n'en avons qu'une, que nous appelons « la vie », et que poussière, l'homme finit par retourner à la poussière. De la mort, je ne vois que la destruction, c'est la raison pour laquelle nous déchirons un vêtement lors d'un décès, ainsi il est dit : « *Un homme qui meurt, c'est comme un rouleau de la Torah qui a brûlé.* »

Nous ne possédons rien, tout est vanité, mais nous aimons la vie, et il n'est rien qui nous afflige davantage que de la voir s'éteindre. Voilà quelle est notre croyance, même si elle laisse peu d'espérance, en dehors de l'attente du Messie.

De loin, je regardais le corps nimbé du linceul blanc, je voyais les lettres de la Torah gravées sur son être devenu parchemin, je l'imaginais, lui le rouleau vivant, dire les commentaires à l'infini, et puis soudain se taire car il n'y a rien à dire au sujet de la mort, incompréhensible. Mais même si son corps n'était plus, je sentais son âme, c'est-à-dire son intelligence, sa bonté, sa volonté de toujours s'améliorer, cette force qu'il avait eue de braver le danger pour sauver le Talmud.

Il me manquait comme une partie de moi-même. Je pensais à lui, la nuit, le jour, j'étais malheureux. Je me sentais responsable, coupable, peut-être aurais-je dû le protéger ? J'aurais voulu le voir, son absence était vive, vivante. Je me demandais si nous allions nous retrouver dans le monde à venir, mais qu'était-ce au juste ? Et que m'importait de le revoir après la mort, puisqu'il faisait partie de ma vie. Nous avions partagé tant d'aventures intellectuelles ensemble. Nous avions traversé tant de textes, résolu tant de problèmes, échoué sur tant d'autres. Nous avions tant parlé, évoqué tous les sujets, et tant ri, car c'était lui qui apportait l'humour dans nos conversations, dans nos dîners et nos veillées nocturnes. Chaque lieu, chaque endroit, me le rappelait. Le pire était la chambre, et son lit vide. Je n'arrivais pas à croire que tout cela était fini, que nous ne regarderions plus, que nous ne mangerions plus ensemble, que nous ne partagerions plus un sommeil agité des mêmes pensées et des mêmes questions talmudiques. À chaque fois que son nom vient à mon esprit, je ressens comme une terreur, un vide, un grand froid.

14

— Voici Éliézer, mon élève et disciple, dit sire Vives en me présentant à son ami.

Devant moi, à la bibliothèque, était assis sur un banc de pierre un homme vêtu d'un long manteau sur une tunique pourpre, la tête recouverte d'un voile noir qui lui dissimulait le visage. Je reconnus le personnage qui avait rendu visite à sire Vives après le meurtre et qui le tenait informé de ce qui se tramait à la Cour.

— Je voulais vous voir, dit l'homme, on m'a dit que l'enterrement de votre élève avait eu lieu ce matin. Je suis désolé, sire Vives, sincèrement désolé, et je suis venu vous présenter toutes mes condoléances. Et aussi, hélas, vous apporter ceci.

Il nous tendit un parchemin sur lequel était apposé le sceau royal.

Mon cœur battit plus fort lorsque je le lus en même temps que mon maître : c'était la convocation du roi Louis à la disputation au sujet du Talmud, qui allait décider du sort de notre Livre – et du nôtre.

Comme Nicolas Donin l'avait annoncé à la synagogue, sire Vives était demandé à la cour du roi avec trois autres grands rabbins amis de mon maître, Moïse de Coucy, sire Morel de Falaise et Judah Ben David de Melun, afin de défendre le Talmud contre les plus éminents théologiens catholiques, Eudes de Châteauroux, Guillaume d'Auvergne et l'archevêque Gauthier Cornu.

— La disputation est initiée par Nicolas Donin, dit l'homme. Il a écrit une missive au pape Innocent III au sujet du Talmud afin de mettre à exécution son terrible dessein. Seul parmi tous les rois auxquels le pape a écrit, Louis a entendu sa demande. C'est la raison pour laquelle il a organisé cette controverse qu'il pense sans doute être opportune pour revenir en grâce auprès de la papauté.

— Pourquoi ne pas brûler le Talmud alors ? murmura sire Vives. Pourquoi organiser ce simulacre de procès ? Ils ont déjà pris nos traités dans nos synagogues et nos maisons d'études, il leur suffit de les détruire.

— Le roi, par mesure d'équité, répondit le personnage masqué, souhaite donner une chance aux juifs de se défendre. La reine Blanche de Castille y est favorable. Et Louis ne veut pas paraître partial. Il aime par-dessus tout exercer la justice. Il se veut juge, en plus d'être roi. Depuis peu, il aime à se rendre au bois de Vincennes, et tous ceux qui y passent peuvent s'adresser à lui directement. Il répond à chacun, sans distinction de rang ou de statut. Parfois il se rend au jardin de Paris et, sur un tapis, il reçoit le peuple pour donner son jugement. C'est ce qu'il souhaite faire avec vous.

— Nous traduire devant un tribunal, est-ce nous faire justice ? demanda sire Vives.

— Le roi a des griefs sérieux, et par-dessus tout, il entend maintenir sa réputation d'homme de justice et d'honneur. Il a dit : « Le cas des juifs m'appartient. » Lui qui ne voulait plus de serfs dans le royaume vous a pourtant donné ce statut infâmant. Je le connais bien, comme vous savez. Je suis également proche de sa mère, Blanche, une Espagnole croyante, qui a donné une éducation très dure à son fils et l'a élevé d'une façon très pieuse. Louis est humble, il s'occupe des pauvres, lave leurs pieds comme le Christ, soigne les malades, panse les lépreux. Il est assidu à la messe, se confesse, fait pénitence, et il porte un cilice pour se mortifier. Il repousse toute idée de plaisir pour suivre le chemin de croix. Il est jeune et il est déjà un grand roi car il sait parler aux gens. Mais il est aussi le roi barbare qui fait brûler les livres de ceux qui blasphèment. Il est sans pitié pour les hérétiques. Il s'est allié aux tribunaux de l'Inquisition. Jamais il n'y aura eu autant de barbarie que sous son règne. Et je dois vous le dire, sire Vives, il hait votre peuple. Il dit que vous êtes odieux à Dieu et aux hommes, et il incite à vous pourchasser par le glaive. Il dit vouloir purifier le royaume de ceux qui le « souillent par leurs ordures », c'est ainsi qu'il vous caractérise.

— Quels sont ses griefs ?

— D'après la lettre de Donin, le Talmud contiendrait des déclarations abusives et innommables contre le christianisme. Il serait la cause principale de l'obstination des juifs dans leur incroyance. Voici ce qu'il dit : si les juifs négligent la Bible, c'est pour mieux s'adonner à la seule étude du Talmud.

— Mais le Talmud n'est autre que l'étude de la Bible, fit remarquer sire Vives.

— Pas selon le canon évangélique. Nous, les chrétiens, ne connaissons pas ce type d'études. Le Talmud serait donc un livre… hérétique. Hérétique et subversif !

— Même si c'était le cas, objecta sire Vives, il s'agit d'une affaire strictement juive. Pourquoi le roi et le pape s'en préoccupent-ils ?

— Par peur que ces idées ne se propagent. Vous le dites vous-même, le Talmud remet tout en question, y compris l'autorité suprême. Donc a fortiori le pape, le roi, le Seigneur, le pouvoir. Pourquoi pas la parole de Dieu !

— Le Talmud respecte le droit du pays. Il énonce ce principe : « *La loi du pays est la loi.* »

— Mais vous avez un ennemi acharné qui tente de démontrer le contraire. Nicolas Donin est l'instigateur de ce procès. Avec les ordres mendiants et les frères mineurs, il a écrit trente-cinq articles contre le Talmud. Il dénonce l'importance grandissante des « sages et des scribes » qui, selon lui, se croient au-dessus des prophètes. Il mentionne aussi des blasphèmes trouvés dans les livres talmudiques au sujet de Dieu, de l'Église et du pape. Il reprend l'argument selon lequel les juifs ne suivent pas vraiment la Bible et ne peuvent donc pas être considérés comme des témoins de son authenticité comme le voudrait saint Augustin.

» Je suis venu vous voir, car le danger est encore plus grand que je ne le pensais. Vous savez ce qui arrive aux hérétiques, lorsque le pape et le roi s'en mêlent… Dans le sud de la France, ceux que l'on appelle les cathares ou les Albigeois sont pourchassés, massacrés, brûlés sur des bûchers, parfois par centaines. C'est une horreur… Les inquisiteurs n'épargnent personne, ni femmes, ni enfants, ni rang. Les croisés, qui sont leur bras armé, ont mis la ville de Béziers à feu et à sang, tout comme Carcassonne et Toulouse. Jusqu'où iront-ils dans le massacre des parfaits ? Comment peuvent-ils commettre une telle barbarie au nom de Notre-Seigneur ? Comment notre bon roi Louis permet-il et ordonne-t-il une telle abomination ? C'est ce que je n'arrive pas à comprendre. Nous les chrétiens n'avons-nous pas fait de l'amour une religion ? Jésus n'a-t-il pas dit : aimez-vous les uns les autres ?

— Que disent les cathares, qui effraie autant l'Église ?

— Ils témoignent d'une révolte menée par des moines et des prêtres, inspirée par un prophète perse, Zoroastre. Celui-ci défendait l'idée que l'univers est fondé sur deux principes, le Bien et le Mal. Ils veulent atteindre la pureté, c'est pourquoi ils s'appellent les parfaits, ou encore les bons hommes et les bonnes dames, et ils rejettent les sacrements de l'Église. C'est la raison pour laquelle les inquisiteurs sont sans pitié pour eux et pour ceux qui ont le malheur de vivre avec eux. L'abbé de Cîteaux, Arnaud Amaury, a dit cette phrase terrible à un croisé qui lui demandait comment dans un village il pouvait reconnaître les cathares des autres : « Tuez-les tous, Dieu reconnaîtra les siens ! »

— Mais nous ne sommes pas en guerre contre l'Église, dit sire Vives. Nous ne remettons pas en cause les fondements de sa théologie. Nous ne sommes pas manichéens, et nous avons les armes et le sang en horreur ! Nous ne voulons de mal à personne. Nous disons au contraire : « *Tu ne tueras point.* » Nous détestons la violence par-dessus tout ! Tous nos écrits le prouvent, ils la questionnent et la limitent !

— Peu importe ce que vous croyez, sire Vives. Je me suis rendu compte par moi-même que ces préjugés étaient infondés, lorsque j'ai eu la grâce de vous rencontrer. Mais vous souffrez des pires calomnies et l'accusation d'hérésie n'est pas à prendre à la légère. De plus, Nicolas Donin a étudié chez vous, il est bien renseigné.

— Hélas, il était mon élève.

— Il dit connaître parfaitement le Talmud.

— Qui peut connaître parfaitement le Talmud ? C'est impossible. Le Talmud n'est pas un livre, mais une bibliothèque en devenir. C'est une entreprise particulière. Une œuvre écrite par des centaines d'écrivains, depuis mille ans, et qui s'écrit perpétuellement… Un projet fou qui se poursuit à travers le temps, les époques, les pays. En attaquant le Talmud, c'est notre culture qu'il détruit. Et notre peuple. Notre judaïsme pharisien. Mais pas seulement : le Talmud est aussi une création de notre royaume de France !

— Les pharisiens, murmura l'homme. Ceux que Jésus ne cesse de critiquer. Il dit d'eux qu'ils sont hypocrites, dépourvus de bon sens, qu'ils négligent la justice et l'amour de Dieu.

— N'en croyez rien, je vous prie, dit sire Vives. Après la destruction du Temple de Jérusalem par les Romains, en 70, les pharisiens ont trouvé une façon de perpétuer la mémoire, et ce fut l'étude, ils ont écrit la Mishna, ensemble des lois de la Torah et de ses commentaires, qui forment le Talmud. À l'époque antique, trois sectes s'étaient constituées : les pharisiens, les sadducéens et les esséniens. Les pharisiens, observants et pieux, respectaient à la fois la Loi et la haie autour de la Loi, tout en accordant une grande importance à la Loi orale. Ils enseignaient et officiaient dans les synagogues, à l'inverse des sadducéens qui rejetaient l'idée de l'interprétation et voulaient s'en tenir strictement au texte. Pour eux, seules les règles écrites dans la Torah devaient être tenues pour vraies. C'est le grand sage Hillel, au milieu du Iᵉʳ siècle avant l'ère courante, qui posa les premiers principes du pharisianisme : l'étude et l'interprétation de la Torah, l'observance des lois de la pureté et le paiement des dîmes, l'amour du prochain, le souci de la paix et le devoir d'humilité, l'ouverture aux prosélytes. Rabbi Yohanan Ben Zakkaï, puis Rabbi Aquiba et Rabbi Meïr ont fondé les premières maisons d'études juives.

» Les pharisiens avaient une connaissance précise de la Torah et bénéficiaient d'une grande audience auprès du peuple, même s'ils s'en tenaient éloignés, en tout cas de ceux qu'ils considéraient comme des ignares. Leur idéal était de faire de tout le peuple une nation sainte. Parfois, leurs débats étaient vifs, comme ceux de Hillel et Chammaï. Et à l'opposé des zélotes, ils ne s'impliquaient pas dans la politique. Lors de la destruction du Temple, les sadducéens et les esséniens disparurent, massacrés par les Romains, tout comme les zélotes, mais les pharisiens réussirent à conserver leur pratique et leur identité à travers l'étude, et nous sommes leurs descendants !

— J'ignorais tout cela, dit l'homme mystérieux. Je n'ai que les Évangiles pour me renseigner. C'est mon unique lecture, avec la Bible, qui est votre Torah. Si vous voulez défendre votre Talmud, il va falloir vous battre.

— Nous en avons l'habitude, dit sire Vives. Depuis toujours, nous luttons pour notre existence. En 96 avant l'ère courante, les rabbins du Talmud défièrent l'autorité romaine et beaucoup furent crucifiés. Les pharisiens sont les seuls à avoir survécu à la destruction du Temple.

— Pourquoi Jésus les haïssait-il ?

— Ce n'est pas si simple ! Jésus était inspiré par le mouvement pharisien. Il a appris avec les rabbins pharisiens. Ce sont eux qui lui ont enseigné l'amour du prochain. C'est Hillel le pharisien le premier qui énonça ce principe, peu de temps avant Jésus, lorsqu'un néophyte vint lui demander de lui enseigner la Torah. Le sage lui répondit que toute la Torah tenait en une seule phrase : « *Tu aimeras ton prochain comme toi-même* », que l'on interprète comme : « Ne fais pas à autrui ce que tu hais pour toi. »

— Jésus, murmura l'homme, un pharisien inspiré par le rabbin Hillel… Mon Dieu ! ajouta-t-il en faisant le signe de la croix. Est-ce cela votre conception du christianisme ? Comment voulez-vous que nous prenions ces paroles ? Et que nous ne vous traitions pas d'hérétiques !

— Ne vous fâchez pas, je vous prie, dit sire Vives. Je vous livre ces secrets, car vous êtes mon ami.

Quand pourrons-nous nous faire face, sans que les chrétiens voient en nous des chrétiens en devenir et que nous voyions en vous ceux qui ont dévié de la Loi ?

— Maintenant, dit l'homme, lors de cette controverse, qui sait ? Tentons enfin de dialoguer, si les circonstances le permettent. Mais hélas, je vous en prie, soyez prudent lorsque vous vous exprimez sur ces sujets. Je voudrais pouvoir vous défendre, même au péril de ma vie.

— Mon cher ami ! dit sire Vives. Jésus est aussi le fils de Dieu pour nous.

— Vraiment ?

— Nous sommes tous les fils de Dieu. Jésus fut, tout au long de sa vie, juif. Rien dans sa vie, ni dans ses idées, ni dans sa conduite, ne montre qu'il ait eu le désir de s'éloigner du judaïsme. Et encore moins de créer une autre religion. Il est né juif, de parents juifs, sa foi était juive comme sa prière et son enseignement. Il parlait hébreu et araméen. Il priait dans les synagogues avec les pharisiens. Il enseignait à son peuple et prêchait pour le retour des « brebis égarées » dans le troupeau, c'est-à-dire les juifs qui s'étaient écartés de la tradition. À sa naissance, il fut présenté au Temple comme les enfants juifs qui devaient être consacrés et il y enseigna même. Le chabbat, comme nous tous, il disait son sermon dans les synagogues. Il était circoncis, il avait fait sa bar-mitzvah, il lisait la Torah et les prophètes. Il a reçu la tradition de Joseph, « l'homme juste », et de Marie. Siméon, Zacharie le prêtre, Élisabeth son épouse et leur fils Jean-Baptiste étaient juifs, comme tous les disciples de Jésus. Il a vécu toute sa vie en Terre promise, à part le court moment qu'il passa en Égypte avec ses parents. Ses paraboles, ses métaphores, ses allégories sont celles des rabbins et des scribes de son temps. Son amour pour son peuple est manifeste et il le proclame même à travers la dureté des critiques qu'il adresse à ses maîtres, dans la tradition des prophètes qui expriment leur inquiétude pour leur peuple. Il portait des vêtements à franges. Il disait la bénédiction sur le pain et sur le vin, et il respectait le chabbat et les fêtes.

— Mais il n'est pas le Messie ?

— Jésus était un rabbin pharisien parce qu'il fondait son enseignement sur la Loi orale. La preuve : il n'a jamais écrit une ligne ! Pourquoi l'Église s'attaque-t-elle aux pharisiens, et non aux sadducéens, qui étaient si attachés au pouvoir politique ? Comme ils dérangeaient l'ordre établi, l'Église préfère les présenter comme des perfides et des hypocrites.

— Vous les pharisiens, les talmudistes, ou les disciples de Notre-Seigneur, puisqu'il s'agit du même groupe, vous êtes les interprètes de la parole de Dieu qui est infinie, puisqu'Il est l'Infini, n'est-ce pas ? dit l'homme après un silence.

— Une découverte qui empêche d'enfermer Dieu dans une représentation ou une image. Qui s'inscrit contre tout dogme, ou toute lecture univoque du texte.

— Mon ami, dites-moi en toute sincérité, que se passerait-il si j'étudiais avec vous ? Y a-t-il un risque que je devienne…

— Juif ?

— Oui.

— Vous quitteriez le Christ et vous découvririez le juif Jésus, qui s'exprimait par paraboles. Il citait le texte et l'interprétait, il retrouvait l'esprit dans la lettre comme l'âme cachée dans le corps qu'elle anime.

— Peut-on croire en Jésus juif sans croire au Christ, fils de Dieu, mort pour le salut de l'humanité ?

— Les maîtres du Talmud montrent que l'on peut dire la parole divine déposée dans la Bible et résister à la tentation de se persuader que tel ou tel personnage est le Messie. On peut être le messie de son temps mais pas le Messie qui met fin à l'Histoire. Tel fut Jésus qui essaya de répondre à la crise de son temps, mais il n'a pas arrêté l'Histoire. En cela, il n'était pas le fils réel de Dieu comme l'affirment les chrétiens.

— Vous rendez-vous compte que vous êtes intolérables pour nous ? Vous contestez les fondements mêmes de notre religion !

— Nous les juifs, nous dirons toujours non au Christ.

— Alors, comment pouvons-nous dialoguer ?

— Nous ne sommes pas si différents. Vous êtes nés d'un courant du judaïsme, le courant apocalyptique. Deux siècles avant Jésus, les prophètes ont donné une autre vision des choses, en rapport avec ce qu'ils vivaient. Et le texte est devenu l'Écriture. Celle qui doit s'accomplir. Or rien ne doit s'accomplir. Rien n'est écrit. Tout est en devenir, dans les mains de l'homme.

— Enseignez-moi, sire Vives. J'aimerais tant découvrir votre méthode... Est-ce possible ? Est-ce dangereux ?

— Notre méthode permet de comprendre les conflits entre les textes. Par exemple, comment expliquez-vous que Luc ne parle que d'une montée de Jésus à Jérusalem alors que les autres en évoquent plusieurs ? Ce type de contradiction est fréquent dans la Bible. Les talmudistes savent les aborder. Parce qu'ils n'obéissent ni au dogme de la religion, ni au dogme de la raison.

— Alors, quelle sorte de pensée est-ce là ?

— Une autre façon de voir les choses. Une méthode très singulière et très puissante pour penser le réel et approcher une certaine vérité, car elle est au-delà même de l'idée de la vérité.

— J'aimerais que vous m'enseigniez votre science, murmura l'homme.

— Je vous apprendrai. Mais, soyez-en sûr, sans intention de vous convertir. La relation entre nous doit pouvoir le permettre. Nous pouvons aussi apprendre de vous. Nous devons vous entendre, le christianisme a pour matrice le judaïsme.

— Je comprends, sire Vives, comment vous allez à Dieu par le Talmud. Sans vous poser la question de savoir qui a raison et qui a tort.

— Le Talmud nous apprend à éradiquer nos préjugés et nos peurs. C'est ce qui est le plus difficile… Rabbi Pinhas Ben Meïr enseigne que « le sens de l'amour du prochain exige d'aimer l'ensemble de l'humanité sans distinction des origines ». Le fait que tout être humain est à l'image de Dieu suffit à nous dicter de l'aimer. Il s'agit là d'une réelle obligation et pas d'une disposition affective, d'une compassion. Aimer Dieu, c'est aimer son image dans l'homme.

— C'est là où nous divergeons. En tant que chrétien, j'éprouve pour tout être humain une vraie compassion et un sentiment aussi puissant que l'amour.

— Rabbi Pinhas Ben Eliazar dit : « Je prends à témoin le ciel et la terre, qu'il s'agisse d'un non-juif, d'un Israël, d'un homme, d'une femme, esclave ou libre, c'est à la mesure des actes de chacun que l'esprit de sainteté résidera sur lui. » Dans le Talmud, les hommes se distinguent les uns des autres non seulement par leur aspect extérieur mais aussi par leur conscience et leur cœur. Nous voulons construire une société sur le principe de Hillel : « *Tu aimeras ton prochain comme toi-même* », c'est-à-dire : « Ne fais pas à autrui ce que tu ne veux pas qu'on te fasse. » Et aussi : Quand tu fais du bien à ton prochain, veille à ne pas lui faire du mal qui pourrait se tapir dans ce bien !

— Mais pour quelle raison vais-je décider de le faire et d'engager ma destinée sur cette parole si ce n'est par amour ? Car nous sommes la religion de l'amour, ajouta l'homme en un soupir. Mais lorsque je marche dans Paris et que je considère les brûlements des livres ou des êtres humains, lorsque je vois ce que l'on inflige aux cathares et à tous ceux que l'on appelle les hérétiques, je frémis et je pense à ce verset de la Bible en me demandant : comment en sommes-nous arrivés là ?

— Dieu n'est pas amour, dit sire Vives.

— Que dites-vous ?

— Dieu est justice. L'amour est nécessaire. Mais on ne peut pas fonder tout sur l'amour. Si je vous aime et que je souhaite le meilleur pour vous, et je pense que le meilleur est ma religion, alors je vais vouloir vous convertir par amour. C'est pourquoi je me méfie de l'amour et que je préfère la justice.

Sire Vives considéra la lettre posée devant lui.

— Le roi souhaite-t-il vraiment la justice ?

— Notre bon roi ne vous aime guère, sauf pour les prélèvements destinés au fisc royal et au financement des croisades.

— Et il se dit avant tout proche de Dieu !… Autant dire qu'avec Nicolas Donin, il a trouvé une opportunité dont il ne manque pas de se saisir ! Mais il veut aussi préserver la justice, cela lui tient à cœur. Pensez-vous que nous ayons une chance de nous en sortir ?

— Vous risquez d'être pourchassés et tués. Probablement expulsés comme ce fut le cas sous le règne de Philippe Auguste. Ce qu'ils veulent, en vérité, c'est votre conversion. Comme pour Nicolas Donin. Qui est devenu l'adversaire le plus redoutable, car il est mû par la haine. Il vous incrimine de la mort de l'enfant. Il dit qu'il a été tué par une femme de chez vous ! Cette femme, je crois que vous la connaissez. N'a-t-elle pas donné naissance à un enfant ?

À ces mots, je pâlis.

Sire Vives se leva et je le vis soudain se tourner et porter les mains à ses yeux, pour essuyer les larmes qui coulaient sur ses joues.

— Je n'aurais pas dû, dit-il en se prenant la tête entre les mains. Je n'aurais pas dû excommunier Nicolas Donin. C'est ma faute si tout cela arrive. J'en porte l'entière responsabilité. Parce que je n'ai pas su reconnaître en lui le danger qu'il représentait ! Mais surtout, parce que je n'ai pas pu lui enseigner ce qui me tenait à cœur. Je ne l'ai pas élevé comme j'aurais dû. Je ne lui ai pas transmis ce que j'aurais pu. Il était mon élève, mon disciple, mais je n'ai pas réussi à être son maître. Comme tout maître doit le faire avec son élève : il doit l'aimer comme un fils. J'aurais dû être plus charitable. Vous savez l'être, vous, les chrétiens. Au contraire, je n'ai fait que lui donner les armes pour nous abattre et lui porter le coup final qui l'a décidé à le faire... Il est ma création, mon œuvre, ce n'est pas le Talmud, c'est moi le responsable ! S'il cherche à nous faire accuser de crime rituel, s'il nous poursuit de sa haine au point de vouloir faire brûler le Talmud, c'est ma faute ! Je ne mérite plus d'être appelé maître ni rabbin... Cher ami, ajouta-t-il en un sanglot, je ne pourrai pas vous enseigner le Talmud. C'est un fait... car je ne sais pas enseigner !

15

Le lendemain matin, après avoir pris un peu de lait et de pain, je montai à la bibliothèque avec Joseph, mais nous n'avions plus ni livres ni maître, et l'absence de Samuel se faisait cruellement sentir. Comment étudier sans lui, désormais ? Nous nous regardâmes, anéantis par l'angoisse et la tristesse. J'avais l'impression que notre camarade allait arriver, les poches remplies de brioches, avec mille questions malicieuses.

Pendant un moment, il y eut un silence. Puis Joseph se leva et regarda par la fenêtre.

— On fait quoi ? demanda-t-il.

— On attend, dis-je. Notre maître va arriver.

— Et si on étudiait ? Le traité Berakhot, celui qui est mentionné dans la marge de Sotah... Nous avons interrompu notre recherche après les derniers événements. Je suis certain que quelqu'un joue avec les références mais pour quelle raison ?

— Peut-être est-ce quelqu'un qui sait des choses sur ce meurtre, et qui cherche à nous mettre sur le chemin... à nous aider. Quelqu'un qui en sait long mais ne peut pas le dire.

— Qui ?

— L'un d'entre nous, forcément.

— Pourquoi ne peut-il pas dévoiler son identité ? demanda Joseph.

— Parce qu'il a peur.

— De quoi ?

— D'être assassiné à son tour.

Joseph prit le traité Berakhot et l'ouvrit. J'avais compris avant lui que notre maître ne viendrait pas. Le poids de la culpabilité pesait trop lourd sur ses épaules. J'en eus un élan de désespoir. Mais je ne voulais pas affaiblir l'âme de mon camarade.

— Celui qui rêve d'une montagne, commença-t-il, doit dire en se réveillant : « *Comme sont gracieux sur les montagnes les pas du messager qui se met à l'écoute de la paix, qui annonce le Bien et qui entend le salut* », de Isaïe 52,7, pour que ne le devance pas un autre verset : « *Sur les montagnes j'éclaterai en sanglots et en plaintes* », de Jérémie 9,9.

» Celui qui voit un chien dans son rêve doit dire en se réveillant : « *Mais chez tous les fils d'Israël, pas un chien ne grognera contre un homme ou une bête* », d'Exode 11,7. Il ne faut pas qu'il cite : « *Les méchants sont des chiens au gosier vorace, ils ne savent pas dire : assez* », d'Isaïe 56,11.

Il s'arrêta de lire, et je poursuivis :

— « *Celui qui rêve qu'il a une relation sexuelle avec sa mère doit espérer atteindre l'intelligence, ainsi qu'il est dit : "Tu appelleras mère l'intelligence"* », dans Proverbes 2,3. « *Celui qui rêve qu'il couche avec sa sœur, qu'il espère atteindre la sagesse, comme il est dit : " Dis à la sagesse : tu es ma sœur"* », dans Proverbes 7,4 !

— Qu'est-ce que ça veut dire ? s'exclama Joseph.

— C'est selon le verset qu'il dira à son réveil, que le rêveur aura une idée de son rêve et de son interprétation. Ce serait donc, d'après le Talmud, l'interprétation que l'on donne d'un rêve qui oriente son sens.

— Comment un verset biblique peut-il décider de l'interprétation du rêve ? dit Joseph. Lis plutôt la suite : « *Celui qui rêve qu'il couche avec la femme d'un autre est assuré qu'il est digne du monde à venir* » !!! Mais c'est immoral ! Je crois que, pour ma part, j'en ai assez entendu pour aujourd'hui, ajouta-t-il en se levant. C'est trop d'inepties pour moi !

— Voyons, Joseph, calme-toi, dis-je. La Torah ne peut admettre de telles pensées coupables. Notre Dieu nous prescrit d'abord et surtout la morale. Il dicte les commandements, et en particulier : « *Tu ne commettras point d'adultère.* » Regardons notre maître Rachi : il précise que la femme d'un autre, c'est une image, car il ne la connaît pas et n'a pas pensé à elle la veille !

— Et alors ? C'est atroce, dit Joseph. Ce rêve est absurde !

— Tous les rêves sont absurdes. C'est même le propre des rêves.

Il me regarda avec mépris.

— Je te laisse continuer sans moi. Si tu veux mon avis, nous devrions nous en tenir à la Torah. Elle contient tout ce qu'il faut. Rien à ajouter, rien à retirer…

— Rien à ajouter ? Et le Talmud ?

— Je n'en ai pas besoin, dit Joseph.

— Que veux-tu y comprendre sans explications ?

— Nous faisons trop de philosophie, de droit et de morale. De métaphysique. De théologie. Mais où est la

Bible dans tout ça ? Nous devons revenir à la Loi. Et à Dieu ! En dehors duquel rien n'est possible.

— Pourquoi tu t'emportes ? dis-je. Je croyais que tu voulais connaître le sens du texte.

— Je ne vois rien dans les marges, cette fois.

— Alors, c'est le message ultime ?

— Mais quel est-il ? Je n'en peux plus d'entendre toutes ces horreurs ! Le messager ou le meurtrier a simplement voulu nous dire sa haine du Talmud et la raison profonde pour laquelle ce crime a été orchestré !

Stupéfait par ces paroles, je compris que Joseph était en train de vivre une crise intense. Il semblait absorbé dans la lecture de la Torah, comme il l'était avant dans celle du Talmud.

Il enleva sa kippa et la jeta sur la table.

— Le Talmud nous déstabilise, c'est vrai, dis-je. Il nous laisse dans le doute, loin du dogme, qui conduit à l'échafaud… de la raison. C'est le dogme qui empêche de raisonner, tout comme la lecture que tu fais de ces textes et qui te conduit à les juger immoraux…

— Peut-être en feras-tu une autre lecture ?

— Après tout, dis-je, c'est vrai. Qui n'a pas rêvé de choses inavouables ? On peut tout contrôler, mais pas les rêves. Les rêves, parfois, sont fous, et décousus. Ils semblent toujours incroyables. Avec le rêve, nous ne sommes pas dans le domaine de la réalité ou de la moralité, mais plutôt dans celui de l'imagination.

— Ah oui ? dit Joseph. Peut-être que ça te plaît de rêver de la femme d'un autre, peut-être même que ça te plaît d'avoir des relations avec elle ?

— À quoi fais-tu allusion ?

— Je veux dire que l'étude du Talmud t'encourage dans la voie de l'imagination, que j'appelle, moi, la perversité. Ce n'est pas ma conception du judaïsme, ajouta-t-il avant de s'en aller, cette fois pour de bon.

Je restai seul dans la bibliothèque, stupéfait par cet éclat. Moi aussi, j'étais bouleversé.

Et le chien ? me demandai-je en relisant le texte. Quelle est la relation entre le chien et les versets cités à son propos ? « *Les méchants sont des chiens au gosier vorace, ils ne savent pas dire : assez.* » Parfois, on dirait que les rabbins s'amusent.

Soudain, j'entendis un cri, ou plutôt un hurlement.

C'était Myriam. Elle avait monté les escaliers à toute vitesse, et elle fit irruption dans la pièce, un tablier sur sa robe, la coiffe de travers sur ses cheveux en bataille, l'air paniqué.

— Un homme est arrivé. Il est venu chercher Yéhiel ! Sur ordre du prévôt de Paris !

— Où est-il ?

— En bas, devant chez nous ! Dépêche-toi, oh mon Dieu !… Je t'en prie, fais quelque chose pour qu'il ne parte pas !

Je sortis en hâte et suivis Myriam jusque chez elle. Sire Vives se trouvait avec un homme vêtu d'un manteau en cotte de mailles et muni d'une épée.

— Allons-y, dit l'homme.

— Je viens avec vous, dis-je.

— Non, dit sire Vives. J'irai seul. Il n'est pas question que tu viennes.

— Voyons… Yéhiel ! s'écria Myriam, qui se tordait les mains.

— Éliézer…, reprit sire Vives avec une grande douceur, je ne ferai pas d'étude aujourd'hui. Je te laisse poursuivre. Je pense que tu es capable de t'en sortir tout seul. J'en suis sûr… Tu es brillant, à ta façon, avec ta particularité, ce qui te rend unique. Sache que t'enseigner le Talmud a été une joie de chaque instant, qui a rempli ma vie et mon cœur de bonheur.

— Mais vous en parlez au passé, Maître, dis-je, le cœur brisé.

— Si jamais je ne devais pas revenir, poursuis le chemin et garde ta faculté de pensée, qui est la garante de la véritable intelligence, celle qui n'a aucune limite. Ne te laisse pas imposer de fausses croyances, au nom de Dieu, ou pas. Préserve ta capacité à poser des questions, à ne jamais rien prendre pour acquis, à ne pas croire aux dogmes. À casser les idoles, comme Abraham notre père, à combattre comme Jacob, que l'on appela Israël, et à briser les tables de la Loi, comme Moïse notre prophète. Réfléchis par toi-même, comme nos rabbins l'ont fait, sans donner de limites à tes idées.

Nous nous regardâmes avec tristesse.

— Maître, je refuse que vous partiez, dis-je. Nous aurions dû fuir avant.

— Fuir… On ne peut pas toujours fuir, murmura le maître.

Et cette phrase me revint : *Cours, Éliézer, cours…* C'est vrai que la fuite avait toujours été ma réponse à tous les dangers, depuis que j'étais enfant. Dans la vie comme dans les armes, on m'avait enseigné l'art de l'esquive. Même devant la mort de mon ami, j'avais fui.

— Je partirais, si j'étais seul, dit le maître. Mais je

suis responsable de toute une communauté, et je ne peux pas mettre nos jours en danger en sauvant ma peau.

— Maître, laissez-moi vous accompagner. Je suis le plus fort de vos élèves ! Je pourrai vous défendre.

— Non, dit-il. C'est bien trop dangereux. J'irai seul. J'ai besoin de toi pour garder la maison.

— Moi aussi, pleura Myriam, je veux venir ! Je ne peux pas te laisser, Yéhiel !

— Ma chérie, dit sire Vives, tu resteras pour t'occuper de la communauté en mon absence. Je compte sur toi. Et je te délègue mes cours.

— Moi, enseigner le Talmud ? Mais je suis une femme, Yéhiel !

— Et alors ? Notre grand maître Rachi a bien enseigné le Talmud à ses trois filles. Elles ont toutes épousé des grands maîtres qui furent aussi leurs disciples. Si nous les tossafistes, nous existons aujourd'hui, c'est grâce aux femmes.

— Yéhiel, dit-elle, je ferai ce que je peux, mais, je t'en prie, reviens-nous vite, je t'en supplie...

Il la prit dans ses bras, et ils s'étreignirent avec tendresse. C'était la troisième fois que je voyais mon maître pleurer. La première, c'était quand il avait vu l'enfant mort.

— Pardonne-moi, lui murmura-t-il. Pardonne-moi de n'avoir pas été là pour toi quand tu le désirais. Pardonne-moi de t'avoir délaissée pour mes élèves et pour l'étude. Embrasse nos enfants. Dis-leur que je les aime, que je pense à eux à chaque instant. Et ce, jusqu'à mon dernier souffle.

16

C'était une journée tristement ensoleillée. Sire Vives avançait dans les rues avec l'officier. Les tanneries, les boucheries, les teintureries déversaient leurs tas d'immondices que ramassaient les charretiers, et il régnait une odeur nauséabonde. Il se fraya un chemin en évitant les animaux, cochons, bœufs, ânes et poules emmenés pour la vente ou l'abattoir. Devant les portes de maisons, des enfants assis sur le pavé jouaient aux osselets. Des diseurs de bonne aventure attrapaient les mains des passants de leurs doigts crasseux, des acrobates et des chanteurs donnaient des spectacles pour quelque monnaie. Partout, de pauvres hères, infirmes et malades, demandaient la charité. Les lépreux cachaient leur visage sous leur capuche et tous s'écartaient avec frayeur sur leur passage, pour ne pas les toucher. La ville était le théâtre d'une telle déchéance et d'une telle injustice que je me demandais comment « notre bon roi Louis » pouvait prétendre à ce titre. Et voilà qu'il s'en prenait aux juifs, qui semblaient bien être les boucs émissaires chargés des fautes collectives d'un pays misérable.

Sans hésiter, je l'avais suivi à travers les rues et les

ruelles. De temps en temps, mon maître se retournait et me faisait signe de partir, mais je continuais mon chemin. Abrité par mon long manteau, la tête recouverte par ma capuche, je marchais, derrière lui, sans savoir où nous allions, lancé dans cette aventure qui ne dépendait plus seulement de lui, de nous, mais d'autres forces que celles de l'esprit, qui avaient pris le pouvoir sur nos êtres et qui nous guidaient vers l'inconnu. Les rues étaient si étroites que nous étions obligés d'avancer l'un derrière l'autre, mon maître, l'officier du roi, et moi, pour fermer la marche. Il aurait été impensable pour moi de ne pas rester avec mon maître, où qu'il aille.

Ainsi donc, le cœur vaillant, je pénétrai pour la première fois dans la forteresse du Châtelet. Les gardes nous ouvrirent la porte ; nous pouvions y entrer, mais allions-nous en sortir ? Le château en pleine construction était en train d'être agrandi. Le roi y avait placé la prévôté de Paris, en plus de la sordide prison avec ses multiples cachots aux noms effrayants : l'oubliette, la barbarie, la fosse, où les prisonniers étaient détenus et suppliciés, jetés là sans procès, au milieu des serpents, de la boue et des squelettes, de la vermine et des rats, par notre bon sire.

J'entrai dans la cour intérieure du château à la suite de mon maître, puis nous gravîmes un grand escalier de pierre jusqu'à la salle où siégeait le prévôt, Évrard de Valenciennes. Il portait une opulente robe rouge et un chapeau noir. Son visage sévère était boursouflé comme sa silhouette. Il nous dévisagea de ses yeux globuleux et froids, puis il nous enjoignit de prendre place sur les sièges devant lui.

— Je suis venu avec mon élève, dit sire Vives. Un maître ne se déplace jamais sans son disciple, ajouta-t-il en manière d'excuse.

— Fort bien, sire Vives. Il pourra peut-être vous aider à répondre aux questions que nous avons à vous poser. C'est une étrange affaire que l'assassinat de ce nouveau-né dans votre quartier. On ne sait pas pour quelle raison on l'a trouvé là, ni qui sont ses parents. Personne n'a réclamé le corps de cet innocent, n'est-ce pas ?

— Personne de notre communauté, dit sire Vives. Peut-être vient-il d'ailleurs, d'un autre quartier ?

— Avez-vous une idée qui puisse nous éclairer sur ce meurtre ?

— Comment savoir ?

— Eh bien, vous répondez toujours par une question à une question ?

— La question est souvent plus intéressante que la réponse, dit sire Vives.

— Une femme de la juiverie a mis au monde un enfant il y a quelques jours. Je suppose que vous le savez. Un rabbin est toujours au fait des naissances dans sa communauté.

— En principe, oui.

— C'est bien vous qui célébrez les circoncisions ?

— Moi, ou d'autres rabbins. Nous sommes plusieurs à pouvoir le faire, Messire. C'est un rite essentiel pour les juifs. Peut-être même le plus important. Nous sommes heureux que les naissances soient nombreuses, et parfois il y en a qui surviennent au même moment. Alors nous nous partageons la tâche.

— Vous mutilez l'enfant et faites couler son sang, n'est-ce pas ?

— L'enfant à huit jours ne sent pas grand-chose et ne s'en souvient pas. Mais l'Alliance, ainsi que le préconise la Bible, est marquée dans sa chair, sur son organe masculin, qui symbolise la filiation. Jésus lui-même était circoncis, Messire.

— Il n'avait pas le choix ! Cet acte sanguinaire doit vous prédisposer à perpétrer d'autres actes barbares sur les bébés… L'enfant était un garçon. Je pense que vous connaissez la mère.

— Mais cet enfant qui a été retrouvé mort n'était pas circoncis.

— Peut-être ne l'était-il pas encore. Il est né, nous le savons de source sûre, d'une femme que vous connaissez car elle appartient à votre communauté. Elle s'appelle Déborah, ajouta-t-il en tendant un parchemin manuscrit à sire Vives.

Celui-ci le lut et je le déchiffrai par-dessus son épaule :

« Sachez que l'enfant assassiné porte le signe du Talmud car il est le fils de la dénommée Déborah, fille de la famille Lévy de Melun. »

Mon cœur fit un bond dans ma poitrine. Il s'agissait de Déborah, ma Déborah… Je compris immédiatement ce que cela signifiait : elle allait être accusée. Qui avait écrit cette lettre ?

— Elle nous est parvenue hier, dit Évrard de Valenciennes.

Une question sourdait, que formula aussitôt mon maître :

— Et le père ?

— Qui sait ? dit le prévôt. Elle était mariée à Nicolas Donin, avant qu'il ne quitte votre communauté... Il y a près de neuf mois, n'est-ce pas ?

— Suggérez-vous qu'il est le père de l'enfant ? demanda sire Vives.

— Nous avons des bonnes raisons de penser que c'est cette femme qui a tué le bébé.

— En admettant qu'elle ait eu un enfant, pourquoi l'aurait-elle occis ? demanda sire Vives. Déborah est une femme pieuse, très religieuse, pratiquante. Elle n'aurait jamais tué personne. Et encore moins un enfant. Le sien !

— L'infanticide est un crime d'une lâcheté extrême, qui est durement sanctionné. C'est encore plus grave quand l'enfant n'est pas baptisé. Elle l'a tué, parce qu'il est l'enfant de Nicolas Donin et qu'il désirait le sauver dans la paix du Christ par le baptême. Cette femme a préféré tuer son enfant, que de le voir renaître par Notre-Seigneur !

— Je comprends votre raisonnement, dit posément sire Vives, mais il manque des preuves à ce que vous avancez.

— Des preuves, nous en aurons. Nous savons comment obtenir des aveux. De vous, de vos disciples, et de cette femme. L'élongation, la roue, l'empalement, le feu... Et nous avons de bonnes raisons de penser que non seulement vous-même étiez au courant de ce crime, mais que, en plus, vous l'avez couvert, et peut-être même encouragé.

À ces mots, je sentis mon estomac se tordre. Mon maître était pris au piège. Le prévôt de Paris l'avait simplement convoqué pour l'arrêter et le torturer. Et tout le monde connaissait l'état des prisons du Châtelet : rares étaient ceux qui en revenaient.

— Je saisis votre point de vue, dit-il, mais, ayant vu l'enfant de près, je peux vous dire une chose : si je n'ai pas entendu parler de sa naissance, c'est pour une bonne raison.

— Laquelle ?

— Vous parlez d'un enfant. Mais que veut dire « enfant » ? Dans quel contexte emploie-t-on ce mot ?

— Un enfant, c'est l'être humain qui provient de l'union de chair entre un homme et une femme. Nous sommes bien d'accord sur ce point, sire Vives ?

— À quel âge peut-on parler d'enfant ? Cet enfant était sans doute trop petit pour être un enfant né à terme. Ayant vu beaucoup de bébés, et ayant pratiqué des centaines de circoncisions, je peux vous dire que celui-ci n'est pas né au terme des neuf mois.

— Pourtant, l'enfant a bien été tué ?

— Cela aussi reste à prouver, dit sire Vives, si l'on veut trouver la vérité. On peut dire que l'apparence le laissait croire. Mais est-ce la réalité ?

— Que cherchez-vous à établir, sire Vives ?

— Et si cet enfant avait été retrouvé là, égorgé, pour faire croire à notre culpabilité ? S'il venait d'une autre femme qui l'aurait vendu et que nous le prouvions ?

— Comment allez-vous pouvoir établir ce fait, sans avoir recours à l'aveu du criminel ?

— En droit talmudique, nous avons besoin de

deux témoins. Ceux-ci, pour être entendus, doivent avoir vu le crime. Tout comme un aveu ne constitue jamais une preuve, on ne peut pas non plus recevoir un témoignage fait d'après une déduction ou un fort soupçon. J'aimerais, si vous le permettez, aller chercher ces témoins pour tenter de disculper cette femme de notre communauté.

— Allez-vous m'apprendre mon métier et la façon dont s'exerce la justice ? Toute notre justice est fondée sur l'aveu.

— Toute la nôtre le récuse, dit sire Vives.

— L'aveu rend le crime public et constitue la preuve suprême de la culpabilité.

— Cette théorie, Messire, a pour conséquence l'usage de la torture. C'est la raison pour laquelle un aveu ne peut constituer une preuve pour nous.

— Cette jeune femme est soupçonnée sur la foi de cette lettre de dénonciation. Cela suffit à la faire accuser. Quant à la preuve, j'entends vous garder ici, jusqu'à obtenir vos aveux.

— Laissez-moi, je vous prie, Messire, en faire la preuve à notre façon. Ou au moins, puis-je envoyer mon disciple ici présent chercher les témoins qui pourront confirmer son innocence, et la nôtre ?

Le prévôt me regarda, et je sentis une sueur froide couler le long de mon échine alors que mon maître tentait de me sauver la vie, au détriment même de la sienne.

— Puis-je vous raconter une histoire, Messire ? demanda sire Vives.

— Faites.

— Quand Vespasien donna l'assaut à Jérusalem

au Ier siècle, un rabbin dit aux Romains : « Pourquoi cherchez-vous à faire détruire la ville et à brûler son sanctuaire ? Tirez une lance et une flèche, et nous partirons. – De même que nous avons tué les autres, de même nous vous tuerons. » Rabbi Yohanan Ben Zakkaï réitéra sa demande plus d'une fois sans résultat. Il comprit alors que la communauté allait périr, et il demanda à ses disciples Rabbi Éliézer et Rabbi Yéhoshoua : « Sortez-moi d'ici, faites-moi un cercueil où je me cacherai. » Ce qu'ils firent. Au coucher du soleil, ils le sortirent en le faisant passer pour mort et le conduisirent jusqu'à Vespasien. « C'est donc toi, Rabbi Yohanan Ben Zakkaï ? dit celui-ci. Que me veux-tu ? – Je ne te demande que la ville de Yavneh où je m'entourerai de disciples pour étudier. Pour te remercier, je te dévoilerai ton avenir. – Parle. – Tu vas être nommé empereur. » Trois jours plus tard, on annonça la mort de l'empereur, qui fut remplacé par Vespasien. Jérusalem fut prise en effet, et le Temple fut détruit en 70. Les disciples de Yohanan Ben Zakkaï poursuivirent l'étude, et ce fut ainsi qu'ils sauvèrent le judaïsme et les juifs, malgré la destruction de leur ville.

» Voulez-vous, à mon tour, que je vous prédise votre avenir ? ajouta sire Vives. J'ai quelques dons en ce domaine.

— Que me demanderez-vous en retour ?

— De laisser partir mon disciple.

Il y eut un silence durant lequel le prévôt sembla réfléchir. Je regardais mon maître avec angoisse, alors qu'il était en train de se sacrifier pour obtenir ma liberté. Je compris également qu'il me faisait passer un subtil message par cette parabole. S'il parvenait à me sortir de cette enceinte, j'aurais pour unique mission de sauver le Talmud et l'étude, comme Rabbi Yohanan Ben Zakkaï.

— C'est d'accord, dit le prévôt. Votre disciple… comment se nomme-t-il ?

— Éliézer, Messire, dis-je. Éliézer Cohen.

— Eh bien, Éliézer Cohen, vous pouvez partir chercher ces fameux témoins. À présent, sire Vives, qu'avez-vous à me dire concernant mon avenir ?

— Méfiez-vous d'un homme, dit sire Vives, un proche du roi Louis… Il sera enfermé avec lui dans une prison lors de leur croisade en Terre sainte et, lorsqu'il reviendra, il voudra vous écarter et prendre votre place. Son prénom se termine comme votre nom.

Lorsque je rentrai à la maison d'études, Myriam m'attendait. Elle ne put retenir ses larmes quand elle comprit que notre maître était resté au Châtelet, enchaîné par nos ennemis. Je tentai de la calmer et de la rassurer sans lui confier les derniers détails de l'enquête, même si je n'étais pas convaincu par mes propres paroles.

— Savais-tu que Déborah avait eu un enfant ? me demanda-t-elle.

— Oui, bien sûr, je le savais.

— As-tu vu ce bébé ?

— Non.

— Tu ne sais pas s'il est vivant ?

— Je suis sûr que oui ! m'exclamai-je.

— Comment en être sûr ?

— Elle me l'a dit.

— Mais tu ne l'as pas vu…

— Non.

— Mon Dieu ! dit-elle. Se pourrait-il vraiment qu'elle soit la coupable ?

— Comment aurait-elle pu tuer son propre enfant ? Et comment aurait-elle mis en danger notre communauté ?

— C'est affreux…, dit Myriam. Tu sais ce qu'on dit ? Dans certains villages, les femmes ont préféré sacrifier leurs enfants plutôt qu'ils ne soient baptisés !

— Je ne peux pas croire cela de Déborah, dis-je.

— Elle est très pieuse, n'est-ce pas ?

— Très…

— Tu connais l'histoire d'Hannah et de ses sept fils. Des soldats romains exigèrent qu'ils se prosternent devant une idole. Ils refusèrent de le faire et furent mis à mort l'un après l'autre. Leur mère, Hannah, loin de les retenir, encouragea ses fils : « Grand est votre mérite de vous sacrifier pour le Tout-Puissant ! » Lorsque le dernier qui avait trois ans fut pris lui aussi parce qu'il ne voulait pas se prosterner, Hannah se jeta d'un toit en disant ces mots : « Si Abraham a voulu sacrifier son seul fils, moi j'ai sacrifié mes sept fils ! » Cette histoire est exemplaire pour beaucoup de femmes qui préfèrent aujourd'hui le sacrifice et le suicide plutôt que de succomber aux croisés ou de se convertir. Sais-tu ce qui se produisit à York, en 1190 ? Les croisés avaient envahi la ville, et les juifs s'étaient réfugiés à la synagogue. Yom Tov de

Joigny, le rabbin, a égorgé de sa main soixante fidèles pour qu'ils échappent à la conversion !

— Hélas, murmurai-je. Quelles histoires terribles. Que notre Dieu nous préserve d'en arriver à de telles extrémités, et qu'Il nous délivre de nos ennemis ! Amen.

— Des femmes, des hommes, face aux massacres, tuent leurs propres enfants pour qu'ils échappent à l'Inquisition. Les tossafistes rhénans en parlent dans leurs chroniques. Des communautés entières refusèrent de se baptiser et choisirent la mort plutôt que la conversion. Les juifs de Worms et de Mayence égorgèrent leurs petits en disant : « Il ne faut pas que les croisés viennent les prendre pour les élever dans l'erreur. »

— Comment ont-ils pu en arriver à se suicider alors que notre Dieu est un Dieu de vie ?

— Le pire est en train de s'abattre sur nos têtes. Et chacun est responsable, on ne peut juger personne dans ce cas-là.

— Mais Déborah…

— Imagine la détresse d'une mère à qui l'on arrache son enfant. Le lien charnel est si fort entre une mère et son bébé. Et s'il doit être remis à son plus féroce ennemi, même si celui-ci n'est autre que le père de l'enfant, il y a de quoi devenir folle, n'est-ce pas ?

17

Je finis par la laisser, je n'avais plus qu'une idée : prévenir Déborah de ce qui l'attendait, la sauver du désastre et chercher ces fameux témoins dont parlait sire Vives : ceux qui pourraient la disculper, dévoiler la véritable identité de l'enfant et la machination ourdie contre nous.

Je me rendis au mikvé. Elle était là, assise sur le banc, à attendre que les femmes viennent pour les aider à se purifier par l'eau du bassin rituel. Mais qu'est-ce que la pureté ? me dis-je. Tout n'est-il pas qu'apparence, hypocrisie et mensonge ? Et qui est pur en ce monde, à part les nouveau-nés ?

Déborah lisait les psaumes. Elle leva la tête et, lorsqu'elle me sourit, mon cœur tressaillit. Je lui expliquai alors qu'elle était soupçonnée par le prévôt de Paris, que des menaces graves pesaient sur elle, qu'elle devait se cacher, trouver un refuge quelque part, vite, sinon elle serait arrêtée, emprisonnée et exécutée ! Je lui révélai aussi que sire Vives était détenu dans les geôles du Châtelet en attendant les suites de l'enquête et que ces cachots étaient des salles d'abomination et de tortures destinées à faire avouer aux gens des crimes qu'ils n'avaient pas commis.

Je la considérai, alors que l'angoisse me serrait la gorge, et j'en perdis presque la voix. Je regardai son livre, le livre de psaumes qu'elle lisait tous les jours. Je compris à quel point elle avait besoin de paix et de consolation : elle était seule, et elle n'avait plus que ce psautier comme viatique et comme refuge.

— L'enfant, Déborah, où est-il ?

— Avec mes parents, à Melun, murmura-t-elle, et ses yeux se remplirent de larmes. Où puis-je aller, seule, sans lui ? Comment survivre, sans personne ?

— Sais-tu ce que tu risques ? Tu seras considérée comme criminelle et brûlée vive ! Si le prévôt persiste, ils vont venir te chercher.

Il y eut un silence.

— Comment savent-ils que j'ai mis un enfant au monde ?

— Il y a eu une lettre de dénonciation.

— Qui l'a écrite ?

— Je l'ignore !

— Que disait cette lettre ?

— Que c'est ton enfant qui a été tué !

— Je sais que tout vient de lui… Nicolas Donin.

Ses mains tremblaient tellement qu'elle ne parvenait plus à tenir son psautier, qui tomba. Elle le ramassa et le porta à sa bouche pour l'embrasser.

— Je n'ai pas peur, dit-elle. L'Éternel est mon berger. Je ne manquerai de rien. Écoute ceci : « *Il me fait reposer dans de verts pâturages, Il me mène à des eaux paisibles. Il restaure mon âme, Il me conduit dans des sentiers de justice, à cause de Son Nom. Même si je marchais par la vallée de l'ombre de la mort, je ne craindrais aucun mal car Il est avec moi.* »

— Moi aussi je suis avec toi. Je suis avec toi depuis le commencement, depuis le premier instant. Et si l'amour n'a pas suffi à unir nos vies, le malheur, lui, ne les séparera pas.

— Pourquoi te ferais-je confiance ?

— Parce que je t'aime.

— On dit que tu fais des choses étranges, Éliézer, et que tu ne te bats pas comme les nôtres, mais comme un chrétien…

— Je me bats contre les chrétiens. Je vais vous mettre à l'abri, toi et l'enfant. Tu vas te réfugier chez un ami, dans un quartier où le prévôt ne peut arrêter qui que ce soit. Tu peux t'y rendre dès maintenant. Nous n'avons pas de temps à perdre.

— Qu'est-ce qui te fait croire que je serai en sécurité là-bas ?

— C'est un endroit où les officiers du roi n'ont pas le droit de se rendre.

Elle me regarda avec angoisse.

— Tu es sûr de toi, Éliézer ?

— Comment pourrais-je mettre ta vie en danger ?

Nous entendîmes un bruit, la nuit tombait déjà et des femmes arrivaient. Nous partîmes en hâte. Nous marchâmes vers le pont au Change, vers les rives où nous nous retrouvions lors de nos escapades. Les maisons qui le bordaient étaient closes, et nos pas résonnaient tant les rues étaient vides. Cet endroit semblait flotter hors du temps. Nous étions ensemble d'un élan commun, vers un destin incertain, mais unis, comme si plus rien n'existait sauf nous, dans l'urgence, la nécessité et la peur.

Enfin, nous arrivâmes chez Augustin. Un étudiant nous ouvrit la porte et je demandai si mon ami était là. Il alla le chercher, et nous le vîmes apparaître dans une tunique blanche maculée de sang, les cheveux ébouriffés, l'air stupéfait de me voir arriver chez lui, accompagné d'une femme, la nuit.

— Éliézer, dit-il, tu ne cesses de me surprendre. Tu as l'air d'un étudiant juif mais tu n'agis pas comme tel. Tu t'es jeté dans le fleuve pour me sauver de la noyade. La dernière fois que nous sommes sortis ensemble, tu as mis en déroute une armée de brigands au sabre. J'en ai encore des contusions… Et te voilà ici, en plein terrain ennemi, et en charmante compagnie ! Peux-tu m'expliquer qui tu es, à la fin ?

— Et toi ? lui dis-je en lui montrant les taches de sang sur sa tunique.

— J'étais en train de disséquer un cœur de bœuf. Que puis-je faire pour toi ?

Je résumai brièvement la situation et il proposa de laisser sa chambre à Déborah en attendant qu'une autre se libère. Il pourrait dormir dans la partie commune ou partager le lit d'un camarade. Il garderait le plus grand secret sur son identité et dirait qu'il s'agissait d'une parente de province. Les étudiants ne se douteraient pas qu'elle était juive. De toute façon, ceux qui vivaient avec lui étaient choqués et réprouvaient le crime commis par leurs camarades. Je le remerciai et lui recommandai la plus grande discrétion.

— Sois en paix, dit-il, personne ne viendra chercher ta fiancée ici.

— Elle n'est pas ma fiancée.

— Ta femme ?

— Non plus.

— Ton amie, alors ! dit-il en clignant des yeux. Et quand bien même ils sauraient, ils n'auraient aucun droit de l'emmener ni de la juger. Nous y veillerons. Elle est en sécurité. Et ne me remercie pas. Tu sais bien que je te dois la vie. Et même deux fois, depuis l'autre soir !

— Mon maître est emprisonné au Châtelet. Et Dieu seul sait s'il est encore vivant, à l'heure qu'il est !

— Sire Vives ? Puis-je faire quelque chose pour t'aider ?

— Tu m'as parlé de nouvelles informations concernant l'enquête, l'autre jour. Tu m'as dit avoir trouvé la trace de l'enfant mort, qui a été vendu par Robert Merri.

— En effet, dit Augustin.

— Je dois trouver deux témoins pour disculper mon maître. Avec toi, il n'en reste plus qu'un.

— Témoins de quoi ?

— Que l'enfant retrouvé dans notre quartier n'est pas l'enfant de Déborah.

— Il suffit de leur montrer que l'enfant de Déborah est vivant !

— Impossible.

— Pourquoi ?

— Nicolas Donin le prendrait, pour l'ôter à sa mère et le baptiser !

— Ah, j'ai compris ! Allons, viens, ne perdons pas de temps ! Je vais t'y emmener. Laisse-moi juste le temps de me changer. Je ne peux pas sortir ainsi, on pourrait croire que je suis le meurtrier…

Pendant qu'il se préparait, je recommandai à Déborah d'être prudente, de ne se confier à personne et de ne plus venir par chez nous, sous aucun prétexte. Je la considérai, désolé de devoir me séparer d'elle. Ses traits étaient tirés, elle avait pleuré mais elle était si belle. Je tentais de la regarder en faisant abstraction de mes sentiments, avec sincérité et distance. Je me disais que notre histoire était épique, qu'elle était ma reine, et moi son chevalier, dans une forme de dévotion courtoise qui ne connaissait pas de limites. Quelque chose qui ressemblait aux contes et légendes que j'avais entendus jadis, à l'amour poétique chanté par les troubadours, et dont je m'étais délecté dans ma jeunesse. L'homme était amoureux d'une femme, toujours mariée, pour laquelle il affrontait des obstacles insurmontables et menait des combats, dans une relation marquée par le danger et exaltée par l'amour qui prenait la forme d'une dévotion et d'une soumission absolues.

J'aurais aimé lui prendre la main. Le temps d'un instant, dans un rêve peut-être.

— Je voyais bien que tu n'étais pas comme les autres mais je n'imaginais pas à quel point, dit-elle. Je ne savais pas que tu serais capable de soulever des montagnes pour moi, et que, quoi qu'il arrive, ta détermination serait sans faille, que tu serais là pour moi, solide, que notre amour était au-dessus de tout. Comme je voudrais être loin !

— Je t'emmènerai, dis-je. Bientôt.

— Éliézer, pardonne-moi.

— De quoi ?

— De n'avoir pas compris, dès le départ, murmura Déborah. Cet homme qui a été mon mari, je dirais qu'il est comme le diable, si le diable existait dans notre tradition. Avec moi il avait toujours le masque du mépris, de la haine et de la vengeance. Dès que nous étions devant les autres, il était un ange. J'ai peur… j'ai tellement peur qu'il revienne me chercher. Je ne suis jamais tranquille.

— Je ne le laisserai pas faire.

— Mais tu ne comprends pas qu'il me poursuivra où que j'aille ? s'écria-t-elle.

— Je te protégerai, à défaut de t'épouser, je veux me consacrer à ton bonheur et ton bien-être, à ta sécurité et ta survie, être à tes côtés à chaque instant. Je t'aime, Déborah.

— Moi aussi, je t'aime.

Mais que signifiaient ces mots ? Quel passage de la Torah pouvait m'aider à les comprendre ? Et si l'amour finalement n'était qu'une interprétation d'une interprétation, qui pouvait se dérouler de mille autres manières, à l'infini ?

À regret, je lui fis mes adieux, et je suivis Augustin à travers les rues sombres. La ville n'avait que trois lanternes publiques et la nuit, cheminées et chandelles devaient être éteintes pour éviter les trop nombreux incendies. Nous empruntâmes la rue de la Ferronnerie et je dus me boucher le nez pour ne pas respirer l'odeur des restes de poissons des derniers jours tant elle était forte, puis nous longeâmes le cimetière des Innocents en passant derrière les galeries aux greniers remplis d'ossements et de crânes desséchés. Dans le noir, je distinguais des formes humaines penchées sur les tombes, et je compris avec stupeur qu'il s'agissait d'hommes et de femmes qui avaient choisi ce lieu tranquille pour se donner rendez-vous. J'étais de plus en plus mal à l'aise. Je n'avais qu'un désir : retourner sur mes pas. Une angoisse diffuse s'insinuait dans mes veines. Ce lieu me faisait horreur. Je n'aurais jamais dû suivre Augustin. Ma conscience me taraudait. Des souvenirs obsédants me revenaient à l'esprit, et j'avais envie de m'enfuir, de courir à toutes jambes.

Nous arrivâmes rue Saint-Denis, avec ses églises qui attiraient les pèlerins et les confréries, depuis la porte Saint-Denis jusqu'aux faubourgs, mais c'était aussi le royaume des mendiants, des estropiés et des aveugles qui dormaient sur le trottoir. Nous poursuivîmes dans des rues aux noms terribles, rue Tire-Vit, rue Beau-Vit, rue Gratte-Cul, pour entrer dans le quartier du Huleu où, m'expliqua Augustin, se trouvaient les demeures des prostituées, qui devaient se protéger du monde : exposées à la vindicte populaire, au son d'une flûte et d'un tambour, on les promenait et on les huait. Louis parlait de les expulser tout comme il prétendait chasser le mal du royaume et le purifier.

Nous nous arrêtâmes devant une maison à colombages qu'Augustin semblait connaître, il frappa à la porte et une vieille femme lui ouvrit. Il indiqua qu'il cherchait une certaine Emeline, et elle lui désigna un chemin au fond de la cour, où se trouvaient quelques bêtes, des coqs, des poules et des brebis.

La jeune femme vivait dans une pauvre pièce en pierre meublée juste d'un lit et d'une table sur laquelle quelques fleurs fanées étaient disposées dans un vase – un présent, me dis-je –, et éclairée par une bougie et une meurtrière donnant sur la rue. Elle m'observa avec attention, elle semblait détailler les traits de mon visage, et je reculai vivement en me couvrant de mon capuchon.

Je me retirai dans l'ombre. La lumière de la flamme donnait à Emeline un aspect fantomatique. Blonde, le visage pâle, les yeux bleus, elle était vêtue d'une robe de tissu grossier qui laissait voir une partie de ses épaules. Elle nous proposa de la cervoise et nous montra sa couche. Je devins rouge de confusion en comprenant soudain ce qu'elle attendait. Augustin me sourit en me tendant le cruchon d'alcool.

— Quel âge as-tu ? me dit-il.

— Vingt-six ans.

— Il est temps, non ?

— Quoi ?

— Que tu connaisses une femme !

— Tu es fou ! dis-je. Je ne suis pas venu pour…

— Pour perdre ta virginité ! Je m'en doute. Mais l'occasion est belle.

— Je ne peux pas. Quand pourras-tu le comprendre ?

— J'ai compris, dit Augustin. Tu es comme… Jésus ! Ton royaume n'est pas de ce monde. Mais tu es un homme, pourtant. Tu es bien mieux bâti et plus fort que moi. Si ça se trouve, tu n'es pas si abstinent que tu prétends l'être et tu caches bien ton jeu.

— C'est ridicule, j'aime une seule femme, tu la connais, elle est le centre de ma vie et de mon cœur, je ferais tout pour elle. J'aime une seule femme et je n'en aurai pas d'autre. Jamais.

La jeune femme nous regardait, perplexe.

— Pose-lui la question et qu'on en finisse, dis-je à Augustin.

— Quelle question ? demanda-t-elle.

— À la cour des Miracles, on nous a dit que tu avais vendu ton enfant, commença Augustin.

— Qui vous a dit ça ? dit-elle en se dressant sur son séant, l'air terrorisé. Dis-moi, qui vous a dit ça ?

— Nous le savons, répondit Augustin.

— Et lui, qui est-il ? demanda-t-elle en me désignant. Un agent de l'Inquisition ? C'est pour ça que vous êtes venus me voir ?

— Nous ne vous voulons aucun mal, dis-je en reculant dans l'ombre.

— Qui êtes-vous ?

— Des étudiants.

— Qui vous a parlé ? D'où savez-vous ?

— Ne t'inquiète pas, personne ne le sait, dit Augustin. Et nous ne le dirons à personne.

— Sortez ! Partez ! Je vous en prie.

— Raconte-nous, insista Augustin. Voyons, que s'est-il passé ?

— Quoi ? s'écria la jeune femme. Je risque d'être brûlée vive !

— Raconte-nous, répéta Augustin. Nous pouvons peut-être t'aider.

Elle se leva, pâle comme un spectre.

— L'enfant, je ne savais pas quoi en faire… Voyez, je n'ai rien. J'ai caché ma grossesse, mais je n'ai pas pu le garder, une femme m'a aidée à accoucher et aujourd'hui encore je suis poursuivie par les cauchemars. On m'a dit à la cour des Miracles que quelqu'un recherchait un bébé mort-né. Je ne savais pas quoi en faire… Alors voilà, je l'ai donné, j'ai donné le corps ! Oh non, pas donné… je suis pauvre, je n'ai plus de quoi manger. Oh je sais, pleura-t-elle, je sais où j'irai ! Pas un jour, pas une nuit, pas une minute ne se passe sans que j'y pense ! J'irai en enfer, pour tout ce que j'ai fait !

La pauvre fille était secouée de sanglots. J'eus soudain envie de la consoler, de réparer les effets de la haine que cet être maléfique, Nicolas Donin, avait semés dans son sillage. Je voulais lui apporter au moins un peu de réconfort et lui expliquer qu'il n'y a pas vraiment de paradis ni d'enfer selon le Talmud, que ce sont des inventions de l'Église pour dominer les esprits, pour imposer son servage moral et consolider son ascendant sur les pauvres : s'ils sont malheureux ici, ils seront rétribués au paradis, et inversement. Or, comme le dit le Talmud dans le traité Berakhot, page 34b, d'après Isaïe 64,3 : « *Le monde à venir, aucun œil n'a vu* » !

— Je vous en prie, lui dis-je, séchez vos larmes et consolez-vous. L'enfer n'existe pas !

Elle s'arrêta de pleurer et me considéra comme si j'étais le diable.

— Comment ça, l'enfer n'existe pas ? répéta-t-elle, l'air terrifié.

— Dans notre tradition, dis-je, il n'y a pas vraiment de paradis ni d'enfer. Il y a ce que nous appelons « Olam Aba ». Le monde à venir, par opposition au monde présent. Mais personne ne peut dire si le monde qui vient est un paradis ou un enfer, ou encore tout à fait autre chose qui n'a rien à voir avec cela, mais plutôt avec ce que l'on peut faire pour améliorer sa vie. Sa vie présente, pas sa vie future. Vous me suivez ?

— Mais alors, dit-elle, saisie par mes paroles, toutes les promesses faites par l'Église ? Pas de paradis, pas d'enfer ? Alors, il y a quoi après la mort ? Et quoi, à la fin ?

— La fin de quoi ?

— La fin de la vie, la fin du monde !

— Rien.

— Rien ?

— Rien du tout.

— Mais alors, à quoi ça sert tout ça ? s'exclama-t-elle.

— Quoi ?

— Toute cette souffrance, dit-elle en regardant son corps. Moi, je crois en Jésus ! Je crois en la Résurrection et en une vie meilleure ! Jésus a sauvé Marie-Madeleine, et il me sauvera, moi !

— Si vous croyez en Jésus, citez-moi une seule de ses paroles qui évoque l'existence de l'enfer !

— Je ne sais pas. J'ai entendu les prêtres à l'église. Je ne sais pas vous citer les paroles. Je ne sais pas lire, je ne sais pas ce qui est écrit !

— Cessez de penser à la vie d'après. Autant profiter de cette vie. Il n'y en a pas d'autre ! Sauvez-vous

vous-même, parce que je peux vous assurer que personne, ni ici ni en haut, ne fera rien pour vous !

Elle me regarda, désemparée.

— Et la résurrection des corps ?

— Rien non plus. Tout au plus celle des âmes, à travers la mémoire, les souvenirs et l'empreinte que nous avons laissés en ce monde. Car il n'y a qu'un seul monde, répétai-je, c'est celui-ci !

— C'est pas ce qu'on m'a dit. À l'église, le prêtre nous dit que tout ce que nous faisons aura des conséquences terribles après la mort. Il nous dit que nous allons tous finir en enfer ! Ou encore au purgatoire. J'ai vu des images de l'enfer !

— Où ?

— Sur des gravures et sur les sculptures des parvis de l'église. Il paraît que les souffrances y sont au-delà des souffrances terrestres. Et les femmes comme moi, le roi les pourchasse comme si nous étions des sorcières.

— Il est écrit dans la Bible : « *Tu es poussière et tu retourneras à la poussière.* »

— Ce discours me plaît bien, mon frère, intervint Augustin. Pas de paradis, pas d'enfer…

— Il faut faire le bien, mais pas pour être rétribué dans l'autre monde, juste parce qu'il s'agit avant tout d'aimer son prochain.

— Ah mais c'est formidable ! s'exclama Augustin. Pas de paradis, pas d'enfer ? Pas de rangées de pendus chacun accroché par là où il a péché, la langue, les oreilles, les yeux, les roues de torture ?

— Ce que tu décris là, c'est l'enfer qu'a créé l'Église, répondis-je. Pas Jésus. Il n'y a qu'à visiter les prisons de l'Inquisition ou se promener sur les places de Paris. Une potence dans chaque quartier. Les corps des pendus dévorés par les corbeaux, après avoir été suppliciés. Voilà l'enfer ! Je n'en connais pas d'autre.

En disant ces mots, je pensai à sire Vives et je frissonnai d'horreur. Et si je le retrouvais, comme ces malheureux, pendu sur la place de Grève ou, pire encore, brûlé ? *Oh, mon Dieu.* Je devais le délivrer au plus vite. Chaque instant comptait.

— Alors ce que j'ai fait, ça n'a pas d'importance ? demanda Emeline.

— Quoi ? D'avoir fait tomber ton enfant ?

— Et de l'avoir vendu !

— Cela en a pour toi, et pour l'enfant, dis-je. Mais ta responsabilité n'est pas totale, car tu es misérable et tu ne pouvais pas faire autrement. Ta conscience, en revanche, te donne des remords. Mais pourquoi ajouter à ta peine ? Tu ne seras pas punie. Tu n'iras pas en enfer, puisqu'il n'y a pas d'enfer, sauf celui que tu imagines !

Emeline me regarda avec reconnaissance.

— Ta religion, reprit-elle lentement, ne croit pas dans l'enfer. Mais alors, à quoi croyez-vous ?

— Ma religion ne définit pas l'enfer comme vous le faites. Et puis, ce n'est pas une question de croyance. Nous pensons qu'il faut faire et écouter.

— Faire quoi et écouter qui ?

— Accomplir les actions préconisées par les rabbins, et écouter leurs multiples explications.

— C'est tout ?

— C'est déjà pas mal, à raison de 613 actions à faire ou à éviter.

— Maintenant, te voilà rassurée ? demanda Augustin. Alors, tu peux nous le dire, qu'est-il arrivé à l'enfant ?

— Je n'en sais rien, pleura-t-elle. Je vous jure que je n'en sais rien.

— Qui a acheté le corps après que tu l'as vendu ? insista Augustin en lui tendant une pièce.

— Je ne sais pas de quoi vous parlez !

— Calme-toi, dit Augustin. Tu vois bien... Pas de paradis, pas d'enfer...

— C'est Robert Merri qui a pris l'enfant. Je vous jure que je ne sais pas ce qu'il en a fait !

— C'est donc lui qui connaît le coupable, dit Augustin.

18

Je m'enfuis, sonné, grisé par la cervoise et l'ampleur de la nuit. Je n'arrivais pas à croire ce que j'avais vu, ce que j'avais appris. Je me souviens d'avoir erré dans les rues et, dans l'obscurité, je me suis perdu. Mes pas, sans que je le veuille, me guidèrent vers la place de Grève plongée dans les ténèbres. À la lueur d'un croissant de lune, je distinguais des ribauds, des troubadours et de pauvres hères qui dormaient à même le sol. Des hommes barbus et sales de la misère de la ville, des vieilles femmes édentées et des enfants en guenilles y avaient élu domicile. Par bonheur, il ne faisait pas froid, et quand l'été arrivait, les rues se remplissaient de corps ensommeillés comme des cadavres, tous ceux qui ne trouvaient pas d'autre toit que le ciel étoilé ni d'autre couche que les pavés.

Soudain, j'aperçus une ombre au milieu de la place, c'était le cadavre d'un pendu, accroché à une potence. Le supplicié, la tête inclinée, le corps désarticulé, portait une tunique blanche. Je ne distinguais pas son visage, mais je pouvais voir qu'il était âgé et qu'il portait la barbe. Je m'approchai, l'estomac noué, les jambes flageolantes, les yeux grands ouverts pour tenter de discerner son visage, et je trébuchai sur une pierre. Je me relevai avec peine, j'épongeai avec un pan de ma tunique le sang qui venait de gicler de mon bras, et c'est alors que je le vis.

Et si c'était lui, dont le cadavre lacéré s'élevait vers le ciel, comme celui de Rabbi Aquiba, qui enseignait la Torah en public à ses nombreux élèves et dont le corps avait été supplicié par les Romains ? Et si c'était lui, torturé, crucifié dans un linge blanc, comme le Christ tel qu'il est peint dans de nombreux tableaux et retables aux couleurs vermeilles, ou tel que je l'avais contemplé, en statue de pierre, lorsque je le priais et l'implorais dans ma jeunesse ?

Mon maître martyrisé, brisé, écartelé, torturé, pendu ! Par ma faute. Mon maître qui disait : « *Écoute, Israël, l'Éternel notre Dieu, l'Éternel est un.* » Mon maître mort comme Aquiba en sanctifiant le nom de Dieu, alors que Jésus, lui, demandait :

« *Mon Père, pourquoi m'as-Tu abandonné ?* » Jésus, humain, terrassé, au moment ultime, avait douté et s'était révolté. C'était lui, me dis-je, et j'en eus des haut-le-cœur. Et si Jésus lui-même avait blasphémé, si sa voix s'était élevée contre Dieu, si Dieu l'avait vaincu alors que Jacob avait vaincu Dieu, quelles furent les dernières pensées de mon maître, pendu sur le gibet ? Des louanges envers notre Dieu, comme Aquiba ? Ou des reproches, comme Jésus ? Ces derniers mots, je les connaissais, je les avais déjà entendus. Ses dernières paroles seraient pour sa femme : « Pardonne-moi. Pardonne-moi de n'avoir pas été là pour toi quand tu le désirais. Pardonne-moi de t'avoir délaissée pour mes élèves et pour l'étude. Embrasse nos enfants. Dis-leur que je les aime, que je pense à eux à chaque instant. Et ce, jusqu'à mon dernier souffle. »

C'est ma faute, me dis-je en hoquetant, submergé par l'émotion. Je n'ai pas pu le sauver, je n'ai pas été assez prompt, j'ai failli et je n'ai pas pu réparer mon erreur. Mais c'est trop tard maintenant, il est mort ! J'eus l'instinct de courir et de m'échapper de cette vision de l'enfer, mais je m'approchai, comme si une voix intérieure m'intimait l'ordre de ne pas fuir, de ne pas reculer cette fois, d'affronter l'adversaire – puisque finalement il n'était qu'un seul ennemi en ce monde, qui n'était ni le diable, ni les autres, ni l'Inquisition, ni nos ennemis, mais la mort ! J'avançai en claudiquant, blessé, mon sang coulait sur le sol sans que je parvienne à l'arrêter.

Dieu soit loué ! Le cadavre noirci, aux orbites défoncées, au corps détruit, le pendu de la place de Grève n'était pas mon maître !

Saisi, stupéfait, horrifié par la vision de ce malheureux, je reculai. Mes pas me guidèrent malgré moi vers la maison d'études.

En arrivant, j'eus la surprise de voir Joseph, qui rentrait lui aussi au petit matin. Je me rappelai alors les paroles de mon maître, qui me disait de me méfier des espions à l'intérieur même de notre maison. Que faisait-il si tard le soir, dehors ? Qui voyait-il ? Qui était-il en vérité ?

— D'où viens-tu ? lui demandai-je.

— Et toi ? Je pourrais te poser la même question, dit Joseph. Tu en fais, une drôle de tête.

— Moi, je crois que j'ai trouvé les deux témoins qui vont sauver la vie de notre maître.

— Qui sont-ils ? demanda-t-il, l'air curieux. Mais tu saignes ! Et tu sens la cervoise. On dirait que tu as bu. Tu as rompu le vœu de chasteté, le vœu des perushim ?

— Comment peux-tu me poser cette question ?

— Dis-moi… C'est Déborah ?

— Non, dis-je.

J'étais tellement confus que je ne savais plus quoi dire. Et surtout, je ne devais pas parler de Déborah.

— Comment elle s'appelle ?

— Emeline.

— Alors, c'est elle, ta femme ?

— Pas du tout.

— Tu vas la revoir ?

— Jamais. Plutôt mourir…

— C'est incroyable ce que tu dis, murmura Joseph. Bon, je vais me coucher.

— Où en es-tu, toi, au fait ? demandai-je. Depuis la mort de Samuel, je te vois triste et je ne sais pas où tu vas la nuit, ni d'où tu reviens. Veux-tu m'expliquer ?

— Et toi, dit Joseph, où en es-tu, Éliézer ? Je suis sans doute moins éloigné que toi.

— Viens, lui dis-je, nous allons parler.

Nous nous rendîmes à la bibliothèque sans faire de bruit pour ne pas réveiller les autres élèves. Sur le chemin, je pris de l'eau dans un broc que j'avalai d'un trait pour reprendre mes esprits. J'avais peur. Je n'avais plus les idées claires et je commençais à le soupçonner de tremper dans une sombre affaire. Je frissonnai à l'idée qu'il puisse mener un double jeu.

— J'ai l'impression que tu es entre deux mondes, Éliézer, commença-t-il. Entre le monde des autres, celui des chrétiens dans lequel tu es à l'aise, et le nôtre. Tu pries, tu étudies, tu suis ton maître dans une forme de sacrifice et d'abnégation qui m'a toujours paru étrange. Même dans ta façon d'aimer Déborah, je reconnais une autre forme d'amour que la nôtre. Quelque chose qui n'appartient pas à notre monde.

— Je suis né juif, et Cohen, mais c'est vrai que je viens d'un autre monde. Je connais bien le christianisme…

— On dit que tu es chrétien…

— Je ne suis pas chrétien ! Je suis juif ! m'exclamai-je. Je suis né juif et je mourrai juif.

— Eh bien, il y a autre chose.

Il me regarda, l'air embarrassé.

— Les blessures sur ton corps, celles que j'ai aperçues quand aux bains tantôt… tu disais qu'elles venaient de combats.

— Oui.

— Mais ce n'est pas vrai. Je sais, moi, d'où elles viennent.

— Que dis-tu ?

— Un matin, tôt, je t'ai vu dans la bibliothèque, seul, en train de mettre les phylactères. À l'aide de la lanière en cuir, tu serrais si fort que tu te lacérais les chairs.

Je restai interdit.

— Pourquoi ? demanda-t-il.

— Je ne sais pas, soufflai-je. C'est ainsi.

— Personne ne serre ses lanières de cuir jusqu'à faire jaillir le sang, comme tu le fais, murmura-t-il.

Il y eut un silence.

— J'ai été moine, confessai-je.

— Moine ! s'exclama-t-il.

— Avant de venir à la maison d'études, j'ai vécu dans un monastère.

— Pourquoi ?

— Je n'ai pas de famille, commençai-je. Ils ont tous été assassinés par les croisés… Je n'avais pas dix ans, lorsqu'ils sont entrés dans la synagogue. J'étais avec ma mère et mes petits frères. Je me suis échappé.

— Comment ?

— Ma mère m'a dit de m'enfuir. Et c'est ce que j'ai fait.

— Et après ?

— J'ai été recueilli par des gens.

— Qui ?

— Des chrétiens. Ils m'ont sauvé la vie. Ils m'ont élevé…

— Et ils t'ont baptisé, n'est-ce pas ?

— Oui.

Il y eut un silence.

— Quand mes parents sont morts, dis-je, assassinés par les croisés, j'ai été recueilli par une femme qui m'a offert l'hospitalité et m'a traité comme si j'étais son fils. Elle m'a hébergé, nourri, habillé et éduqué. J'ai appris la philosophie, le latin, le grec, et j'ai eu un maître d'armes. Elle avait un fils, plus grand, et elle vivait seule. Elle était veuve. Je faisais partie de la famille. Souvent, je pense à elle. J'ai plus de souvenirs d'elle que de ma propre mère… Elle était dure et elle régnait sur tous mais avec moi elle était bonne et généreuse. J'avais conscience, surtout, que je lui devais la vie. Pour elle, je n'avais pas de nom. Elle m'en donna un : Luc.

Luc d'Apremont, puisqu'elle me gratifia du sien. Elle vivait dans un château et régnait sur des serfs. Les juifs aussi étaient ses sujets. Bien sûr, elle savait d'où je venais, mais nous n'en parlions jamais. C'était comme si cela n'avait jamais existé. Elle voulait que je sois chevalier, et je devais être moine. Qu'allais-je devenir ? Sinon un moine-soldat. C'est-à-dire…

— Un croisé !

— Un jour, j'ai compris que si je suivais cette voie, non seulement je ne serais plus juif, mais je combattrais contre mon peuple, et cela, je ne pouvais le supporter. Malgré tout, malgré la vie, malgré cette rencontre avec cette femme qui m'a à la fois sauvé et converti à sa religion. Je me suis souvenu de mon père qui bénissait la communauté tous les samedis, et de ma mère qui préparait les *haloth* avant l'entrée du chabbat, et j'ai compris que je m'étais égaré. Que ce n'était pas pour moi. Quand j'ai découvert sire Vives, et que j'ai commencé à assister à ses cours, j'ai été définitivement emporté.

Alors je lui parlai de mon rêve, ou plutôt de mon cauchemar. Un cauchemar qui revenait souvent, et qui ressemblait à des souvenirs, des souvenirs précis, enfouis au fond, tout au fond de ma mémoire. *Je suis à la synagogue de Bernay près de mon père. La maison de prière est petite et construite dans la pierre, sous des voûtes en ogive. Les hommes sont devant, les femmes sont assises derrière une barrière de bois qui laisse entrevoir la salle. Je n'ai pas encore fait ma bar-mitzvah et je tiens la main de mon père. Il est grand, il porte une barbe sombre, et il me regarde de ses yeux attentifs. Sa main est forte et ridée comme celle d'un paysan. Nous avons un petit champ que nous loue le seigneur du domaine et mes parents se lèvent tôt pour semer, labourer et récolter. C'est le moment de dire la bénédiction des Cohen. Mon père est le seul à porter ce nom dans notre petite communauté. Il met son châle sur la tête, enlève ses chaussures, se lève et se lave les mains. Je rejoins ma mère et mes frères qui se trouvent chez les femmes et je l'entends prononcer ces mots :*

Que Dieu te bénisse et qu'Il te garde.

Que Dieu éclaire Sa face vers toi et qu'Il te prenne en grâce.

Que Dieu tourne Sa face vers toi et qu'Il te donne la paix.

Et au moment où il dit le mot « paix », j'entends un grand fracas. Des hommes entrent dans la synagogue. Des croisés ! Ma mère serre mes frères contre elle, le bébé pleure, et soudain elle me pousse vers la meurtrière et me dit de m'enfuir. Elle murmure : « Nous sommes pris au piège. » Si elle me supplie de partir, c'est qu'elle imagine que je peux m'en sortir. Je suis à peine assez mince pour passer par la fente. Mes frères sont trop petits pour courir, mais moi je peux.

J'eus un sursaut en répétant ces paroles, ces mots qui ne cessaient de hanter mes cauchemars et de me tenir éveillé : « *Cours, Éliézer, cours aussi vite que tu peux. Et ne leur dis jamais que tu es juif !* » *Alors je cours, je cours à perdre haleine, à perdre mon souffle, je cours à trembler de peur et de fatigue, et j'arrive dans ce domaine, ce domaine au sein duquel se trouve un château. Un homme s'approche de moi et me demande qui je suis. Je lui dis que je n'ai plus de famille, plus personne, que je suis seul.*

Il m'emmène chez sa mère qui est la châtelaine et qui m'accueille, me donne à manger et une chambre pour me reposer. Elle met une main sur mon front et je m'endors. Lorsque je me réveille, elle est toujours là. Plus tard, la femme me demande de me faire baptiser et, dans l'effroi, l'oubli, la honte et surtout la terreur, j'accepte. Une cérémonie est organisée à l'église, un prêtre prononce une bénédiction et je reçois l'onction, il fait le signe de croix et c'est alors que le miracle se produit, j'oublie tout : qui je suis, d'où je viens, je ne me rappelle plus le visage de mes parents, de mes frères, la synagogue... Le soir, je fais ma prière avant de dormir et je prononce le nom de Jésus, je deviens chrétien... Un peu plus tard, la dame me dit qu'il est temps que j'apprenne à combattre au sabre et à l'épée pour devenir chevalier, puis moine, et bientôt croisé !... Cours, Éliézer, cours... De toutes tes forces. Jusqu'où dois-je courir ? Jusqu'à perdre mon âme ? Quand pourrai-je m'arrêter ?

— Je comprends, murmura Joseph. Mais pourquoi te faire du mal ?

— C'est une habitude que j'ai prise, lorsque j'étais au monastère.

— De te mortifier ?

— Ainsi font les moines, lorsqu'ils ont péché.

— Mais tu n'es plus chrétien !

— Sire Vives m'a sauvé.

— Personne ne sauve personne ! dit Joseph. Nous ne sommes pas chrétiens...

— Il a repêché mon âme.

— Sire Vives ne te laisse pas le choix.

— Tu sembles critique... Que lui reproches-tu ?

— Oh, juste ceci, dit Joseph. Je n'arrive pas à comprendre comment il peut professer que notre Torah est une Torah de vie, et qu'il puisse conduire ses élèves au bûcher. Il nous a mis tous en danger avec ses cours de Talmud qu'il continue de donner, tu ne t'en rends pas compte ? Malgré les avertissements que nous avons reçus, il persévère, et je ne trouve pas cela responsable de sa part. C'est sa faute, aujourd'hui, si l'on nous pourchasse et si l'on nous accuse. C'est lui qui a pris la décision d'excommunier Nicolas Donin !

— Que veux-tu qu'il fasse ? Qu'il arrête d'enseigner et qu'il obéisse à ceux qui veulent nous détruire ?

— Le monde des tossafistes a connu ses heures de gloire. Mais c'est fini à présent. Il ne fait que nous précipiter vers le désastre.

— Pour l'instant, dis-je, c'est lui qui est en train d'être mis à la question et torturé. C'est lui qui prend des risques pendant que nous sommes ici. C'est lui, criai-je, qu'on est peut-être en train de tuer !

— Sa mort serait peut-être le seul moyen de sauver notre communauté.

Joseph me regarda d'un air étrange. Et soudain, je compris. Je compris pourquoi il portait des phylactères bleus et blancs, pourquoi il refusait de manger des plats chauds le chabbath, et aussi pour quelle raison il ne voulait plus étudier. J'en ai eu un coup au cœur. *Joseph était karaïte. Il était karaïte et c'était lui l'espion dont parlait sire Vives.*

19

Après deux heures de sommeil à peine, je me levai, je mis les phylactères que je nouai autour de mon bras et je commençai à serrer, à serrer au point de me blesser, et je récitai la bénédiction, puis je posai la boîte noire sur ma tête, au-dessus des yeux, et enfin je finis par former la lettre *Chin* avec la lanière autour des phalanges et de la paume de la main : *Chin*, initiale de Chaddaï, l'un des noms sacrés de Dieu et dont la graphie évoque le feu qui brûle. Nos maîtres enseignent que les phylactères symbolisent le lien entre l'intention et l'action, entre le cœur, l'esprit et l'acte selon le verset : « *Tu les attacheras en signe sur ta main.* » L'être humain : l'esprit, le cœur et le corps, tendus vers le même but. Les phylactères, c'est comme si j'écrivais chaque jour sur mon corps et dans ma tête les versets de la Torah.

Les lanières commençaient à entrer dans ma peau lorsque soudain je relâchai la tension. Je couvris mes yeux de ma main droite et je murmurai :

— « *Écoute, Israël, l'Éternel est notre Dieu, l'Éternel est Un. Béni est le nom de la gloire de Sa Royauté à tout jamais. Et tu aimeras l'Éternel ton Dieu de tout ton cœur, de toute ton âme, avec tout ton pouvoir. Que les paroles que Je t'adresse aujourd'hui soient sur ton cœur. Tu les enseigneras à tes fils, tu en parleras assis dans ta maison, en marchant sur le chemin, à ton coucher et à ton lever. Tu les attacheras en signe sur ta main et elles seront comme fronteau entre tes yeux. Tu les écriras sur les poteaux de ta maison et à tes portes.* »

J'avais besoin de ces lanières, tant je me sentais coupable, menacé et faible, mais pourquoi se faire du mal ? Lacées autour de mon bras et de mon front, elles étaient mon armure, mon bouclier et mon arme. Je me souvins d'une parole de mon maître, qui m'avait enseigné qu'il existait une différence entre le lien que l'on place autour de la tête et celui que l'on pose sur le bras. Ce sont nos rabbins qui ont instauré pour les hommes la pose des lanières de cuir le matin. Les petites boîtes cubiques contiennent un parchemin sur lequel un scribe a inscrit des passages de la Torah. Sur le bras, est posé un seul écrit. Sur la tête, quatre pages sont rangées dans quatre petites cases. Si la pensée se déploie en de multiples interprétations, l'action, elle, doit être une. Voilà sans doute la limite à l'interprétation, qui n'est autre que la pratique. Cependant, comment faut-il agir ? Et quelles sont les conséquences de nos actes ?

De tout mon cœur, de toute mon âme et de tout mon pouvoir, je m'adressai à l'Éternel et L'implorai d'épargner sire Vives. Qu'Il le protège, qu'Il lui donne la vie, le repos et le pouvoir d'enseigner à nos générations. Je demandai par ces paroles gravées sur nos têtes de laisser sortir mon maître, de le libérer de cette prison où, à mon corps défendant, je l'avais abandonné. Des larmes me vinrent, lorsque j'imaginai dans quelles conditions il devait être détenu. Je pensai à Job, à sa piété à toute épreuve, et je me disais que mon maître avait la même ferveur. Mais dans mon cœur, il n'y avait qu'angoisse et tristesse, colère et effroi. «*Elle a cessé, l'allégresse des tambourins; il a pris fin, le joyeux vacarme; elle a cessé, l'allégresse des cithares! Ils ne boiront plus de vin en chantant; la boisson forte est amère aux buveurs.*»

Je n'avais plus qu'une idée: agir et sauver mon maître, ainsi que Déborah. Si je révélais que l'enfant retrouvé égorgé était celui qu'Émeline avait vendu à la cour des Miracles, pourrais-je les disculper? Mais à quel prix? Celui de ma vie, peut-être…

Je descendis au premier étage et trouvai Myriam en train d'étudier avec Joseph et une dizaine d'autres élèves. Un foulard couvrait entièrement ses cheveux, mais laissait apparaître son visage aux yeux cernés. Elle leva le regard vers moi et me sourit. Les étudiants s'étaient emparés de l'unique exemplaire des traités que je possédais, comme si c'était un trésor.

— Veux-tu te joindre à nous, Éliézer? demanda Joseph. Nous poursuivons l'étude du traité Berakhot.

— Le plus difficile à comprendre, dis-je.

— Grâce à Myriam, nous avons résolu l'énigme du chien, dit Joseph. Tu te souviens, celui qui voit un chien dans son rêve doit dire en se réveillant: «*Chez tous les fils d'Israël, pas un chien ne grognera contre un homme ou une bête.*» Il ne doit surtout pas citer ce verset: «*Les méchants sont des chiens au gosier vorace, ils ne savent pas dire: assez.*»

— La Torah dit qu'à la sortie d'Égypte, aucun

chien n'a aboyé, expliqua Myriam, alors que c'est le rôle des chiens de garder et de protéger leur maître, et là, leurs esclaves s'enfuyaient. Ainsi, même les chiens ont pris fait et cause pour les Hébreux !

» Qu'est-ce que cela signifie ? Parfois, des personnes peuvent prendre conscience des injustices et des barbaries du système dont ils font partie et disent : Assez ! Nous avons ainsi l'exemple de la fille du Pharaon qui a sauvé l'enfant Moïse dans son panier caché sur la rive du Nil, alors que son père avait exigé que l'on tue tout nouveau-né hébreu. Les chiens restèrent silencieux lorsque ceux qui souffraient se libérèrent de leur maître. Inversement, les méchants sont assimilés aux chiens méchants, ceux qui aboient tout le temps sans s'arrêter et sans raison, parce qu'ils se définissent par le fait de ne pas avoir de limites. Ni dans les paroles, ni dans les actions.

— Merci, dis-je.

— Oh, ce n'est pas moi, c'est mon mari qui m'a tout appris.

— Que signifie la relation entre les incestes, les abominations citées dans le Talmud et la connaissance ? demanda Joseph en se levant soudain.

Son visage exprimait une sorte de colère, qu'il avait du mal à contenir.

— Par exemple, reprit-il, celui qui rêve qu'il a une relation sexuelle avec sa mère.

— Avoir une relation de cette nature avec sa mère est bien sûr interdit dans la Torah. La séparation d'avec la mère marque la différence des générations sans laquelle aucune histoire n'est possible. C'est pourquoi le Talmud propose au rêveur de viser la forme d'intelligence appelée en hébreu « *binah* », c'est-à-dire le discernement : l'intelligence qui distingue et sépare. Le verset biblique le confirme dans le deuxième chapitre de la Genèse qui dit : « *C'est pourquoi Adam doit quitter son père et sa mère, s'attacher à son épouse, et ils deviennent une seule chair.* »

— Et coucher avec sa sœur, il paraîtrait que cela relève de la sagesse, d'après le Talmud ! dit Joseph.

— Comment dit-on « sagesse » en hébreu ? demanda Myriam.

— *Hokhmah.*

— La véritable connaissance est celle du lien entre *hokhmah*, la sagesse, et *binah*, qui respecte la différence. Coucher avec sa sœur, c'est une image, un symbole à interpréter pour le transposer sur le plan de la connaissance : c'est savoir comprendre, c'est-à-dire prendre avec soi, analyser l'autre dans sa différence et aussi assumer l'expérience qui permet de penser l'identité dans la différence : telle est ce qu'on appelle la connaissance authentique. L'analogie avec la relation sexuelle est fondée sur le fait de se relier à l'autre dans la différence.

C'était remarquable. Myriam n'avait pas seulement appris de son mari, elle était certainement allée bien au-delà dans l'étude. Mais quand et comment ? Jamais on ne la voyait, sauf quand elle apportait à manger à sire Vives. Peut-être écoutait-elle aux portes ? Peut-être avait-elle de longues discussions avec lui, le soir, sur tous ces sujets ? Peut-être étudiait-elle seule, en cachette ?

Pendant qu'elle parlait, je ne pouvais m'empêcher de réfléchir, intensément, et d'organiser ma pensée, comme dans les petites boîtes noires qui contenaient les phylactères.

— Si nous pensons qu'un messager, quelqu'un parmi nous, cherche à nous délivrer une information sur le criminel, dit Joseph, quel est le lien entre le premier texte, celui de Yoma sur le bouc émissaire, celui de Sotah sur la femme adultère et celui-ci sur les rêves ?

— Quel lien ? demanda Myriam.

— Quelqu'un joue un jeu, dit-il, un jeu de piste à travers le Talmud. Et ce jeu a commencé avec la première référence, celle au traité Yoma inscrit sur le linge de l'enfant. De livre en livre, un mystérieux talmudiste sème les éléments d'un message que nous devrions décoder.

— Ah, dit Myriam, c'est intéressant, parce que je viens de trouver cette référence inscrite dans la marge du texte sur les rêves.

Nous nous penchâmes sur le manuscrit et nous vîmes en effet : « Berakhot 61b. »

— Je jurerais qu'elle n'y était pas quand nous avons lu le texte ! s'exclama Joseph.

Je me rendis à la salle de la bibliothèque et j'ouvris la trappe cachée dans le mur, derrière un tableau, où étaient conservés les derniers traités du Talmud, ceux que j'avais sauvés du désastre. Je les trouvai tous là, bien alignés. Je pris le traité Berakhot sur les bénédictions, je l'ouvris à la page 61b, et je le rapportai à la salle d'études pour le montrer à Joseph.

— C'est là, dit-il, que se trouve la clef, la réponse

à la question, celle qui va délivrer notre maître ! Celle qui peut nous sauver la vie à tous. Je connais ce passage, c'est celui sur le martyre de Rabbi Aquiba, le plus grand de nos rabbins, celui dont il est dit que le prophète Moïse lui-même ne comprenait pas les enseignements !

Nous nous regardâmes. Dans la salle, régnait un silence recueilli. Tout le monde retenait son souffle. Je sentis mon cœur battre tellement fort que je crus qu'il allait sortir de ma poitrine.

Et il lut :

— « Il est écrit : *Tu aimeras le Seigneur ton Dieu de tout ton cœur, toute ton âme et de tout ton pouvoir.* Rabbi Éliézer demande : S'il est dit "de toute ton âme", pourquoi est-il ajouté "de tout ton pouvoir" ? L'expression "de toute ton âme" s'adresse à celui qui accorde plus de prix à sa vie qu'à ses richesses, alors que "de tout ton pouvoir" est pour celui qui privilégie ses richesses plutôt que sa vie. Pour Rabbi Aquiba, "de toute ton âme" signifie : "même s'il te prend ton âme". Ainsi, dit-on, quand il fut conduit au supplice, ce fut l'heure de réciter le "Chema". Et tandis qu'on lui lacérait les chairs avec des brosses de fer, ses étudiants lui dirent : "Maître, c'est à ce point qu'il faut aimer la Torah ? ! — Toute ma vie, répondit Aquiba, j'ai été troublé par le verset : *de toute ton âme...* Je le comprenais ainsi : "*même s'Il te prend ton âme*", et je me demandais s'il me serait un jour donné de le mettre en pratique. Comment n'accomplirais-je pas aujourd'hui ce que j'appelais ainsi de mes vœux !" Lorsque Rabbi Aquiba expira, il dit la prière "*Écoute, Israël, l'Éternel est notre Dieu, l'Éternel est un*", et s'attarda sur la prononciation du mot *Un*. Et une voix se fit entendre du ciel : “Bienheureux Rabbi Aquiba, toi que l'âme a quitté sur ce mot : *Un*.” Mais les anges serviteurs s'étonnaient devant le Saint-Béni-soit-Il : Est-ce là la récompense qui convient à un tel amour de la Torah ? Celui-ci ne méritait-il pas de figurer parmi ceux dont il est dit : “*Par Ta main, ô Éternel, sauve-moi de ces hommes, de ces gens esclaves du monde*” ? »

— Est-ce que l'amour ultime de l'Éternel pour ses créatures exige qu'en retour on Lui donne sa vie, ou celle de son enfant, comme le fit Abraham avec Isaac, avant qu'un ange n'arrête son geste ? Est-ce que l'amour de la Torah mérite qu'on se sacrifie, comme l'a fait Samuel ? demanda Myriam.

— Quelque chose se dessine entre le bouc émissaire, la femme adultère, les rêves et le sacrifice de soi, murmura Joseph. Mais quoi ?

Nous étions tous absorbés dans nos réflexions, penchés sur le traité du Talmud, profondément concentrés au point de ne pas remarquer ni d'entendre ce qui se passait autour de nous, lorsque soudain je sentis une main sur mon épaule, et entendis une voix que je reconnus entre toutes.

— Nous ne vénérons pas nos martyrs, disait cette voix. Même notre maître Moïse qui est mort seul sur la montagne, personne n'a fait de lui un martyr ni un saint !

Myriam, Joseph et moi levâmes la tête d'un même élan, et nous le vîmes ! Comme dans une vision collective, fruit de notre imagination, un rêve !

— Considère notre maître Rachi, qui vit sous ses yeux les hommes, les femmes et les enfants choisir le suicide plutôt que la conversion, croyez-vous qu'il en dise un mot ? Ni lui ni ses disciples. Nous les tossafistes, en ces circonstances, nous préférons garder le silence.

» Pour ma part, je n'ai nulle hâte d'accéder au royaume des cieux, mon sort dans cette prison ne résulte pas d'un sacrifice mais d'une horrible injustice, d'un scandale, ainsi que le dit la phrase du Talmud dans le traité Yoma 85b : « *Vis par la Torah mais ne meurs pas par elle !* »

» Même dans l'histoire de nos martyrs, nous voyons leur attachement à la vie et à son caractère sacré, et nous nous révoltons de leur mort ! Je reviens de l'enfer, mais je n'ai pas vu Dieu dans toute cette souffrance.

Oui il était là, devant nous, comme une apparition, et ses paroles étaient bonnes et vraies. En cet instant, je croyais voir un mort ressuscité par un miracle. Sire Vives était pâle, sa tunique maculée de sang et trouée laissait voir des plaies atroces, ses joues creuses et sa bouche desséchée montraient ce qu'il avait dû endurer. J'en eus le cœur retourné et je me mis à trembler. Myriam se précipita à ses pieds, qu'elle baigna de larmes.

— Yéhiel ! s'exclama-t-elle. Oh, mon Dieu ! Que t'ont-ils fait ? Si j'avais une arme, je les tuerais ! Je jure que je le ferais !

— Ne t'inquiète pas, Myriam, ma chère épouse, je suis là.

— Vous avez réussi à vous échapper, Maître ? demanda Joseph.

— Te souviens-tu de mon ami qui est un homme important à la Cour ? Il est intervenu en ma faveur. J'ai pu partir à la seule condition d'être présent à la disputation sur le Talmud. Le roi Louis et la reine Blanche voulaient que je me présente dignement devant eux. Pas ainsi…, ajouta-t-il en désignant sa tunique tachée de sang.

— Fuyons, Maître ! m'écriai-je. Profitons-en pour partir. Tout de suite. Je connais un endroit…

— Je ne peux pas, dit-il. Je dois me rendre à cette disputation. J'en ai fait le serment, et je dois le faire pour nous, pour vous, et pour le Talmud, que je dois défendre devant la Cour !

— Ne viens-tu pas de dire que nous ne devions pas risquer la mort pour la sanctification du Nom ? demanda Myriam. Que notre judaïsme se prononce toujours pour la vie, et non pour la souffrance ?

— Maître, dis-je, alors que l'émotion me coupait le souffle, Dieu soit loué ! Vous êtes là ! Vous êtes vivant !

Je pris sa main, la baisai, la trempai de mes larmes, tant j'étais heureux de le voir, plus heureux que je ne l'avais jamais été de ma vie.

— Et je ferai ce qui est en mon pouvoir, dit-il mystérieusement. Maintenant, donne-moi un peu à boire, et allons soigner mes plaies.

20

Le cœur meurtri et soulagé à la fois, je laissai mon maître retrouver sa femme, se soigner et se reposer, et je courus à perdre haleine pour voir Déborah, lui confier mes tourments, lui raconter le retour de sire Vives et tenter de la disculper.

Alaric, le maître des lieux, m'ouvrit la porte et m'annonça qu'elle n'était pas là.

— Où est-elle ?

— Je l'ignore, répondit-il. Elle est partie se promener.

— Se promener ! Mais j'avais dit qu'elle ne sorte pas.

— Ce n'est pas une prison, ici !

— Et Augustin ? Je lui avais confié Déborah.

— Il est allé dans ton quartier. Il te cherchait. Tu ne l'as pas vu ?

— Dans mon quartier, dis-je, mais pourquoi ?

— En général, il s'y rend pour voir son usurier juif…

— De qui parles-tu ?

— Un ami à toi, je pense. Un certain… Samuel. Tu lui demanderas…

J'étais stupéfait. Samuel, l'usurier d'Augustin ? J'avais du mal à le croire.

Comment Samuel s'était-il trouvé à prêter de l'argent à Augustin, alors qu'il était étudiant chez les perushim ? Et pourquoi Augustin ne m'avait-il pas confié qu'il avait fait un emprunt à mon ami ? Il m'avait même demandé de lui trouver quelqu'un... Il s'était certainement lié avec Samuel lors d'un chabbat à la maison d'études, mais pourquoi ne pas me l'avoir dit ? Était-ce le fruit du hasard, ou bien était-il en train de me traquer jusque dans mon quartier, et à quelle fin ? Et d'où mon camarade tenait-il son pécule alors que nous étions sans le sou, incapables même de payer des bougies pour nous éclairer en hiver ? Soudain, je compris pour quelle raison Samuel avait toujours les poches remplies de victuailles et de brioches : à notre insu, il était devenu usurier. Il me l'avait même confié à demi-mot, lorsqu'il disait qu'il s'était découvert un autre talent que celui de l'étude. Ainsi Augustin faisait-il partie de ses clients... Sans doute en avait-il d'autres, et c'était pour cette raison qu'il désirait quitter la maison d'études.

J'étais tellement dérouté que je ne savais plus où aller. Je cherchai un endroit où j'avais l'habitude de me rendre avec Déborah, avant l'événement dramatique de son mariage, lorsque nous parlions d'elle, de moi, de nos aspirations, lorsque nous étions ensemble. Nos conversations duraient alors des heures. Comme elle me manquait !

J'étais terrifié à l'idée du lendemain, je savais que tout était possible : nous serions peut-être arrêtés, mon maître, les autres rabbins, mes condisciples et moi-même. S'ils brûlaient les livres, ne nous brûleraient-ils pas ? Allions-nous en revenir vivants, ou être mis à mort à l'issue du procès, comme cela arrivait parfois ? Et dans ce cas, qu'adviendrait-il de Déborah ?

Soudain, je fus pris de nostalgie en pensant à l'époque où nous nous étions rencontrés, avant tous ces événements. Je parvins à un endroit secret, qu'elle seule et moi connaissions, près d'une berge abritée juste avant la campagne, où un bras de Seine formait comme un ruisseau sauvage et où nous aimions nous arrêter. C'était le crépuscule et je m'assis à côté d'un bosquet. Je regardai passer les bateaux sur le port de Grève, j'aurais pu les suivre, en route vers ma Normandie natale, cette terre maudite que je ne voulais plus jamais revoir.

Soudain je vis une ombre, une silhouette de femme aux longs cheveux bruns. Elle entra dans l'eau, je la suivis du regard et, lorsqu'elle tourna le visage, je vis que c'était elle. Déborah était venue au fleuve, à défaut de pouvoir se rendre au mikvé. Elle s'immergea jusqu'à disparaître totalement, puis elle reprit son souffle, une fois, deux fois, trois fois. C'est alors que son regard croisa le mien. Et pendant un moment, elle resta ainsi devant moi. Puis elle ferma les paupières, comme chavirée, parcourue par un frisson, sans manifester le désir de fuir ni de se vêtir. Je connaissais son odeur, plus douce que la myrrhe, avec une note d'épices et de sucre, d'ambre peut-être et d'onguents, de fleurs aussi, rose, violette et jasmin.

Les yeux ouverts dans la pénombre, je la contemplai. J'avais le cœur serré et l'impression, plus que jamais, de l'aimer d'un amour inaltérable, impossible et réel. J'aurais voulu la prendre dans mes bras, l'embrasser, mes yeux dans ses yeux, mon corps contre le sien.

Elle s'habilla, revêtit sa tunique, puis sa pèlerine et sa coiffe. Et je sortis brusquement de ma vision : était-ce un songe, une divagation ? Elle avait disparu. J'étais perdu, fou de tristesse, de manque, d'angoisse et d'appréhension. Nous étions des funambules qui hantions les lieux de notre passé, chacun tissait son fil en cherchant les traces de notre passage. Nous nous y rencontrions, peut-être, ou par magie, dans les méandres de nos mémoires, par les souvenirs communs.

— Éliézer ! entendis-je.

Je me retournai : elle était là, devant moi. Elle prit place à mes côtés.

— Déborah..., que fais-tu, ici ?

— Je devais m'immerger.

Je la regardai, elle était belle, ses joues semblaient avoir repris des couleurs et ses yeux brillaient. Sa silhouette était gracieuse. Elle portait sa longue tunique rouge de toile fine, serrée par une corde, sous une pèlerine sombre.

— Tu n'aurais pas dû quitter le quartier des étudiants.

— Je sais. Mais je ne pouvais pas faire autrement.

— Tu es bien là-bas ?

— Oui, ne t'inquiète pas. Tout le monde est très gentil avec moi.

— Augustin ?

— Il est charmant, il me laisse sa chambre. Il le fait par amitié pour toi. Il t'aime comme un frère.

— Tu dois rester là-bas. Tu ne peux plus en sortir, sous aucun prétexte.

— Je dois aller chercher mon fils !

— Nous irons ensemble, mais ne sors plus, après. Tu es suspecte. Ils te recherchent.

— Qui ?

— Le prévôt, l'Inquisition !

— Je sais, Éliézer. Je tremble, je ne dors plus la nuit. J'ai peur que Nicolas Donin me suive…

— Si Évrard de Valenciennes sait que l'enfant est vivant, il ne peut plus t'incriminer !

— Non ! s'écria-t-elle. Je préfère que l'on m'accuse de ce meurtre, j'avouerai tout ce qu'on voudra me faire dire !

— Pourquoi ?

— Si je dis qu'il est vivant, Nicolas Donin viendra le prendre et il le baptisera ! Ils le mettront au monastère, sa vie sera finie et la mienne aussi !

— Alors, tu préfères te laisser accuser d'infanticide ? m'écriai-je. Tu sais ce que tu risques ?

— Je ne peux pas rester cachée chez Augustin. Cela va finir par se savoir. Il vaut mieux que je me dénonce tout de suite, que je dise que je l'ai tué.

— Tu n'as pas le droit d'agir ainsi.

— Éliézer, qu'allons-nous faire ?

— Partons. Toi, moi et l'enfant.

— Partir, mais où irions-nous ?

— Nous avons une terre, dis-je. C'est la terre de nos ancêtres. Beaucoup de juifs y vivent déjà, et ce, depuis toujours. Mon maître m'en a parlé.

— Quelles chances avons-nous d'y parvenir, avec un enfant ? C'est si loin…

— D'autres l'ont fait, depuis la France. Des centaines de rabbins sont partis vers la Terre sainte. Il existe une ville, Acre, sur la mer, où l'on peut accoster. Nos rabbins y ont créé des maisons d'études. La ville a été conquise par les croisés, mais les juifs y vivent en paix. Même notre maître Maïmonide y a séjourné. Là-bas, il est possible d'étudier, malgré la présence des croisés. Et nous ne sommes pas loin de notre ville éternelle, Jérusalem.

— J'ai entendu dire que la disputation a lieu demain. Tu y vas ?

— J'accompagne mon maître. Je ne peux pas le laisser seul. Je viendrai te chercher après, et nous partirons.

— Nicolas Donin sera là… Fais attention à toi, je t'en prie.

— Demain, si jamais je ne reviens pas…

— Ne dis pas ça, s'il te plaît !

— Tu iras là-bas avec l'enfant, promets-moi ?

Elle s'approcha de moi et soudain, je sentis son souffle contre mon oreille.

— N'y va pas, Éliézer. Ne pars pas, je t'en prie.

— Je dois y aller.

— Reste, murmura-t-elle. Reste avec moi. Embrassons-nous, ici… Tu te souviens ?

— Je ne peux pas !

— Sauve-toi ! Sauve-nous.

— Je ne peux pas abandonner mon maître.

— Tu n'es pas obligé d'y laisser la vie.

Il y eut un silence.

— Ce n'est pas ta faute, si Nicolas Donin veut

accomplir sa vengeance, dit-elle. Tu n'as pas à la subir ni à te sacrifier !

— Je te promets de revenir, murmurai-je.

Je lui pris la main, nos doigts s'entrelacèrent, nos lèvres se joignirent dans un baiser si intense que je crus que j'allais en mourir.

— Je vois, dit sire Vives, quand je lui fis part de ma discussion avec Déborah, alors qu'il était assis dans la bibliothèque, un livre ouvert devant lui. Cet enfant mort n'est donc pas le fils de Déborah, mais tout le monde veut faire croire qu'il l'est... Le fils de Déborah, quant à lui, est né il y a deux semaines, au moment même du supposé meurtre, et il est en vie.

— Vous l'avez vu, sire Vives ? demandai-je.

— Je l'ai circoncis, en effet, il y a huit jours.

— Mais alors... vous avez menti au prévôt ?

— Parfois il faut savoir donner une autre interprétation des faits. Ou plutôt une autre version de la vérité. Il me parlait bien du fils de Nicolas Donin ?

— Et vous pensiez au fils de Déborah... Il ne faut surtout pas que Nicolas Donin apprenne que l'enfant est en vie. Il serait fou de rage et viendrait le chercher, n'est-ce pas, Maître ?

— C'est la raison pour laquelle Déborah a caché sa grossesse, qu'elle n'a vu personne pendant des mois et qu'elle s'est réfugiée chez ses parents.

— Mais elle l'a vu, dis-je, lorsqu'elle est allée lui demander le *guett* au couvent.

— Elle pensait le convaincre de lui laisser sa liberté, dit sire Vives. Elle a eu tort. Cette demande l'a enragé. Et il a refusé le divorce. Ce serait donc lui qui aurait acheté cet enfant à Robert Merri, le prince des voleurs, et qui l'aurait déposé dans notre rue, de nuit, enveloppé d'un linge, pour nous faire accuser d'un meurtre rituel ? Puis, poursuivant son implacable vengeance, il aurait envoyé la lettre de dénonciation à Évrard de Valenciennes pour faire arrêter Déborah ?

— La lettre n'est pas de lui, dis-je.

— Pourquoi pas ?

— J'ai vu le parchemin de près, lorsque vous l'avez examiné. Ce n'est pas le parchemin qu'utilisent les chrétiens. C'est un parchemin à nous, Maître !

— À quoi l'as-tu reconnu ?

— Les parchemins des chrétiens sont si rares et chers qu'ils les grattent et les réécrivent. Nous, nous écrivons dans les marges. Celui-ci était vierge de toute écriture et moins épais que ceux qu'ils utilisent, comme les nôtres !

— Ne m'as-tu pas dit que Robert Merri pensait avoir vu un homme aux yeux bleus, qui l'avait même effrayé ? Nicolas Donin a les yeux noirs, il me semble.

Mon maître était ainsi. Sa mémoire était si précise qu'il retenait les moindres détails.

— Aurait-il un complice ? reprit-il. Ou bien, n'est-ce pas lui le coupable ?

— Mais qui d'autre ?

— Nous savons maintenant qu'il s'agit d'un complot. Mais pas d'un meurtre, puisque le pauvre innocent était déjà mort.

— En effet, il était déjà mort quand il a été déposé dans notre rue.

— Donc il a été déposé là pour faire croire à un

meurtre. En somme, conclut sire Vives, il s'agit d'une mort naturelle déguisée en meurtre.

— Oui, murmurai-je.

— Dans cette affaire, il nous faudra aiguiser notre jugement et voir les choses d'une manière différente. Je pense qu'à ce stade nous avons tous les éléments nécessaires pour résoudre ce mystère, mais quelque chose nous empêche encore de voir la réalité en face.

— Quoi, Maître ?

— Regarde, dit sire Vives en tournant une page du Talmud. Je suis convaincu que la réponse se trouve ici, ajouta-t-il en désignant le texte. Peut-être même dans un passage que nous avons étudié. Et plus exactement dans le lien entre les quatre pages mentionnées par le mystérieux messager…

— Quel est-il, maître ?

— Cherche ! Moi, je dois me préparer pour la disputation, Éliézer.

— Bien, Maître.

— Va en paix, Éliézer !

— Bonne nuit, Maître. Tâchez de vous reposer. La journée sera rude.

Je fis quelques pas en arrière et il se replongea dans l'étude de son texte.

Je montai dans la chambre, Joseph s'était absenté. Je me rappelai ce que disait Déborah au sujet de Nicolas Donin : elle ne le voyait plus, il partait tout le temps rejoindre les karaïtes. Et soudain, il me vint à l'esprit que cette secte était à l'origine de tout ce complot. L'avenir du judaïsme était entre les mains des rabbins depuis la destruction du Temple, et les karaïtes voulaient depuis toujours reprendre le dessus. Mais jusqu'où iraient-ils ? Jusqu'à nous faire accuser du pire ? Quel était le lien entre notre instructeur Ézéchiel et Joseph ? Connaissaient-ils et voyaient-ils Nicolas Donin ? Cette dernière question me glaça les sangs.

Soudain, je compris pourquoi Joseph n'était pas descendu avec Samuel et moi pour cacher les traités du Talmud lors de l'émeute des étudiants. Il s'était sauvé lui-même et avait pris les devants, sans même se soucier de nous ni des livres. Pourquoi Ézéchiel portait-il des fils de couleur bleue ? Et pourquoi enlevait-il sa kippa, sauf quand il priait ou étudiait ? De même, Ézéchiel prétendait ne pas avoir une bonne vue et nous faisait lire les textes à sa place. Or j'avais déjà pu constater à plusieurs reprises que sa vision était tout à fait normale. De plus, il ne mangeait plus que des repas froids le jour du chabbat. Il avait même refusé l'invitation de sire Vives, le chabbat après le décès de notre ami. J'avais cru que c'était parce qu'il tenait à rester seul, mais je me trompais ! Il disait que le texte de la Torah parlait par lui-même et qu'il était inutile de l'interpréter. Il en revenait à la seule autorité des prêtres du Temple de Jérusalem, détruit en 70. Il restait, en fait, *pour convaincre les étudiants*. La maison d'études était un vivier pour les karaïtes, une terre fertile où semer les graines de la discorde et du néant. Pour convaincre et pour contredire, *comme Nicolas Donin*.

C'était Ézéchiel qui avait attiré Joseph vers les karaïtes. C'est pour cette raison qu'ils récusaient l'autorité de sire Vives. Mais, jusqu'où allait leur remise en cause ? Nicolas Donin était karaïte avant de devenir moine. Joseph aussi était karaïte… Combien d'autres parmi nous ? Jusqu'où Joseph était-il allé dans sa contestation du Talmud ? Et jusqu'où irait-il ? *Jusqu'à nous faire accuser d'un meurtre, peut-être.* Et je me remémorai les paroles qu'il avait eues au sujet de notre maître : « Il devra partir. Le monde des tossafistes a connu ses heures de gloire. C'est fini à présent. Sa mort serait peut-être le seul moyen de sauver notre communauté. »

Moi aussi, je finissais par m'y perdre. À force d'interpréter, voilà que je soupçonnais tout le monde. Pas seulement Nicolas Donin, qui cherchait notre destruction, assurément, tout comme Eudes de Châteauroux, mais aussi Augustin, qui devait de l'argent à Samuel, et peut-être à d'autres gens de la communauté. Avait-il tenté de nous faire accuser pour se débarrasser de ses dettes ? Cette idée me faisait trembler d'effroi. C'était lui qui m'entraînait dans les bas-fonds, il connaissait tous les lieux, tous les malfrats de la ville avec lesquels il était en affaire, au péril de sa vie.

J'entendis un bruit. Je me dressai, instinctivement, devant Joseph, qui me regardait, pâle comme la mort.

— Tu étais chez les karaïtes.

— Bien sûr, dit-il tranquillement.

— Comment oses-tu ?

— Pourquoi ne m'accompagnerais-tu pas ?

— Tu es devenu fou ? m'écriai-je. Que vas-tu faire là-bas ?

— C'est toi qui deviens fou à cause du Talmud, dit-il en s'allongeant sur sa couche.

— Comment lire la Torah en gardant tout, y compris les passages injustes qu'elle contient ? Comment être les gardiens d'une Torah qui n'évolue pas ? Allons-nous attendre le Messie pour faire des changements ? Et toi, tu crois que tu n'es pas victime d'une interprétation ? Il n'y a pas de lecture littérale de la Torah, Joseph. Il n'y a que des interprétations. Les karaïtes sont capables de faire dire à la Torah ce qu'ils veulent. Ces gens contestent non seulement la place des tossafistes et de leurs œuvres, mais ils s'élèvent aussi contre la totalité du Talmud. D'autres abandonnent le judaïsme pour se tourner vers le christianisme. Et ce sont ceux-là qui nous font le plus de mal !

— Regarde dans quel état tu te mets ! Et tu te dis ouvert d'esprit. Les karaïtes montent en puissance. Ils préparent aussi leurs armes. Bientôt, vous serez dépassés.

— Leurs armes ? Quelles armes ? De quoi veux-tu parler ? Pourquoi dis-tu « vous » ? Sois clair, dis-je en tremblant.

— J'en ai parlé à d'autres étudiants, ici. J'avais même convaincu Samuel de venir.

— Ils ne viendront jamais. Ils sont trop intelligents pour ça ! Samuel ne t'aurait jamais suivi. Tout cela ne l'intéressait guère, je l'ai compris depuis peu.

— Ne crois pas ça. Bientôt nous serons trois, puis quatre... Tu es le bienvenu. Pourquoi ne pas essayer, un soir, après l'étude ?

— Mais quel intérêt ? Que faites-vous, si vous n'étudiez pas ?

— Nous étudions, dit Joseph.

— Quoi ?

— La Bible, pas les rabbins !

— Mais que font les rabbins, si ce n'est étudier la Bible ? m'écriai-je.

— Ils s'étudient entre eux. Ils se perdent dans leurs interprétations, en tout cas, moi je m'y perds… Je ne m'y retrouve plus, d'interprétation en interprétation. Je ne sais plus où j'en suis. Je ne sais plus où est la vérité, où est l'erreur. Je ne sais même plus s'il existe une vérité. J'ai l'impression de devenir fou en étudiant, Éliézer. Tu comprends ? Te souviens-tu que l'un des élèves de Rabbi Aquiba est devenu fou à force d'interprétation ?

— Alors, dis-je, pars ! Pars d'ici. Personne ne te force à étudier. Pourquoi restes-tu ? Pour qui ? Quel est ton but ?

— Je ne poursuis aucun but. À quoi fais-tu allusion ?

— C'est toi, dis-je, qui as écrit la lettre de dénonciation de Déborah. Pourquoi ?

Joseph ne répondit pas. Il me lança un regard qui me glaça les sangs.

— Qui t'a convaincu ? demandai-je, ayant soudain une intuition. Qui t'a raconté son histoire ?

Joseph resta silencieux.

— C'est Nicolas Donin, bien sûr. Tu l'as rencontré chez les karaïtes.

— C'était la seule chose à faire, murmura Joseph.

— La seule chose à faire ?

Je le regardai, les poings serrés, et je sentis monter

en moi une haine terrible qui me poussait à le frapper, à le frapper jusqu'au sang.

— Tu te rends compte qu'à cause de toi, le prévôt du roi et le peuple recherchent Déborah et qu'elle est en danger de mort ?

— Je suis désolé, Éliézer… C'était la seule chose à faire *pour sauver notre maître.*

21

C'était la première fois que nous pénétrions dans le palais royal de la Cité. Le roi y habitait avec sa famille, dans la partie occidentale. Sans mes camarades et condisciples, seul, j'accompagnai sire Vives dans ce véritable château fort aux murs épais et aux cours carrées qui abritaient des jardins.

Nous passâmes l'entrée, qui s'ouvrait sur d'immenses escaliers donnant sur une cour encadrée par des tours angulaires dans laquelle avaient lieu des travaux. Louis était en train d'y faire ériger une chapelle, lieu de sa dévotion, non loin du logis royal et du bâtiment réservé aux affaires du royaume, que l'on appelait déjà « la Sainte-Chapelle ». Il construisait un temple pour parfaire son image de juste, de pieux et de saint, son image christique. Le bon roi Louis ! Il se souciait de sa réputation et laisserait probablement une empreinte positive dans l'Histoire. Peut-être même serait-il le roi le plus aimé, le plus apprécié, le plus vénéré, un saint – alors qu'il faisait partie des pires sires de notre pays. La sainteté pour Louis, qui nous traduisait en procès, qui confisquait les livres et les biens, qui faisait brûler les cathares par milliers et laissait les cadavres mutilés pourrir sur les places de la cité, mais qui professait la justice sous son chêne !

Au milieu du palais, se trouvaient une esplanade plantée d'arbres, où devait se dérouler la disputation et où nous attendait la Cour. Une centaine de personnes étaient assises face à une grande table de bois derrière laquelle se trouvaient la reine mère, Blanche de Castille, et les trois théologiens auxquels nos rabbins devaient se confronter.

Nous nous avançâmes et prîmes place en face de l'assemblée des chrétiens. Moïse de Coucy, Judah Ben David de Melun, sire Morel de Falaise, les trois plus éminents rabbins de nos régions, étaient là pour représenter notre peuple. Moïse de Coucy, vénérable maître à la barbe et aux cheveux gris, vêtu d'un long manteau noir et d'un couvre-chef, était le plus proche du roi Louis par l'esprit. Il était parti pour un long voyage en terre de Provence et en Espagne afin de faire des sermons au peuple dont le judaïsme se perdait, et de raviver leur foi. Il avait incité les communautés juives d'Espagne à faire repentance, comme un moine prêcheur en mission, avant la venue du Messie, qu'il croyait imminente, tant les temps étaient durs pour les juifs. Il avait aussi écrit un livre qui avait fait date, une codification de la Loi en deux parties, les commandements négatifs et les commandements positifs.

Judah Ben David, le fils de David de Melun, qui dirigeait une école talmudique très importante, était le plus jeune mais son père était un éminent tossafiste. Sire Morel de Falaise, vêtu d'une robe de tissu épais ornementée de bandeaux dorés, était le plus fortuné de tous. Il vivait de ses domaines et des crédits qu'il accordait, mais il vouait sa vie à l'enseignement et à l'étude. Tous les trois avec mon maître formaient un cercle de rabbins éminents qui résolvaient les contradictions, discutaient des points les plus complexes de la Loi et de la vie en général, avec une liberté de pensée et une intelligence sans limite. C'était à eux qu'incombait la lourde charge de défendre le judaïsme et l'avenir de notre peuple. Fallait-il rendre grâce à Louis de les avoir choisis, ou était-ce une perversion extrême que de chercher à décapiter notre communauté en s'en prenant à sa tête pensante ?

En face d'eux, il était là. Nicolas Donin, le regard sombre, haineux, froid. Vêtu d'une robe de bure, il arborait la tonsure des moines, il était rasé et son visage avait la pâleur des jours de contrition, ou peut-être des heures à ruminer sa vengeance. Un léger sourire se dessina sur ses lèvres. Il avait réussi à faire convoquer les plus grands de nos rabbins, et il allait les affronter dans ce combat inégal où il faudrait répondre de ses accusations, dans la terreur d'un jugement dont on redoutait de connaître l'issue. Il était aidé d'Eudes de Châteauroux, de Guillaume d'Auvergne et de Gauthier Cornu, l'archevêque de Sens. Le prévôt de Paris, Évrard de Valenciennes, siégeait à côté de ce dernier.

Si nous les talmudistes, nous avions cru au diable, j'aurais dit qu'il était là, en la personne de Nicolas Donin, devant nous, dans sa dualité, qui prenait l'apparence du Bien pour faire advenir son noir dessein, la fin de l'humanité. D'où lui venait cette haine, qui lui avait fait écrire cette lettre au pape et gravir tous les échelons, jusqu'à atteindre le roi et la reine, afin de nous supprimer ? Une blessure d'orgueil, certainement. Je regardai sire Vives, qui considérait son ancien élève avec tristesse, commisération et remords, plus qu'avec colère. Pour la première fois, une sorte d'incompréhension se lisait sur son visage. L'incompréhension devant le Mal. Celui qui surprend toujours, et que l'on ne pourra jamais comprendre ni réduire. Le Bien est prévisible : on peut l'appréhender et le connaître. Mais le Mal est un défi à l'intelligence. Devant le Mal, tout le monde est bête. Il n'y a pas d'intelligence du Mal. On ne peut que dire : je ne comprends pas. Je ne comprends pas comment cela est possible.

La reine mère, Blanche de Castille, siégeait sur un trône au milieu des juges. Vêtue d'une robe rouge et blanc, la tête couverte d'un voile et de la couronne royale, le visage altier, les yeux sombres, elle affichait des signes de fatigue dus à l'âge et aux douze enfants, dont des jumeaux, qu'elle avait portés.

Le héraut annonça l'arrivée du roi, et tout le monde se leva pour l'accueillir et se prosterner devant lui. C'était la première fois que je voyais Louis en personne, le terrible bon roi, le Christ haineux, l'homme qui avait juré notre perte mais qui ne voulait pas se salir les mains. Sans coiffe, les cheveux blonds, les traits fins, l'air effacé, un peu malingre et la bouche pincée, il affichait un air d'humilité, simplement vêtu d'une cotte de camelot, d'un surcot de tire-laine sans manches et d'un manteau de taffetas noir. Il prit place aux côtés de sa mère et fit signe que l'on pouvait procéder.

— Nous voici réunis ici par la grâce du pape et de Nicolas Donin, afin de statuer sur le livre des juifs appelé le Talmud, dit-il. Il semblerait que cet ouvrage contienne des passages blasphématoires et hérétiques qui sont dirigés contre Notre-Seigneur et menacent notre royauté ! Pour la première fois, avec le pape et les autorités chrétiennes, nous pensons qu'il est important de surveiller l'étude et l'écriture du livre le plus important pour les juifs. Cette écriture a lieu en terre de France, terre chrétienne, par ceux que l'on appelle les « tossafistes », et nous ne pouvons tolérer que ce livre contienne des pensées qui nuisent à la parole de Notre-Seigneur. C'est pourquoi nous avons décidé de disputer avec les maîtres tossafistes, ici même, dans notre royaume, afin de décider si nous devons nous saisir du Talmud et le brûler.

» Par esprit de justice et de considération pour chacun, et parce qu'il nous faut examiner le cas du Talmud avant de procéder à sa destruction, nous ne voulons pas le condamner sans avoir jugé. Par conséquent, nous avons réuni ici les plus grands théologiens chrétiens et juifs afin de décider du sort de ce livre. Guillaume d'Auvergne, c'est à vous d'ouvrir le débat afin d'énoncer vos griefs contre le Talmud.

L'évêque de Paris s'avança pour prendre la parole. Vêtu d'un long manteau bleu qui recouvrait sa tunique écarlate, il avait un visage rond, une bouche charnue et des cheveux bruns et raides sous sa tiare.

Dans son traité *De l'univers*, le célèbre théologien affirmait que l'erreur ne se combat plus par la parole, mais par le glaive. C'était un appel à la guerre, à la croisade, à l'intérieur même du royaume. Guillaume d'Auvergne se disait influencé par Avicenne et par saint Augustin, ainsi que par Aristote. Fasciné par la magie, dans *De legibus*, il affirmait que le sacrement était une façon de lutter contre le diable en faisant un pacte avec le Christ. Chanoine de Notre-Dame de Paris, puis professeur de théologie, il avait tenu à créer le couvent des Filles-Dieu « pour recueillir les pécheresses qui, pendant toute leur vie, abusent de leur corps et à la fin sont en mendicité », un combat qui tenait à cœur à Louis, qui désirait purifier le royaume et en éradiquer la prostitution.

C'était lui qui l'avait fait sacrer évêque de Paris. Mais il restait avant tout un théologien très savant, dans le sillage des philosophes : il avait élaboré sa doctrine qui était une synthèse entre le christianisme et l'aristotélisme.

Armé de son sceptre, le théologien expliqua que le Talmud semblait avoir pris la place de la Bible dans l'esprit des rabbins. Or la Bible elle-même n'avait-elle pas interdit de dévier de la parole divine ? Ne lisait-on pas dans l'Ancien Testament qu'il ne fallait rien y ajouter ni en retrancher ? La Loi orale des rabbins contredisait l'enseignement de l'Ancien Testament et en éloignait ainsi les juifs. Il cita le fameux théologien Pierre le Vénérable, spécialiste des religions, selon lequel le Talmud contiendrait une doctrine secrète et mystérieuse qui s'inscrivait en faux contre la théologie chrétienne. C'était pourquoi le livre des juifs était dangereux : il était, selon lui, la raison profonde pour laquelle ceux-ci s'obstinaient et refusaient de se convertir à la parole divine.

— Le Talmud, que les juifs préfèrent aux livres prophétiques et aux enseignement sacrés, est la raison pour laquelle ces hérétiques ne cessent de nous attaquer avec leurs blasphèmes à l'égard de Dieu et à l'égard du Christ, conclut-il. Ils ont falsifié le jugement de Dieu, jusqu'à le remettre en question et le maudire ! Ils insultent le Christ et se moquent de Marie, mère de Dieu.

» Les juifs ont commis un crime, ils ont condamné et ont tué le Messie, le vrai Dieu et le véritable Homme, péché impardonnable qui dépasse le cadre de l'idolâtrie et tous les autres péchés qu'ils continuent de commettre dans leur obstination invétérée. Ils ont tué le Christ, et ils continuent de signer leur crime à travers leurs écrits.

Puis Guillaume d'Auvergne laissa la place à Eudes de Châteauroux, qui était vêtu de façon plus modeste et plus austère que son prédécesseur, avec une tunique à larges pans que recouvrait une pèlerine fermée par une corde. Sa tête sévère aux traits émaciés, au nez long et aux yeux enfoncés était couverte d'une coiffe.

— Le Talmud, commença-t-il en montrant un manuscrit, le voici. Voici la créature monstrueuse qu'il nous faut détruire... Mais je ne sais comment m'y prendre.

» Comment faire, au juste ? Si je commençais à répondre à cette folie comme à d'autres, je paraîtrais fou. Le Talmud leur apprend la rhétorique et l'art du questionnement, qui consiste également à répondre à une question par une question, et ceci sans fin, c'est la raison pour laquelle il est dangereux. Voyez, partout en France, ils créent des écoles et obligent les enfants à étudier dès le plus jeune âge, ils forment des maîtres, des rabbins qui ont tout pouvoir sur leur communauté et qui leur apprennent la haine de Notre-Seigneur. Il n'est qu'un moyen d'éradiquer cette peste. Brûlons leur livre : sans nul doute, nous mettrons fin à leurs écoles et nous finirons par les convertir à notre foi ! C'est grâce à ces écrits qu'ils continuent d'exister. Il suffit donc de les brûler pour les voir s'effacer de l'Histoire ou se convertir à notre religion.

La reine Blanche de Castille remercia Eudes de Châteauroux et demanda à Gauthier Cornu, l'archevêque de Sens, s'il désirait s'exprimer. Celui-ci avait ouvert l'agrafe de sa chape au tissu lourd et brodé, comme s'il avait du mal à respirer. Le visage blafard, presque blanc, les yeux cernés, il semblait être au bord du malaise. Il se leva péniblement, jeta un regard vers nous et annonça d'une voix faible qu'il se sentait souffrant et qu'il préférait laisser la parole à Nicolas Donin. Mon maître le considéra, et je vis qu'il paraissait surpris et inquiet.

Alors Nicolas Donin s'avança. C'était son heure, son moment de gloire et de terreur. Le traître tourna son regard vers nous et nous considéra avec arrogance, dans l'assurance de sa supériorité. Le crâne tondu et en soutane, il était méconnaissable. J'avais du mal à croire que c'était le même homme, avec sa kippa et sa barbe, qui étudiait le Talmud avec sire Vives et le questionnait, le soir, avant de rejoindre les karaïtes – comme Joseph, pensai-je à nouveau avec effroi. *De quel bord est-il, en réalité ? Quel est son rôle dans cette machination, et comment lui faire avouer, alors que l'aveu est interdit par notre Loi ?*

— Le Talmud est le livre du diable, commença Nicolas Donin. Heureusement, étant cher et rare, il n'en existe que quelques milliers d'exemplaires. Il suffit de les prendre aux juifs et de les brûler pour éradiquer le mal qui est en train de se répandre parmi nous.

» Je l'atteste devant vous, les juifs endoctrinent leurs enfants et les éduquent dans cet esprit talmudique qui les rend inaptes à reconnaître et à admettre l'interprétation évangélique des textes. Comme l'ont montré mes prédécesseurs, le Talmud est l'obstacle majeur à la conversion des juifs. Il parle de sujets tels que les rêves en préconisant leur interprétation, alors que les docteurs de la foi chrétienne l'ont interdite. Inspirés par le diable, les rêves sont à rejeter absolument ! S'ils vous ont annoncé quelque chose, même si cela arrive, ne croyez pas en eux.

» Pour ce qui est du péché de chair, le Talmud, loin de le condamner, l'encourage ! De nombreux passages décrivent en détail comment il convient pour un homme de donner du plaisir à sa femme, alors que Paul nous dit : « *Il est bon pour un homme de s'abstenir de la femme mais à cause de la fornication, que chaque homme ait une femme et chaque femme un mari, car mieux vaut se marier que brûler.* »

» Pour ma part, ajouta-t-il, voilà que j'ai été exclu de leur communauté, car j'ai eu l'audace de remettre en cause les histoires et les fables du Talmud dont je dénonçais l'hérésie. C'est ainsi qu'ils éloignent d'eux ceux qui contestent l'autorité du Talmud : il est leur livre sacré et personne ne doit le remettre en cause ! C'est le monde juif tout entier qui est diaboliquement attiré par le péché de chair et de blasphème ! Même les juifs de l'Europe du Nord se sont fermés à la Bible, séduits par les fables talmudiques qu'ils suivent pour se vautrer dans la luxure et la débauche. Et après eux, ce seront les chrétiens ! Ces rabbins, qui se font appeler les tossafistes, sont de dangereux hérétiques qui agissent en secret contre l'Église, contre notre bien-aimé roi et contre leur propre foi !

— Nicolas Donin, intervint la reine mère, veuillez préciser à présent vos griefs contre le Talmud, afin de commencer le débat et d'entendre vos contradicteurs. Outre les rêves, et le péché originel, que trouve-t-on de si dangereux dans ce livre ?

— Ma reine, le premier chef d'accusation contre le Talmud est son antichristianisme. Pour attester mes dires, je prendrai un exemple précis : on y trouve écrit qu'il est permis de tuer un chrétien. Le deuxième grief est que le Talmud est rempli de stupidités et d'obscénités. Que dire de tous les passages idiots ou indécents, comme celui où Adam copule avec les animaux avant de rencontrer Ève, ou celui où Cham castre son père, Noah ?

» Il me faut aussi évoquer les odieux anthropomorphismes indignes de figurer dans un texte saint et qui font de ce livre un panégyrique de la perversité humaine et sensuelle !

— Messieurs les rabbins, interrompit la reine, à vous de prendre la parole afin de réfuter les accusations graves qui pèsent sur vous. Est-ce vrai que le Talmud contient des histoires obscènes ?

— Pour ce qui est des histoires, dit sire Vives, il est important de différencier la Aggadah, les homélies, et la Halakha, la Loi. Les parties de la Aggadah n'ont pas la même importance que celles concernant la Halakha. La Aggadah ressemble davantage à un jeu symbolique de l'esprit. Les récits qu'elle rapporte ne doivent pas être pris au pied de la lettre. Jésus lui-même ne s'en est-il pas inspiré pour élaborer les paraboles qui illustraient son enseignement ? Est-il normal, est-il juste, de comprendre les paraboles de Jésus d'une façon symbolique et non celles du Talmud ? Quant au sujet de la contestation du christianisme, il faut dire tout simplement que le Talmud n'en parle pas.

— Faux, s'écria Nicolas Donin, le Talmud blasphème depuis plusieurs centaines d'années et se moque même des enseignements évangéliques !

Sire Vives se tourna vers la reine.

— Votre Majesté, je vous en prie. Le Talmud est très ancien et personne ne s'en est jamais plaint. Je pourrais aussi, dans le respect que je vous dois, vous rappeler les critiques acerbes contre les juifs que nous lisons dans les Évangiles, et en particulier contre les pharisiens. Vous savez que le père de l'Église Jérôme a lu le Talmud sans y trouver rien à redire. D'ailleurs, on l'appelle de ce nom, Talmud, qui signifie « enseignement », à cause du commandement du Deutéronome où il est dit : « *Vous l'enseignerez à vos enfants.* »

— Ainsi que sire Vives l'explique, intervint sire Morel de Falaise, il ne s'agit pas seulement d'instruire par la réflexion, mais d'éduquer en faisant appel à l'imagination. Dans certains passages, il est des choses extraordinaires, difficiles à croire pour les sceptiques, les hérétiques ou les schismatiques. Mais aucune décision pratique n'en dépend. Si ces textes du Talmud paraissent sortis de l'imagination, je vous rappelle qu'on en trouve des similaires dans l'Écriture sainte elle-même et dans les Évangiles, ou même dans ce que vous nommez « les merveilles », qui sont des récits de miracles inspirés parfois de nos fables sacrées. Il y a par exemple celui qui raconte que la femme de Loth s'est transformée en un pilier de sel parce qu'elle s'est retournée sur son passé, celui où l'ânesse de Balaam s'est mise soudain à parler, celui encore d'Elisha, le disciple du prophète Élie qui ressuscite les morts, tout comme l'Évangile rapporte l'histoire incroyable de la résurrection de Lazare et les guérisons miraculeuses.

» D'autre part, sans le Talmud, nous ne serions pas capables de comprendre des passages de la Bible qui paraissent en contradiction avec d'autres. Par exemple, un texte de l'Exode ne dit-il pas que Dieu sanctionne « *les péchés des pères sur les enfants* », alors qu'un autre texte du Deutéronome stipule que « *les enfants ne seront pas mis à mort à cause de leurs pères* » ? De même, un passage annonce : « *Dieu est descendu sur le mont Sinaï* », et un autre, « *du haut des cieux je parle avec vous* ». On dit aussi : « *Aucun Ammonite ou Moabite ne peut pénétrer dans la congrégation divine.* » Et pourtant, il est écrit que David descendait d'une Moabite, Ruth. Comment comprendre ces messages contradictoires ?

» Ce genre de difficultés sans fin, le Talmud parvient à les résoudre. Et s'il y a une différence d'opinion au sujet du sens donné au texte et de la loi conséquente, le Talmud propose qu'on tranche la question par la décision de la majorité. Ou encore, en ce qui concerne les commandements du respect du chabbat, la Bible en fait état brièvement, alors que le Talmud pousse très loin la réflexion jusqu'à définir exactement les concepts de travail et de loisir dans leurs moindres détails.

— Le Talmud, demanda la reine Blanche, a-t-il donc toute autorité pour décider de la Loi ?

— Il en décide, ma reine, répondit Judah Ben David de Melun, et il en dispute. Il est difficile, voire impossible, de comprendre l'Écriture sans étudier le Talmud. Celui qui tenterait de le faire serait comme un homme à qui on aurait donné les clefs intérieures des chambres d'une maison sans les clefs extérieures, celles qui lui permettraient d'y entrer.

— Sire Vives, dit la reine, pourquoi ne répondez-vous pas à la question concernant les nombreuses absurdités que semble contenir le Talmud ?

— Avant qu'il ne procède, dit Nicolas Donin, j'aimerais citer le passage suivant : la Torah interdit à un homme de « *sacrifier l'un de ses enfants au dieu Moloch* », s'il le faisait, il serait justiciable. Cependant, le Talmud conclut que si quelqu'un sacrifiait tous ses enfants au Moloch, il ne serait pas justiciable. Qui peut admettre cette absurdité ? Comment comprendre que quelqu'un qui a tué un de ses enfants est susceptible d'être puni, mais que celui qui a occis tous ses enfants serait libre ? Quelle est cette justice, Messire ?

Il y eut un silence. Que voulait suggérer Nicolas Donin ? Que les juifs justifiaient le sacrifice humain, en particulier celui des enfants, puisque ce mal n'était pas puni selon le Talmud ? *Ou peut-être était-ce une allusion à Déborah ?*

— Le Talmud encouragerait-il de tuer les enfants ? poursuivit Nicolas Donin, confirmant ce que je pensais.

— Répondez, sire Vives, demanda la reine.

— Votre Majesté, dit-il, qui est le plus grand pécheur, celui qui tue un homme ou celui qui en tue deux ?

— Celui qui en tue deux, répondit-elle. Et le plus de gens on tue, le plus grand fauteur on est.

— Vous avez raison, Majesté, la Torah prescrit quatre sortes de punitions, et quiconque doit être châtié par l'une d'elles doit confesser ses fautes avant son exécution. Le Moloch était le nom d'une divinité du peuple ammonite. Il est représenté par une statue d'homme à tête de taureau. On lui sacrifiait par le feu des victimes humaines et surtout des nouveau-nés. Mais écoutez, je vous prie, ce que dit la Bible à ce sujet : « *Ne livre aucun de tes enfants en offrande au Moloch, pour ne pas profaner le nom de Dieu.* »

— Alors, pourquoi ne pas punir celui qui le fait ?

— Un rabbin du Talmud proposa l'interprétation suivante : Il y a des fautes impardonnables qui ne relèvent plus de la justice humaine. Punir celui qui sacrifie toute sa progéniture par le feu ne suffit pas à l'acquitter comme de toute autre faute pardonnable. Personne ne peut l'en libérer. Sa culpabilité est éternelle. Elle relève de Dieu, pas des hommes. Un autre rabbin pense qu'un juif qui sacrifie son fils au Moloch doit être jugé et condamné par son peuple. Celui qui sacrifie toute sa progéniture au Moloch ne peut être jugé par un tribunal juif. Il est païen et c'est le tribunal de son peuple qui le condamnera. De plus, selon le Talmud, les conditions réunies pour qu'un homme soit exécuté par un tribunal sont tellement improbables qu'aucun homme n'a jamais été frappé de sentence mortelle par le Sanhédrin.

— Pas d'exécution capitale ? demanda la reine. Même pour les criminels ? Et qu'en est-il de ceux qui tuent les enfants ?

— En pratique, non, dit sire Vives. Jamais. Pourquoi infliger à l'autre ce qu'on lui reproche de faire ?

Il y eut un silence. Le roi jeta un regard à la reine mère, qui opina de la tête.

— Comment exercer la justice sans infliger la peine de mort ? demanda-t-elle.

— Ma reine, répondit sire Vives, pardonnez-moi, je vous prie. Comment exercer la justice en infligeant la peine de mort ? Nous parlons ici de justice, pas de vengeance.

— Une religion qui ne punit pas les criminels est une religion satanique, fit observer Guillaume d'Auvergne.

— Bien entendu, il faut punir les criminels, nous disons bien : « *Œil pour œil, dent pour dent* », et nous poursuivons, plus que tout au monde, la justice. Mais pas par la peine capitale, ni par la torture, qui contredisent la loi « *Tu ne tueras point* ». C'est pourquoi ce ne sont pas les juifs qui ont tué Jésus : le tribunal n'avait pas le droit d'infliger la peine de mort. Même dans le cas où un homme avoue son crime. En effet, une loi du Talmud précise qu'un aveu spontané ne peut être retenu contre celui qui le fait.

— Donc, dit la reine, si quelqu'un avoue un crime, on ne le croira pas ?

— On le relâchera, c'est la façon la plus efficace de lutter contre les aveux extorqués par la menace ou la torture. Je crois, ajouta sire Vives, qu'il y a beaucoup trop de gens martyrisés, brûlés et tués sur nos places. Messire, ma reine, il n'y a qu'un moyen d'arrêter la torture, c'est de ne pas accepter les confessions spontanées ni les aveux.

Cette réponse parut étonner la reine, qui ne répondit pas.

— Ma reine, je vous en conjure, ne vous laissez pas séduire par ce tour de rhétorique, dit Nicolas Donin. Le Talmud, qui professe apparemment tant de morale, contient nombre de blasphèmes contre Notre-Seigneur Jésus. Par exemple, il dit que Notre-Seigneur est un sorcier et qu'il mérite l'enfer !

— Nicolas Donin, répliqua sire Vives, depuis que tu t'es séparé de nous, tu as cherché à nous piéger, mais tu ne dis pas la vérité et tu persévères dans cette voie du mensonge et de la calomnie.

— C'est vous qui calomniez Notre-Seigneur. Comment justifiez-vous ce qui est écrit à son sujet ?

— De nombreuses personnes étaient prénommées Jésus à cette époque, même des révolutionnaires recherchés par les Romains, comme Jésus Barabbas. Le nom mentionné par le Talmud était celui d'une autre personne, qui portait ce prénom très courant. Celui-ci s'est moqué de l'enseignement des sages et de leurs interprétations. On peut l'affirmer sans erreur, car il n'est pas appelé « Jésus de Nazareth », mais simplement « Jésus ».

— Pourtant, répondit Nicolas Donin, le Talmud contient bien des références à Jésus sous le nom de Ben Stada, ou encore de Ben Pandera. Jésus y est décrit comme un disciple de Joshua ben Perahia ; il aurait sombré dans l'idolâtrie après avoir été rejeté par son professeur… Cela vient précisément du traité Sanhédrin 107b. Nous l'avons étudié ensemble, sire Vives, l'auriez-vous oublié ? ajouta-t-il avec un sourire sinistre.

— Ces textes, dit sire Vives, ne se réfèrent pas à Jésus de Nazareth, mais à un autre Jésus puisqu'il s'agit de Joshua ben Perahia qui a vécu cent trente ans avant Jésus de Nazareth.

— Comment croire à ces balivernes ? s'insurgea Nicolas Donin. Ma reine, ce juif est en train de vous mentir afin de perturber votre jugement !

— Votre Majesté, dit sire Vives en se tournant vers le roi, tous les Louis sont-ils des rois de France ?

Il y eut un silence. La réponse de sire Vives à la question avait surpris.

— Je répète que Jésus était un prénom courant à l'époque, poursuivit sire Vives, et les références à Jésus dans le Talmud sont en contradiction avec l'Histoire et la chronologie de votre Seigneur.

— En vérité, ajouta Moïse de Coucy, comme sire Vives vient de le dire, le Talmud fait référence à Jésus le fils de Joshua ben Perahia, qui est né avant le Jésus chrétien, sous le règne d'Alexandre Jannée. Et aussi à Jésus Ben Stada, ou Ben Pandera, qui a vécu longtemps avant Jésus, du temps de Pappus ben Judah, vers 130 avant l'ère courante. Le Talmud ignore le christianisme à l'exception de deux ou trois occurrences, alors que la patristique chrétienne parle beaucoup des juifs en les méprisant et en les condamnant comme dans les Évangiles.

— Très bien, dit Donin, je ne suis pas étonné de tant de mauvaise foi, et j'avais bien prévu ma réponse, poursuivit-il en montrant un manuscrit, qu'il ouvrit devant tous. Voici un traité du Talmud. Je vais lire un passage tiré de Sanhédrin 43a, qui donne bien le nom de Jésus de Nazareth. Mes amis, ajouta-t-il à l'adresse des théologiens, hommes de foi, veuillez m'accorder toute votre attention pour comprendre comment ce peuple, qui vit parmi vous, méprise notre Dieu. Le Talmud dit : « *Quand Jésus a été lapidé, un héraut est venu pendant quarante jours, qui criait : "Jésus de Nazareth est lapidé parce qu'il a pratiqué la sorcellerie, qu'il commet l'idolâtrie, et il a perverti ceux d'Israël." Quiconque sait quelque chose à ce sujet et pourrait le défendre, laissez-le venir et parler en sa faveur !* »

Il y eut soudain une vague de murmures dans l'assistance. Tous se regardèrent avec effroi. La reine Blanche fronça les sourcils et considéra le roi.

— Poursuivez, dit-elle.

— Voici un autre passage dans lequel Jésus et Marie sont l'objet de blasphèmes : il vient du traité babylonien, Sanhédrin 67a. Ce texte dit qu'un homme appelé Ben Stada, également connu sous le nom de Ben Pandera, a été pendu à Lydda la veille de Pessah. Le nom de sa mère était Myriam, « la coiffeuse ». Le nom de son père était Pappus ben Judah, et le nom de son amoureux, Pandera. Marie est qualifiée de femme adultère par le Talmud !

À nouveau, il y eut des cris d'indignation.

— Comment croire qu'ils sont témoins, alors qu'ils se fourvoient et propagent des insultes à notre égard, dit Guillaume d'Auvergne. Espérons que Celui qui a dispersé Israël à travers le monde entier à cause du péché commis contre le Christ va les rassembler dans l'Église pour les convertir à sa foi. Il va les mener dans les pâturages de l'éternel bonheur, celui qui vit à jamais à travers le Christ !

» Prenez exemple sur certains d'entre eux, ajouta-t-il en se tournant vers Nicolas Donin, qui ne sont pas tous des rebelles. Il est de notre devoir de recevoir ceux qui nous rejoignent, avec joie et volonté de se faire pardonner, comme le dit Isaïe : « *La fleur fanée qui fait l'éclat de sa verdure sur la cime de la vallée fertile sera comme une figure qu'on aperçoit avant la récolte : à peine dans la main, elle est aussitôt avalée.* »

» Les convertis sont les fleurs des figuiers, et nous devons les féliciter et avoir compassion pour eux. Il est dit dans les Saints Évangiles que Dieu a eu pitié de la foule parce que certains étaient venus de loin et n'avaient rien à manger. Il a ordonné alors qu'on les nourrisse de peur qu'ils ne s'évanouissent. Certains convertis ont des pères riches et ils donnent toute leur fortune pour le Christ. Comme le troupeau est rassemblé à l'intérieur de peur qu'il ne soit dévoré par les loups, ainsi notre maison a été faite pour ces hommes et ces femmes de toutes conditions qui viennent y vivre, au lieu d'errer dans les tavernes et les endroits d'infamie. À l'inverse, contre ceux qui se détournent de la foi chrétienne pour étudier le Talmud, nous serons sans pitié et nous les démasquerons.

À ces mots, le regard de Guillaume d'Auvergne se fixa sur moi et je sentis mon estomac se nouer. Assis juste à côté de mon maître, je sursautai. Pour quelle raison avait-il prononcé cette phrase en me regardant ?

Il y eut un silence. Le roi et la reine Blanche de Castille me considérèrent un instant.

— Qui êtes-vous, vous qui accompagnez les rabbins ? demanda Guillaume d'Auvergne.

— Je suis Éliézer Cohen, disciple de sire Vives.

— Je vous connais, pourtant.

Je vacillai.

— Je suis élève de la maison d'études, chez les perushim.

— N'es-tu pas plutôt Luc d'Apremont, que j'ai connu à l'Abbaye-aux-Hommes, en terre normande ?

— Non, dis-je d'une voix que je voulus forte. Je suis Éliézer Cohen, tel est mon nom.

— Pourtant, il me semble bien que tu y étais moine. Et je peux me vanter d'avoir une excellente mémoire. Approche-toi, dit Guillaume d'Auvergne.

Le silence se fit et tous les regards se tournèrent vers moi. Soudain, je compris qu'ils allaient m'arrêter, me juger et me pendre. Je regardai autour de moi, l'assistance, la Cour royale, les gardes, il était impossible de fuir ! Je me levai et me présentai en faisant une profonde révérence, ainsi qu'il était d'usage.

— Si tu es Luc d'Apremont, dit Guillaume d'Auvergne, cela signifie que tu t'es converti au judaïsme.

Je tentai de maîtriser les battements de mon cœur. Que répondre ? Je pensai à Déborah et à son enfant, et à la promesse que je lui avais faite. Je devais trouver un moyen de m'en sortir. Mais lequel ? J'ouvris la bouche, mais sous le coup de l'émotion, aucun son n'en sortit.

— Éliézer Cohen fait partie de notre communauté, intervint sire Vives. Nous certifions qu'il est né dans le judaïsme et qu'en tant que Cohen il est fils de Cohen.

— Bien, dit Guillaume d'Auvergne. Dans ce cas, jurez donc que vous me répondez dans la vérité, et non dans la fausseté ou la subtilité ! Jurez que cet homme ne s'appelle pas Luc d'Apremont et que vous le connaissez depuis l'enfance.

Sire Vives me regarda : il cherchait une façon de se sortir de ce piège. Allait-il commettre un parjure devant la Cour ? porter un faux témoignage ? Selon le Talmud et nos dix commandements, il est interdit de jurer et de mentir, le théologien savait qu'il lui demandait là l'impossible. Mais comment ne pas le faire, si c'était pour sauver la vie d'un homme ?

— Jurez, répéta Guillaume.

— La Torah permet le serment dans les cas d'enjeux financiers, non dans les propos spirituels, dit sire Vives. C'est une enquête, non un jugement. Vous n'êtes pas mon juge, ou si vous l'êtes, je suis aussi le vôtre !

— Ma reine, dit Guillaume, que pensez-vous de cet homme qui refuse de jurer devant vous ? N'est-ce point une offense ?

Sire Vives fronça le sourcil et se lissa la barbe, décidé à rester sur sa position, ayant fait preuve d'autorité. Mais Guillaume d'Auvergne l'avait poussé dans ses retranchements, il allait lui faire perdre sa crédibilité et nous envoyer tous au bûcher…

— Sire Vives, intervint Blanche de Castille, étant votre reine, je vous demande de jurer. Vous avez assuré connaître cet homme depuis la naissance, et nous voulons en être sûrs.

— Ma reine, je n'ai jamais juré de ma vie, répondit sire Vives. En outre, notre Torah nous ordonne ceci, « *Tu ne prononceras pas le nom de Dieu en vain* », ce qui signifie qu'il ne faut pas galvauder la parole divine dans des querelles terrestres. Mais je vous assure que je dirai la vérité, et si j'ai quelque difficulté à répondre, mes collègues plus sages que moi le feront. Car je suis le dernier de tous, et venir parler devant cette assemblée d'éminents ecclésiastiques n'était pas mon choix.

— S'il refuse de jurer, dit Nicolas Donin en me montrant du doigt, comment le croire sur les autres sujets ? Lui et ses disciples lisent des blasphèmes dans leur Talmud. À cause de cela, ils ont tué l'enfant chrétien ! Pour toutes ces raisons, ces hommes méritent la mort !

22

Une rumeur de scandale s'éleva dans l'assemblée. Les gens s'agitaient, me regardaient, je ne pouvais plus fuir. Le roi étudia sire Vives d'un air sévère, puis il réclama le silence. On le sentit près d'intervenir et de prononcer une parole définitive, mais il se produisit quelque chose d'incroyable. Blanche observa sire Vives d'un œil attentif : il inspirait le respect et la considération, et elle esquissa un sourire qui creusa ses joues ridées, comme si elle avait compris son embarras et qu'elle voulait le sortir de ce mauvais pas.

— Puisque le sujet est si difficile pour lui, dit-elle, et qu'il n'a jamais prêté serment, nous entendrons plutôt ce qu'il a à dire pour la défense du Talmud concernant Notre-Seigneur et notre sainte Marie.

Le roi Louis hocha la tête en signe d'approbation, il n'aurait jamais osé contredire sa mère. J'eus du mal à réfréner un soupir de soulagement en songeant que je venais certainement d'échapper à la question et à la mort, grâce à mon maître et à l'aménité de la reine.

— Ma reine, dit sire Vives, Marie était de chair et de sang, et nous n'avons rien à dire contre elle, car le Talmud ne la mentionne pas. Cette Myriam dont parle

Donin ne peut pas être Marie, car la ville est Lydda, pas Nazareth ni Jérusalem, où Jésus fut crucifié. De plus, il n'est pas question de Jésus lui-même dans ce passage, puisque l'on parle de Ben Stada ou de Ben Pandera. L'époux de Marie est Joseph, or le mari de Myriam est Pappus ben Judah. Et Marie la coiffeuse est mentionnée autre part dans le Talmud comme ayant vécu à l'époque de Rav Papa et Abaye, c'est-à-dire sept cents ans après Jésus !

— Dites-moi la vérité, sire Vives, intervint le roi Louis. Vous savez que la reine et moi vous tenons en très haute estime. Je serais tellement déçu si j'apprenais que vous m'avez menti que je serais forcé de me séparer de vous. Dites-moi donc, que dit votre Talmud de Notre-Seigneur ?

— Mon roi, ma reine, soyez assurés que le Talmud ne fait pas référence au Jésus chrétien quand il évoque la punition de Jésus, intervint sire Morel de Falaise.

— Si le Talmud ne parle pas de Jésus, c'est qu'il ne croit pas que Jésus était Dieu, intervint Guillaume d'Auvergne.

— Jésus a-t-il lui-même jamais dit qu'il était Dieu ? objecta sire Vives. N'était-il pas le rabbin qui voulait ramener «*les brebis égarées*» ? En ce sens, il répétait les admonestations des prophètes qui l'avaient précédé.

— Voyez cet homme hérétique et dangereux, Messire ! s'exclama Nicolas Donin. Il hait Jésus tout comme il déteste ceux qu'ils nomment les «gentils». Il est inspiré par le Talmud, qui contient beaucoup de passages contre les chrétiens, et qui stipule qu'un juif qui tue un gentil ne doit pas être sanctionné par la peine capitale, qu'un juif ne doit pas boire du vin qu'a touché un gentil, que les non-juifs commettent l'adultère, la bestialité, et qu'il est interdit de faire l'éloge de la beauté d'un gentil !

— Les gentils que mentionne le Talmud ne sont pas des chrétiens, dit sire Morel de Falaise, toujours soucieux d'être diplomate. Pour preuve, les juifs font du commerce avec eux ! Et aujourd'hui, à Falaise où je vis, nous vendons du bétail aux chrétiens, nous nous permettons d'être seuls avec eux, nous donnons nos enfants aux nourrices chrétiennes et nous leur enseignons la Bible s'ils le souhaitent, car ils ne lisent pas l'hébreu.

— Mais avez-vous des relations sociales avec les chrétiens ? demanda la reine.

— Nous le souhaitons ardemment, répondit Moïse de Coucy. Du côté chrétien, les conciles d'Elvire et Laodicée interdirent aux chrétiens de festoyer avec les juifs, de se lier d'amitié avec eux, de les engager comme employés ou de se faire soigner par leurs médecins, et même de se baigner avec eux… Et que dire des massacres qui ont eu lieu pendant les croisades…

— Voyez cette arrogance ! s'exclama Nicolas Donin. Vous vous considérez comme un peuple civilisé qui vit parmi les sauvages ?

— Nous constatons que chez les chrétiens ont lieu des tortures pour les conversions de force et pour obtenir des aveux, répondit sire Vives. Nous respectons la loi de notre pays, mais un jour viendra où la loi de notre pays respectera la nôtre…

— Écoutez-le ! rugit Nicolas Donin. Voyez sa

volonté de puissance ! C'est bien la preuve que les juifs veulent vaincre et la sainte royauté et notre sainte religion !

— Non, dit sire Vives. Nous nous contentons d'étudier et nous respectons l'autorité de notre roi. C'est tout ce que nous faisons.

— Vous donnez l'impression d'avoir réponse à tout, dit Nicolas Donin. Répondez-moi donc à la question de savoir pourquoi le Talmud permet aux juifs de répandre le sang des gentils en disant : « Le meilleur des gentils doit être tué. »

— Vous oubliez de mentionner la partie la plus importante de cet énoncé, qu'on trouve dans le traité Soferim, dit Moïse de Coucy : « Le meilleur des gentils peut être tué *en temps de guerre.* » Le Talmud prend pour exemple l'attaque des Égyptiens contre les Hébreux, avant la traversée de la mer Rouge. Ceci fait allusion au fait que les troupes de Pharaon étaient aidées par des Égyptiens qui pourtant avaient été bons auparavant à l'égard des Hébreux. Les juifs en situation de légitime défense avaient le droit de les tuer, même s'ils avaient des scrupules. Mais en temps de paix, quand le droit national nous protège, nous ne nous faisons pas justice nous-mêmes.

» Notre Dieu nous a prescrit l'interdit fondamental : « *Tu ne tueras point.* » Quand le Talmud utilise le mot « gentil », il fait donc allusion aux païens qui en voulaient à Israël et qui cherchaient à le faire disparaître. Mais il demande d'être juste avec eux, de les traiter avec bonté et de s'occuper de leurs pauvres, lorsque nous le pouvons et qu'ils ne mettent pas notre vie en danger. Sinon, nous serions des martyrs. Le

Talmud répète qu'on n'a pas besoin d'être juif pour entrer dans le royaume de Dieu. Il suffit d'être juste. Qu'en est-il des gens non baptisés ?

— Le plus terrible des martyres ne fut-il pas celui du Christ Notre-Seigneur ? dit Guillaume d'Auvergne. Il mérite que tous se baptisent en Son Nom.

— L'idée d'un Dieu qui souffre et qui meurt est-elle possible ? répondit sire Vives.

— Dieu le Père est impassible et ne peut souffrir, à l'inverse de Dieu le Fils, répondit Guillaume d'Auvergne.

— Dites-nous, intervint la reine Blanche, si, selon votre foi, nous pouvons vraiment être sauvés, nous autres chrétiens ?

— Ma reine, dit sire Vives, vous êtes sauvés car vous respectez les sept lois noahides, c'est-à-dire les lois morales universelles, qui sont : l'établissement de tribunaux, l'interdiction de blasphémer, de vénérer les idoles, de pratiquer des unions illicites, de commettre un meurtre, de voler, de manger de la chair arrachée à un animal vivant. À cela, vous ajoutez le précepte de l'amour du prochain cité par Jésus d'après le chapitre 19 du Lévitique, « *Tu aimeras ton prochain comme toi-même* ».

— Et vous, par quelle voie êtes-vous sauvés ?

— Nous avons les dix commandements, et 613 lois.

— Pourquoi adorez-vous votre Torah dont le rouleau est fait de parchemins ? demanda Eudes de Châteauroux. N'êtes-vous pas des idolâtres vous-mêmes ? Des adorateurs de peaux de bête ?

— Ce n'est pas la nature des peaux que nous adorons, mais la puissance des mots sacrés, dit Moïse de

Coucy. Dieu est parole. L'être surgit et se construit à partir de la parole. Pourrait-on croire que les chrétiens adorent la croix en bois ou en métal ? C'est ce qu'elle représente, ce qu'elle dit, en vérité, qu'ils adorent !

— Nous voulons croire dans la parole, dit Morel de Falaise, car nous croyons dans le dialogue pour vaincre la suspicion, la rancœur et les préjugés. Nous y croyons plus que tout !

— Comment peut-il y avoir dialogue entre nous, dit Eudes de Châteauroux, alors que vous ne vous suffisez plus de la loi ancienne que Dieu a donnée à Moïse dans ses écritures ? Vous l'ignorez même totalement et affirmez que Dieu a donné une autre loi que vous appelez « le Talmud ». Celui-ci est en vérité votre texte sacré !

Sire Vives le regarda, l'air inquiet.

— Qu'en savez-vous ? Chaque citation est documentée d'après la Bible, qui est, je le rappelle, évoquée à chaque ligne.

— Personne ne peut le vérifier, dit Nicolas Donin. Il n'y a pas de ponctuation, pas de début ni de fin. Pourquoi écrire un texte aussi secret, si ce n'est pour en cacher les blasphèmes et abominations ? C'est comme un palimpseste sur lequel seraient écrits plusieurs textes mais sans qu'ils soient grattés ou juxtaposés. Ce qui pose problème aussi, c'est sa concision. Votre maître Rachi prétend avoir tout dit en un minimum de mots. En somme, c'est un système complet qu'il faut connaître en entier pour le comprendre. De plus, le Talmud est écrit non pas en hébreu mais en araméen, qui était la langue parlée en Babylonie lors de sa rédaction. Il a recours à des termes grecs ou persans dont la signification se perd, d'autant que leur orthographe s'altère au fil des copies. Il est souvent cryptique et obscur, logique et contradictoire. Tout cela pour cacher quoi ?

» Moi, je le sais. Je l'ai lu et étudié. Avec vous, sire Vives. Souvenez-vous du traité Baba Metsia, page 59a. Peut-être désirez-vous nous en parler ?

Le roi se tourna vers mon maître, qui restait silencieux.

— Répondez, sire Vives.

— Mon roi, dit sire Vives, le mieux pour vous convaincre ainsi que notre reine est sans doute d'étudier un passage du Talmud, comme le suggère Nicolas Donin. Ce texte bien connu évoque un débat entre Rabbi Éliézer et Rabbi Yéhoshoua qui porte sur la pureté d'un fourneau, et dans lequel le premier a apporté toutes les preuves du monde que son raisonnement est le bon. Mais Rabbi Yéhoshoua persiste à le contredire.

» — Si la Loi est telle que je le dis, que le caroubier le prouve ! dit Rabbi Éliézer.

» Le caroubier se lève et va marcher à cent pas de là.

» Rabbi Yéhoshoua et les autres rabbins lui objectent :

» — Les caroubiers ne sauraient constituer une preuve.

» — Si la Loi est telle que je pense, dit Rabbi Éliézer, que cet aqueduc le prouve !

» Et l'eau dans l'aqueduc se met à couler dans le sens inverse.

» — Les courants contraires ne sauraient constituer une preuve, disent Rabbi Yéhoshoua et les rabbins. Tu as beau faire des miracles, ils ne peuvent être acceptés dans un tribunal qui rend ses verdicts en toute justice.

» — Si la Loi est telle que je le pense, que les murs de cette école se penchent !

» Et les murs se penchent au péril de tomber, mais Rabbi Yéhoshoua leur dit :

» — De quoi vous mêlez-vous ? Ce que l'homme ajoute au monde par sa technique de construction ne peut servir de preuve.

» Par respect pour lui, ils s'arrêtent de s'incliner, et par respect pour Rabbi Éliézer, ils restent inclinés.

» — Si la Loi est telle que je le pense, que les Cieux le prouvent ! poursuit Rabbi Éliézer.

» Alors une voix déchire le Ciel :

» — Que voulez-vous de Rabbi Éliézer ? La Loi est telle qu'il le dit !

» — La Loi n'est pas dans le Ciel, réplique Rabbi Yéhoshoua.

» — La Torah a été donnée sur le mont Sinaï, et il y est écrit qu'il faut s'aligner sur l'opinion de la majorité.

» Alors Dieu se met à rire :

» — *Mes enfants m'ont vaincu !* dit-Il.

— Entendez-vous ce blasphème ? s'écria Nicolas Donin. Dieu Lui-même n'est pas une autorité pour vous ? Dieu vaincu par l'homme !

— Non, mon roi, ma reine, dit sire Vives. Il s'agit simplement d'une histoire. Une histoire qui raconte que si notre Loi n'est pas humaine, elle n'en vaut pas la peine. Qu'il est essentiel que les hommes décident de leurs lois dans ce monde…

— Contre l'autorité du roi ? intervint Louis.

— Non, mon roi, dit sire Vives. Dans son respect.

— Voyez, dit Nicolas Donin, il est avéré que ceci est la raison pour laquelle les juifs s'obstinent en leur perfidie. C'est pourquoi nous demandons en grande diligence que le premier samedi de la saison à venir, lorsqu'ils se réunissent en leur synagogue, que l'on saisisse les livres des juifs vivant en votre royaume, sous votre autorité et sous celle de vos vassaux, les nobles dudit royaume. Et vous aurez ces livres sous votre garde ou sous celle de vos chers fils, les moines dominicains et franciscains, avant de les brûler ici même à Paris, pour montrer que nous ne tolérons pas le blasphème de Notre-Seigneur Jésus-Christ, de notre Père, du Saint-Esprit et de notre bon roi !

Je remarquai que, pendant tout le temps de la disputation, l'archevêque de Sens et confesseur de Louis, Gauthier Cornu, n'avait pas dit un mot. Il semblait se trouver de plus en plus mal à l'aise. À ses côtés, le prévôt de Paris, Évrard de Valenciennes, lui tendit un verre d'eau, qu'il but sans qu'il parût être mieux.

Lorsqu'il entendit le dernier réquisitoire de Nicolas Donin, l'archevêque fit un effort pour se redresser :

— Je pense, mes amis…, dit-il, que vous faites fausse route sur le Talmud. Ce n'est pas ce que vous croyez… Laissez-moi vous expliquer… ce que j'ai vu, de mes yeux…, lorsque j'ai eu le loisir d'étudier avec sire Vives…

— Vous avez étudié le Talmud ? dit la reine. Nous avons toute confiance en vous, Gauthier Cornu. Vous êtes notre proche ami et confesseur. Vous allez donc nous éclairer..., nous aider à décider de son sort. Quelle est votre opinion ? Nous nous fierons à ce que vous nous direz pour en juger.

— À vous, mon roi et ma reine, dit l'homme en haletant, je parle selon mon cœur. Caïn a été puni car il n'a pas été le gardien de son frère, n'est-ce pas ? Puisque nous sommes frères, ne croyons-nous pas dans le même Dieu, ce Dieu unique ? Sa volonté pour l'humanité concerne tous les hommes et tous les peuples. C'est au nom de Dieu que je parle, le Dieu infini, absolu, qui a voulu créer un autre que Lui par amour et qui veut lui donner le bonheur ! Et cet amour s'adresse à tous les hommes. Nous avons tous le même ancêtre, quelles que soient nos différences. Cependant, mes confrères... ne supportent pas votre élection ! Si vous êtes le peuple élu, nous ne le sommes plus, se disent-ils... Si vous êtes Israël, véritable peuple de Dieu, qui sommes-nous ? Pourtant, l'élection telle que les juifs la vivent est une responsabilité. Chaque peuple est élu. Chacun de nous, juif ou chrétien, doit respecter la parole divine. Je voudrais tant vous parler davantage au sujet de ce que j'ai compris du Talmud... Ce qui n'est pas facile, car je ne puis m'étendre... le souffle me manque... Être élu, ce n'est pas avoir des droits supplémentaires, disent-ils, mais des devoirs supplémentaires, des devoirs de justice, des devoirs d'amour.

— Qu'avez-vous ? demanda la reine. Vous ne semblez pas bien.

— À moi ! Aidez-moi ! !... Je crois bien que j'ai été empoisonné !

Sur ces mots, le pauvre homme s'effondra. Guillaume d'Auvergne et Eudes de Châteauroux tentèrent de le relever, mais son corps était inerte et il était blême.

Sire Vives, n'écoutant que son cœur, courut vers lui pour lui porter secours et se pencha sur sa poitrine.

— Il est mort, murmura-t-il, saisi d'effroi.

— Mort ? s'exclama la reine. De quoi ?

— Ma reine, il semble avoir été foudroyé !

Le roi se leva, visiblement sidéré par la nouvelle de la mort de celui qu'il considérait comme son ami.

— Cette disputation doit s'achever, dit-il. Nous ne pouvons plus continuer après ce drame. Nous sommes désolés de ce qui vient d'arriver à l'archevêque de Sens.

— Ma reine, dit sire Vives, les larmes aux yeux, je suis vivement ému de ce qui vient de se produire. Gauthier Cornu était mon ami. Je crois que quelqu'un ici a voulu l'empêcher de s'exprimer.

— Qu'insinuez-vous ?

Il y eut un silence. Je regardai sire Vives encore au chevet du défunt. Je remarquai alors sa cape et sa dalmatique que j'avais déjà vues. Et soudain, je compris qui était cet homme. *C'était l'homme masqué, l'ami de sire Vives, le personnage important qui était venu nous voir pour nous prévenir du danger !*

— Cet homme a été empoisonné, parce qu'il avait l'intention de vous parler, dit sire Vives. Dans cette affaire comme dans une autre, nous devons défendre notre vie contre un seul homme, qui a juré notre perte. C'est lui, ajouta-t-il en regardant Nicolas Donin, qui a attiré sur nous des malheurs pour nous détruire, mais c'est en vain qu'il s'est torturé l'esprit car nous mourrons pour elle… la Torah ! Car celui qui y touche touche à la prunelle de nos yeux et à la parole divine elle-même.

» Si votre colère s'enflamme contre nous, poursuivit-il, ne sommes-nous pas dispersés à travers toute la terre, notre Torah ne se trouve-t-elle pas en Babylonie, en Grèce et parmi les soixante-dix nations ? Elle est même au-delà des fleuves d'Éthiopie. Voici, mon roi, prenez-nous ! Nos corps sont entre vos mains mais non point nos âmes et vous ne pourrez éliminer le Talmud que dans votre royaume ! Nous mourrons plutôt que de l'abandonner. Même si vous décidez de le brûler en France, il continuera d'être étudié. Et même si vous nous brûlez, vous n'aurez détruit que ce qui est inflammable, pas ce qui est éternel en nous. Un jour peut-être vous comprendrez que nous ne vous voulons aucun mal, que Jésus lui-même était juif, que nous cherchons uniquement à vivre en paix et en harmonie au sein de cette nation qui est la nôtre. Un jour vous saurez que ce n'est pas dans la ressemblance et l'identité que les hommes doivent se respecter et être en paix les uns avec les autres, mais dans la différence. Nous sommes tous des êtres uniques. Et si nous pouvions voir tous les êtres humains qui se sont succédé sur la terre, nous pourrions constater qu'aucun être humain n'est identique à un autre. Quand nous disons que Dieu a créé l'homme à Son image, il s'agit bien de l'homme. Dieu n'a pas créé le juif à Son image, ni le mahométan, ni le chrétien, ni l'homme blanc, ni l'homme noir, mais l'être humain !

23

Je sortis de l'enceinte du château avec les quatre rabbins, sire Vives, sire Morel, Judah Ben David et Moïse de Coucy. En cette fin d'après-midi, le soleil tardait à se coucher et dardait sur la place de Grève des rayons rouges et orange. Au milieu, se trouvaient le gibet et la potence, vide. Je repensai avec effroi à la vision d'horreur que j'en avais eue, la nuit, lorsque j'avais cru que mon maître avait été pendu. J'en eus des frissons. Devant nous, la Seine scintillait de mille feux. Des bateaux avaient accosté et de grandes plaques de bois en étaient débarquées pour être transportées vers la ville. Sur le marché, les artisans vendaient leurs marchandises sur des étals, bois, tuiles, pierres de taille, ainsi que des produits de l'artisanat et de la nourriture, autour desquels une foule se pressait au milieu d'un essaim de mouches et de moustiques, dans un brouhaha fait des marchandages et des cris des vendeurs d'eau pour attirer les passants. Il flottait dans l'air une odeur de cuir et de charbon de bois.

Nous étions là, sains et saufs, à profiter du crépuscule sur Paris. Mais autour de nous, les morts s'accumulaient, celle de l'enfant, puis celle de Samuel, et enfin celle de Gauthier Cornu. J'en eus une sorte de vertige. Les quatre maîtres se rassemblèrent au milieu du pavé dans un conciliabule qui devint vite enfiévré : ils disputaient au sujet de la disputation. Bien entendu, ils n'étaient pas d'accord avec l'interprétation qu'il convenait d'en donner.

— Tu le connaissais donc, l'archevêque de Sens, Gauthier Cornu ? demanda Morel de Falaise à sire Vives.

— Nous nous sommes rencontrés à la Cour, répondit-il. Nous étions devenus amis. Au péril de sa vie, il est venu nous informer de ce qui se tramait contre nous et sa parole ne s'est jamais démentie. Sa mort est fort étrange, au moment même où il allait s'exprimer en notre faveur. J'en suis convaincu, comme je l'ai dit.

— Mais qui ? Et pourquoi ? demanda sire Morel de Falaise.

— Peut-être parce qu'ils ont su qu'il était de notre côté. Voilà un autre mystère, qu'il nous faut résoudre.

— Sans doute est-il lié à l'affaire du crime rituel, dit Moïse de Coucy.

— Que penser de tout cela ? demanda Judah Ben David.

— Pourquoi toute cette haine ? dit Morel de Falaise. Nous appartenons au royaume de France à part entière. Nous parlons français, nous désirons la victoire de la France quand elle est en guerre, nous participons à la prospérité de notre pays, pour autant que nous le puissions. Quand ils nous chassent, ils finissent par nous rappeler. Et pourtant, ils nous détestent. Ils nous haïssent de façon viscérale, irrationnelle, inexplicable.

— Il existe une multitude de raisons avancées par le Talmud et par nos sages, dit Moïse de Coucy, mais toutes ces raisons réunies ne peuvent expliquer une haine aussi profonde, aussi violente, à notre encontre. Notre existence sous le soleil semble être à elle seule une erreur de l'Histoire à leurs yeux. Une erreur qu'il faut absolument rectifier, quitte à faire couler le sang et à user de la plus grande cruauté. Quitte à sortir de l'humanité ! Et tout cela est justifié par la religion.

— Je suis sûr, dit Morel de Falaise, que nous les avons vaincus. La reine Blanche était émue après ta belle tirade, ajouta-t-il à l'adresse de sire Vives. Et tout le monde sait qu'elle a un grand ascendant sur le roi.

— Je crois en effet que la reine Blanche a changé d'avis au cours de la discussion, c'est une femme intelligente, et sensible, mais qu'en est-il des autres ? Ils restent nos ennemis implacables. Regardez ce qui est arrivé à Gauthier Cornu !

— Je suis sûr, dit Morel de Falaise, qu'ils finiront par entendre raison. Dans la mesure où nos écrits ne sont pas hérétiques, pourquoi devraient-ils les détruire ?

— Je te reconnais bien là, Morel ! dit Moïse de Coucy. L'éternel optimiste ! Ni Eudes de Châteauroux, ni Guillaume d'Auvergne, ni même le roi n'ont l'intention de nous laisser étudier le Talmud, c'est évident ! Sans parler de Nicolas Donin. Ils n'étaient pas là pour être convaincus, mais pour nous condamner. Ce n'était pas une disputation, c'était un tribunal. Ce qui est important à leurs yeux, c'est que tout le long de la dispute nous ayons refusé d'abjurer notre foi. Au contraire, nous avons usé de persuasion.

— Que pense le roi Louis à présent ? demanda Judah Ben David.

— Il n'est pas contre nous, dit Morel, j'ai vu dans son regard qu'il avait beaucoup de considération pour sire Vives.

— Je crois au contraire qu'il nous hait, intervint ce dernier. Il veut purifier le royaume et il nous considère comme impropres à y vivre. Sauf pour l'argent des usuriers. Gauthier Cornu nous a révélé que Louis, sous son masque de maître de justice et de bon roi chrétien, est un fanatique qui met notre pays à feu et à sang. Il laisse brûler et massacrer les cathares pour étendre son pouvoir sur le sud de la France. Avec nous, ce sera pareil. Il aurait très bien pu ne pas réagir à la lettre du pape, comme les autres souverains. N'as-tu pas vu qu'il se délectait des paroles de notre ennemi Nicolas Donin ?

— Mais Blanche nous respecte ! dit Morel.

— Dans ce cas, dit Judah Ben David, c'est toujours la mère qui prime.

— Pas du tout, dit Moïse de Coucy, c'est le pouvoir politique qui l'emporte, car l'enfant devenu un adulte sort de l'influence maternelle !

— Ni l'un ni l'autre, dit Morel de Falaise, c'est le pouvoir de sa femme qui prime, car l'homme passe de sa mère à sa femme !

— À mon humble avis, dit sire Vives, le vrai pouvoir, c'est celui de Dieu. C'est pourquoi notre confiance en Lui est totale et que notre foi nous soutient.

Il y eut un silence. Les rabbins se regardèrent pendant un moment, perplexes.

— Que viens-tu de dire ? demanda Moïse de Coucy.

— Nous devons nous en remettre à Dieu, répéta sire Vives.

— Ah non, dit Judah Ben David. On avait dit qu'on n'aborderait plus le sujet !

— Pourquoi pas ? dit Moïse de Coucy.

— Nous venons de sortir de cinq heures de disputation, fit remarquer sire Vives.

— Eh bien, c'est le moment ou jamais, dit Moïse de Coucy. Ne nous voilons pas la face. Peut-être est-ce la dernière fois que nous nous voyons, mes frères ! L'Inquisition va frapper notre communauté. Nous devrons fuir, nous disperser, être baptisés, ou mourir. Il est temps de savoir.

— Retrouvons-nous demain si vous le voulez bien, proposa sire Vives.

— Chut, taisez-vous, mes amis, dit Morel de Falaise. On pourrait nous entendre. Vous savez ce que nous risquons, ajouta-t-il en désignant le gibet.

— Allons-y, lança Judah Ben David en retroussant ses manches. Je suis prêt. J'ai bien affûté mes arguments depuis la dernière fois. Et la disputation m'a échauffé l'esprit.

— Je suis partant, dit Moïse de Coucy.

— Si vous y tenez, dit Morel de Falaise.

— Si vraiment nous devons débattre de ce sujet, faisons-le dans notre maison d'études, à l'abri des regards et des oreilles malveillantes, murmura sire Vives.

C'est ainsi que nous nous dirigeâmes, mon maître et moi, ce soir-là, avec les trois autres rabbins, vers la maison d'études. Nous marchions plongés dans nos pensées, sans parvenir à les exprimer. Encore affaibli, sire Vives semblait épuisé, son souffle était court. Ils avançaient l'un derrière l'autre, et je fermais la marche tout en réfléchissant à la disputation.

Si la reine Blanche était de bonne foi et qu'elle avait écouté les uns et les autres avec sincérité, en revanche, les théologiens chrétiens, guidés par Nicolas Donin, ne cherchaient pas tant la discussion que la dissuasion et la domination. Quant à Louis, comme le disait mon maître, il semblait animé d'une volonté de puissance aussi forte que son sentiment chrétien, qui le poussait à se servir de l'un pour asservir l'autre.

— Gauthier Cornu était-il de notre côté, Maître ? demandai-je.

— Oui, dit sobrement sire Vives.

— C'était donc lui, l'homme mystérieux qui venait nous voir ?

— En effet, c'était lui.

— Vous aviez réussi à le convaincre ?

— Il m'a fait la grâce de m'écouter.

— Avec quels arguments, Maître ?

— Avec un seul argument, Éliézer. Mais il est puissant.

— Lequel, Maître ?

— L'étude. C'est en étudiant qu'il a été convaincu que nous étions…

— … innocents ?

— Oh non ! dit sire Vives.

— Quoi, alors ?

— Coupables. Coupables d'être rebelles. Coupables d'être différents. Coupables d'inventer une forme de pensée qui remet toujours tout en question et qui n'offre pas de solution. D'être contre le dogme et contre l'Inquisition. Contre la religion surtout, si on appelle religion le fait d'opprimer les autres au nom de Dieu. Coupables d'avoir vaincu Dieu ! Et c'est pour cette raison qu'il voulait nous défendre.

— Pensez-vous que Nicolas Donin a tué Gauthier Cornu ?

— Il est celui qui inspire les meurtres et les massacres. Mais irait-il jusqu'à tuer lui-même ?

Il ralentit le pas.

— Que pensez-vous, Maître ?

— Je pense, Éliézer, que Déborah et toi, vous êtes en danger. En particulier toi… Tu sais qu'ils t'ont reconnu. Ils savent qui tu étais… Luc d'Apremont, était-ce ton nom ?

Il y eut un silence. Pour la première fois, je sentis que sire Vives me posait véritablement la question de ma vie d'avant.

— Éliézer, murmura sire Vives, je savais que ton histoire était difficile, oui. Mais je n'imaginais pas que tu étais allé aussi loin. Tu as finalement fait le chemin inverse de Nicolas Donin. Il est parti loin de nous et il a renié ses origines. Toi, tu es revenu à ton peuple.

Aussitôt arrivé à la maison d'études, épuisé, je montai dans la chambre et je me couchai sur le lit tout habillé. Joseph était là, il ne dormait pas.

— Je vous attendais, dit-il. J'étais inquiet ! Que s'est-il passé ? Qui est victorieux ?

— Je pense que nous avons gagné. C'est-à-dire en fait que nous avons perdu. Puisque le jeu, c'était : qui perd gagne.

— Tu es rentré avec sire Vives ?

— Il est en bas, avec les autres rabbins.

— Ils sont tous là ?

— Ils débattent.

— Encore ?

— Oui. Ils débattront toujours, jusqu'au dernier souffle.

— De quoi ?

— Tu ne sais pas ?

— Non !

— De Dieu ! dis-je.

— De Dieu ? Que veulent-ils savoir à Son sujet ?

— S'il faut s'en remettre à Dieu ou à l'homme.

— Quoi ? s'exclama Joseph.

— Et alors ?

— Et alors... Je t'avais bien dit qu'ils étaient fous.

— De quel côté es-tu, Joseph ? Parfois, je me le demande.

— Du côté de Dieu, justement.

— Mais jusqu'où irais-tu pour Dieu ? C'est la question essentielle. Comme Louis, jusqu'à faire massacrer des innocents ? jusqu'à envisager de sacrifier ta vie, tel notre maître ? ou jusqu'à vouloir nous supprimer, avec tes amis karaïtes ?

— Ce n'est pas vrai ! dit Joseph. Tu les crois coupables ?

— Ils nous haïssent. Toi aussi. Je ne te fais plus confiance.

— Je suis désolé, Éliézer. J'ai eu tellement peur, tu sais. Tellement peur de vous perdre. Je suis heureux que vous soyez rentrés.

Je le regardai, il avait l'air perdu et sincère. Mais comment lui pardonner son lien avec notre ennemi le plus terrible, et aussi d'avoir mis la vie de Déborah en danger par cette lettre infâme ?

— Je ne sais pas ce que tu fais encore ici. Tu devrais partir chez tes amis les karaïtes.

— Je ne peux pas quitter la maison, alors que nous sommes attaqués de tous les côtés, murmura Joseph. Et sire Vives me manque cruellement. J'ai compris plein de choses en vous attendant. J'ai eu tellement peur.

Joseph se leva et s'agenouilla devant moi.

— Je t'en prie, dit-il. Bénis-moi.

— Quoi ?

— Tu es Cohen, bénis-moi !

— Pourquoi te bénirais-je ?

— Je sais que tu vas partir. Alors, bénis-moi.

— Je ne sais plus de quel côté tu es. Je ne sais pas ce que tu as fait… J'en viens à me demander si ce n'est pas toi qui as dit aux étudiants de venir dans notre maison. Comment te bénirais-je ?

— Comment aurais-je fait une chose aussi atroce ?

— C'est bien toi qui as écrit la lettre de dénonciation.

— C'est moi, et je me repens auprès de toi. Pardonne-moi. J'ai tout compris, à présent, je ne suis plus dupe. Bénis-moi. J'ai besoin de ta bénédiction.

24

Cela avait commencé par un bruit, celui d'une cavalcade. Ils étaient venus avec leurs chevaux. Ma famille et moi étions à la synagogue. Ils savaient que nous y allions le samedi matin. Ils avaient attendu ce moment-là où nous étions réunis. Nous fûmes saisis d'effroi. Ma mère me dit de m'enfuir, de courir aussi vite que je pourrais, elle prit mon visage dans ses mains et ce fut la dernière fois que je la vis. Ils tuèrent tout le monde, femmes, enfants, vieux et jeunes, mes parents et mes frères. Ils les passèrent au fil de leur épée, de leur épée sanglante, ivres de haine.

Pendant ce massacre, un homme, voyant un petit garçon s'enfuir et courir à en perdre le souffle, un enfant en pleurs, en proie à la terreur, le prit avec lui et l'emmena chez sa mère, une femme de très haute condition. La femme reçut l'enfant avec gentillesse et lui demanda s'il acceptait de devenir chrétien. Alors l'enfant accepta, de peur d'être tué. On le baptisa, puis on l'instruisit dans la religion chrétienne, on lui donna même un autre nom. Il vécut avec elle, dans son château. Lorsqu'il eut treize ans, on lui apprit le latin, on le confia à un maître d'armes pour faire de lui un chevalier, puis on le fit entrer dans un monastère. Là on lui enseigna le catéchisme, le curé fit son éducation, il se rendait à l'église et il croyait en Jésus, il était devenu catholique. Mais ses nuits étaient peuplées de cauchemars et de visions de ses parents et de ses frères.

Sa famille vint bien des fois le chercher mais ils ne voulaient pas le rendre, et lui-même ne désirait pas quitter sa nouvelle demeure. Il alla vivre dans une abbaye normande, l'Abbaye-aux-Hommes. Il épousa la foi chrétienne, il devint moine. Moine et chevalier ! Mais au fond de son cœur, se trouvait toujours ce que lui murmurait son père, lorsqu'il était petit : « N'oublie jamais que tu es Cohen, fils de Cohen. »

Le soir de la tonsure, après qu'il eut prononcé ses vœux, il fut pris d'une terrible angoisse. Il ne parvenait pas à dormir. Tout tournait autour de lui. En ce jour si solennel, qui aurait dû être celui de sa consécration, il était pris par des sentiments contradictoires. Il n'était pas heureux. Il se leva au milieu de la nuit et se mit à prier pour conserver la foi. Ce fut alors qu'il entendit les cloches, les cloches sonnaient pour indiquer l'heure de laudes. Et toute sa vie, elles retentiraient dans ses oreilles, jusqu'à le rendre fou. À moins qu'il ne fût déjà passé de l'autre côté du miroir… De miroir il n'en avait pas, mais il passa la main sur son crâne et il sentit le vide, lisse, juste à l'endroit où il posait sa kippa, lorsqu'il était enfant. Il se mit à trembler, à trembler de tout son corps, de toute son âme, de tout son cœur. Ce fut alors qu'il entendit à nouveau les paroles de son père : « N'oublie jamais que tu es Cohen. » Il n'était pas moine : il était prêtre.

Avant l'aube, il s'enfuit du monastère normand et

personne ne le revit plus jamais dans ce village ni dans cette région.

Au petit matin, je me réveillai brusquement. Joseph dormait encore d'un sommeil profond. Même si je l'avais béni, je ne pouvais plus le voir, ni même lui parler. Je pris mes phylactères et je fis la prière.

Puis je descendis à la bibliothèque où je trouvai sire Vives, seul, plongé dans ses pensées. Le dos courbé, les rides creusées et le teint pâle, la petite boîte sur la tête et les lanières lacées autour du bras, lui aussi priait. Son corps se balançait doucement, de droite à gauche, de gauche à droite. Il priait, les yeux fermés, avec une grande concentration, dans la ferveur. Il priait, les mains sur les tempes, comme s'il se tenait la tête, comme s'il cherchait au fond de lui-même les ressources pour tenir debout. Il priait, perdu dans ses souvenirs, ses réflexions, ses spéculations. Une plainte s'éleva vers les cieux. C'était sa voix qui venait de loin. Tant d'événements étaient survenus en si peu de temps, qui remettaient en cause tout son être. Confronté à son ancien élève devenu son pire ennemi, il s'était remis en question dans ce qui lui tenait le plus à cœur : l'enseignement du Talmud. En cet instant, j'en étais sûr, il s'adressait à notre Seigneur. Et que Lui demandait-il, si ce n'était de nous sauver ? Et que pouvions-nous faire d'autre, dans notre désespoir, sinon s'en remettre à Lui ?

— Maître, dis-je, après qu'il eut terminé, qu'avez-vous décidé ?

— Tout d'abord, nous nous sommes réunis en tribunal rabbinique. J'y tenais.

— Pour quelle raison ?

— Pour statuer sur le mariage de Déborah Lévy et de Nicolas Donin. En tant que chef du Beth Din, ainsi que je le lui avais promis, j'ai réuni mes amis les rabbins afin de délibérer sur le problème de *guett* de Déborah.

— Et alors, Maître ? dis-je, le cœur battant. Un tribunal rabbinique ne peut donner le *guett.* Ni même forcer le mari à le faire.

— En effet, cependant il existe des réponses provenant de la Halakha.

— Lesquelles, Maître ?

— Il existe deux types de solutions : mettre cet homme au ban de la communauté, ce qui est déjà fait. Mais la situation est d'autant plus compliquée qu'il s'est converti et qu'il n'a que faire d'être rejeté. L'autre possibilité selon le Talmud, c'est de déclarer, après enquête, que ce mariage a été conclu sur une sorte d'erreur.

Il y eut un silence.

— Et donc ?

— Le tribunal ne peut pas donner le *guett*, c'est un fait, mais il peut statuer sur le mariage et prononcer son annulation. C'est la raison pour laquelle nous avons recherché des vices de forme dans la conduite de la cérémonie.

— Lesquels, Maître ?

— Tu sais, bien sûr, que les deux témoins du mariage doivent respecter le chabbat ?

— En effet.

— N'étais-tu pas un de ces deux témoins, Éliézer ?

— Oui, Maître. Que voulez-vous dire ?

— À cette époque, si je ne m'abuse, tu n'étais pas encore tout à fait revenu vers le judaïsme ?

— J'étais en chemin.

— Réponds-moi en toute sincérité. Étais-tu respectueux du chabbat ?

— Dans ma vie d'avant, je ne l'étais pas !

— Sois précis, c'est important.

— J'ai eu un temps d'adaptation avant de respecter tout à fait le chabbat. Cela ne m'était pas naturel. En particulier, j'avais si froid en hiver. Je l'avoue, j'ai manipulé le feu pendant un certain temps. Mais je ne le fais plus, Maître. C'est évident, non ?

— Et donc, en tant que témoin, tu n'es pas apte à accomplir ta mission, car tu n'as pas respecté le chabbath, conformément à ce qui est exigé. Disons que la discussion n'a pas été très longue. Nous étions tous d'accord. Ce mariage n'est pas valide. Pour de multiples raisons, sur lesquelles je ne peux revenir, car cela concerne la vie intime de Déborah. Mais en premier lieu, parce que tu en étais le témoin. Or les deux témoins doivent respecter le chabbat. Si ce n'est pas le cas, le mariage est nul.

— Nul ?

— Nul, non avenu.

— Déborah n'a donc pas été mariée ? dis-je avec stupéfaction.

— On peut considérer que non.

— Elle n'a pas été mariée, et cela, grâce à moi ? En particulier, grâce à ma faute ? Et c'est une solution halakhique ?

— Purement rabbinique. Talmudique, en tout cas. Décidée par les plus grands rabbins réunis en tribunal.

Mon maître était grand ! Grand en interprétation, en sentiment, et grand en intelligence !

— Et pour ce qui est de la question du Saint-Béni-soit-Il, ajouta mon maître, l'air pensif, je dois dire que le débat a été beaucoup plus rude, nous avons terminé au petit jour.

— Et votre conclusion ?

— Nous sommes tombés d'accord, à la fin.

— Mais enfin, sur quoi, Maître ?

— Nous pensons que nous ne devons pas nous en remettre au Saint-Béni-soit-Il.

— Oh, Maître ! ? Mais comment pouvez-vous dire une telle chose après avoir prié avec une telle intensité ?

— Éliézer, à toi je peux le dire. Nos arguments sont imparables.

— Quels arguments ?

— Nous avons conclu que nous devions agir et que tout était entre nos mains, pas entre celles du Seigneur !

Je le regardai, cette fois vraiment dérouté.

— En êtes-vous absolument sûr, Maître ? Mais pourquoi alors l'appeler notre Seigneur si nous ne pouvons pas nous en remettre à Lui ?

— Vois-tu, Éliézer, personne ne peut parler de Dieu. Quand tu dis : Dieu est juste ou bon, que dis-tu ? Que Dieu veut que nous soyons bons et justes. Penses-tu pouvoir connaître la bonté et la justice de Dieu telles qu'Il les ressent Lui-même ? Peux-tu communier avec Son essence, Sa nature ? Non, bien sûr. Tout ce qu'on dit de Dieu revient à l'énoncé d'attributs qui doivent prendre sens pour l'homme. C'est ce que nous faisons quand nous interprétons la Torah pour la rendre humaine.

— Alors, que reste-t-il de la relation de l'homme à Dieu, Maître, si nous ne pouvons pas nous en remettre à Lui ?

— Il reste l'au-delà, Éliézer. Il reste la transcendance. Dieu est irreprésentable, inconnaissable, inimaginable. Il est absent. Il est ailleurs, un ailleurs que nous ne connaissons pas, que nous ne pouvons mettre dans aucune catégorie, et lorsque nous parlons de Lui, il vaut mieux se taire. Le silence est le langage de Dieu. C'est la raison pour laquelle la musique est ce qui nous rend le plus proches de Lui. Parce que la musique n'a pas de mots.

— Le silence, répétai-je.

— Je m'appuie sur la tradition de nos maîtres et sur le Talmud, tout autant que sur l'œuvre de Philon d'Alexandrie, qui au Ier siècle de l'ère courante a défini ce que l'on appelle la théologie négative, pour affirmer que Dieu est indicible, inconnaissable et que, même en Le nommant « Dieu », nous sommes victimes du langage qui généralise. C'est la raison pour laquelle nous l'appelons « YHWH », ce nom imprononçable.

— Mais alors... Que fait-on ?

— Rassemble vite les derniers exemplaires des traités du Talmud et mets-les dans des sacs, que nous prendrons avec nous. Nous devons partir, Éliézer, et partir vite.

— Pourquoi, Maître, partir si vite ?

— Ne le sais-tu pas ? Il ne s'agissait pas d'un débat académique mais bien d'un procès, ou plutôt d'un simulacre de procès. Et sans doute l'affaire du meurtre rituel est-elle liée à celle qui nous préoccupe. Allons, ne perdons plus de temps. Nous devons sauver le Talmud ! Ceci est plus important que nos vies mêmes !

— Mais, Maître, si nous ne pouvons pas nous en remettre à Dieu, si Dieu est silence, et non parole, quel intérêt de sauver le Talmud et donc le judaïsme ?

— Voyons, Éliézer ! Que deviendrions-nous si nous perdions le Talmud ? Notre vie juive ne serait plus vivable. Comment cette déchéance pourrait-elle être compatible avec ce que nous sommes ? Après la destruction du Temple, celle du Talmud signerait notre mort. Un monde qui tourne sans Dieu, cela peut se concevoir, mais un juif qui n'étudie pas, c'est impossible !

— Bien, Maître.

— Nous partirons après chabbat. D'ici là, va vite chercher Déborah… Et prions pour que l'Inquisition ne vienne pas nous arrêter.

— Prier, mais prier qui, Maître ?

— Prier Dieu !

— Je ne comprends plus rien.

— Peu importe. Prépare-toi, n'en parle à personne, même pas à tes amis les plus proches, et préviens Déborah que nous allons l'emmener avec nous, elle et son enfant !

— Maître, une dernière chose.

— Je t'écoute, Éliézer.

— Je pensais qu'il ne fallait pas s'enfuir.

— Il y a un temps pour tout, Éliézer. Il y a un temps pour tout.

Mon maître venait de contredire tous les préceptes qu'il m'avait enseignés, il s'était même contredit lui-même dans la dernière discussion, mais je ne prenais pas cela comme un défaut ou un trouble, c'était au contraire une preuve supplémentaire de son intelligence de parvenir, en toutes circonstances, à ne rien considérer comme établi et sûr, mais d'avoir ce pouvoir de tout changer.

Un temps pour tout. *Un temps pour naître et un temps pour mourir, un temps pour planter et un temps pour déraciner ce qui a été planté, un temps pour tuer et un temps pour guérir, un temps pour démolir et un temps pour construire, un temps pour pleurer et un temps pour rire, un temps pour se lamenter et un temps pour danser, un temps pour jeter des pierres et un temps pour en ramasser, un temps pour embrasser et un temps pour repousser les caresses. Un temps pour chercher et un temps pour perdre. Un temps pour conserver et un temps pour dissiper, un temps pour déchirer et un temps pour coudre, un temps pour se taire et un temps pour parler, un temps pour aimer et un temps pour haïr, un temps pour la guerre et un temps pour la paix…* Un temps pour rester et un temps pour fuir ?

Le cœur déchiré, il avait compris qu'il n'y avait plus d'espoir pour nous dans notre pays. Contre Louis, nous ne pouvions plus rien. La disputation était un prétexte pour nous pourchasser et détruire tout ce que nous avions entrepris. Je le sentais triste, bouleversé, dévasté par cette décision, et je savais qu'il avait tout fait pour lutter jusqu'au bout, pour le Talmud et pour notre pays. Mais le décès de Samuel, puis celui de son ami Gauthier Cornu, tout comme la disputation l'avaient mis face à l'évidence. Je savais aussi que s'il partait, c'était pour sauver le dernier exemplaire du Talmud en notre possession.

25

Je sortis de la maison d'études et me dirigeai vers le quartier des étudiants. En marchant dans les rues, je ressentis comme une fièvre. Plus que jamais, je désirais sauver Déborah. Je découvrais mille ressources de cœur, d'imagination, de dignité, et la volonté infaillible de la sortir de l'abîme. Une envie aussi de l'embrasser, de la tenir dans mes bras, de la consoler, de lui parler si elle voulait.

Augustin m'accueillit, égal à lui-même. J'eus du mal à affronter son regard. Je ne pensais plus qu'avec effroi à cette nuit où nous étions allés voir la pauvre Emeline et au mensonge de mon ami concernant ses emprunts à Samuel. Pourquoi m'avait-il caché qu'il était en rapport avec lui et qu'il lui devait de l'argent, même après sa mort ? Cette question me troublait et me faisait froid dans le dos.

Nous étions assis de part et d'autre de la table. Il me proposa à boire, mais je refusai et il se versa un verre de cervoise. Je ne disais rien. Je considérai son visage, longuement, en silence. Ses yeux chafouins, ses longs cheveux noirs, ses dents mal rangées. Soudain, je voyais tous ses défauts et je le trouvais laid.

Il émanait de lui quelque chose de malsain, de pervers, de mauvais. Comment ne l'avais-je pas remarqué avant ? Il portait une casaque tachée de sang. *Mais de quel sang ?*

— J'ai eu des nouvelles, dit-il.

— De qui ?

— D'Emeline. Je l'ai revue, hier. Ton discours semble l'avoir bouleversée. Elle n'est pas loin de se convertir, mon vieux ! Elle m'a posé mille questions sur le judaïsme, le paradis, l'enfer... auxquelles j'étais bien en peine de répondre. Elle a décidé de changer de quartier et de chercher du travail en tant que servante. Bizarrement, on peut dire que tu as sauvé une âme.

— Au moins, il en ressortira quelque chose de bien.

— Mais qu'as-tu donc, mon frère ? dit-il. Tu as l'air de m'en vouloir.

— Je crois que nous avons mal agi, ce soir-là.

— Tu penses à quoi ?

— La questionner, lui faire avouer ce qu'elle ne voulait pas. Qui sait si elle a dit la vérité ? Elle était paniquée. D'en avoir été le témoin, j'ai l'impression d'avoir perdu ma pureté.

— Ta pureté ? s'esclaffa Augustin. Mais qui est pur ? Tu te croyais pur, peut-être ?

— J'essaye d'avoir un comportement digne.

— Tu parles ! Et Déborah ?

— Qu'est-ce que tu insinues ? lui dis-je en me levant, tremblant de rage.

— C'est vrai, pourtant.

— Tais-toi. Tu ne sais rien.

— J'ai compris...Tu me considères comme celui qui t'a perverti, alors que tout ce que je voulais, c'était t'aider à mener ton enquête !

— Vraiment ? Tu m'aidais ? Ou tu te rachetais une conscience ?

— Que veux-tu dire ? Et d'abord, c'est quoi être pur ? C'est se tenir à l'écart du mal ou y plonger pour y remédier ? Eh bien, c'est ce que j'essaye de faire, mon vieux. Même dans mon métier, et comme je le peux. Ce n'est pas toujours simple pour moi. Tu sais combien j'ai du mal à payer mes études et même à survivre.

Il y eut un silence. J'étais bouleversé par ses paroles. Mais était-il sincère ? Était-il en train de me mentir, mais pour quelle raison ? Était-il en train de m'avouer qu'il avait commis un crime par pauvreté, par nécessité ?

— Pourquoi tu m'aides depuis le départ ? dis-je enfin. Pourquoi tu t'intéresses à cette enquête ? Et pour quelle raison tu ne m'as jamais confié que tu avais emprunté de l'argent à Samuel ?

— Je t'ai dit que j'avais des problèmes d'argent. Je t'ai même demandé de me trouver un usurier. Tu n'avais pas l'air de vouloir...

— Je pensais que tu en avais déjà un.

— J'étais trop endetté pour aller voir Alaric. Non seulement il ne voulait plus me prêter, mais bien pire, il voulait ma peau !

— Je n'en connaissais pas ! Enfin, je croyais...

— Mes parents ont refusé de m'envoyer de l'argent... Je ne savais plus quoi faire. Je ne voulais pas arrêter mes études… C'est ça qui compte le plus pour moi… Tu peux le comprendre, non ?

— À quel prix ? Est-ce toi qui as indiqué aux étudiants où se trouvait notre maison d'études ? Est-ce toi qui leur as dit de tuer Samuel ? Pour te débarrasser de tes dettes ?

Je le considérai : lui aussi tremblait de rage. Que cachait-il ?

Il y eut un autre silence, pesant. Il me regardait, la gorge serrée.

— Ainsi tu doutes de moi, dit Augustin d'une voix étranglée, c'est ce qui me fait le plus de mal. Pourtant, tu sais très bien qu'il y a une taverne rue de la Tacherie, où vont les étudiants. Ils ont fait une descente chez vous après avoir trop bu, fanatisés par Eudes de Châteauroux, mais ce ne sont pas mes amis. Bon Dieu, Éliézer, qu'est-ce qui te prend ? Je ne te reconnais plus ! N'ai-je pas recueilli ta… fiancée, ne lui ai-je pas donné ma propre chambre et ne l'ai-je pas cachée et abritée, elle et son enfant ?

— Pourquoi tu as fait tout ça pour moi, si ce n'est pour te racheter !

— Tu ne le sais pas ? s'écria Augustin. Parce que tu es mon ami. Est-ce parce que j'aime les femmes, le vin et la vie, et que je ne crois en rien sinon en la science et la médecine, que je suis un être humain condamnable, un brigand et peut-être même un meurtrier ? Et toi, malgré tout ce que tu étudies, es-tu un esprit éclairé ? Je nous croyais unis à la vie, à la mort, mais je me suis trompé. Tu ne m'as jamais aimé, en fait. Ce sont les circonstances qui nous ont fait nous rencontrer. Mais tu as toujours été méfiant avec moi, alors que je t'ai tout donné.

— Comment peux-tu dire cela ? Je t'ai sauvé la vie, et même deux fois.

— Eh bien, là, tu viens de me la reprendre, dit Augustin, les larmes aux yeux, avant de se retirer.

Déborah apparut, son enfant dans les bras. Quelle émotion de la voir mère et femme. Peut-on aimer sans rien attendre ? Était-il possible d'aller encore plus loin dans l'amour ? L'amour absolument désintéressé est-il la fin ultime du fait d'aimer ? Je posai ma main sur mon visage, j'étais en sueur. Je lui dis simplement que je venais les chercher, elle et l'enfant.

Le bébé babillait, emmailloté, en suçant un bout de linge. Soudain, il se mit à pleurer en la regardant d'un air désespéré.

— Il a faim, dit-elle.

Elle s'assit sur une chaise, dégrafa son corsage et lui donna le sein. Le bébé se mit à téter avec force, et volonté, les yeux grands ouverts.

— Tout va bien ? demandai-je.

— Jacob va très bien, comme tu peux le voir. Je suis allée le chercher chez mes parents. Le seul problème, c'est qu'il tète tout le temps, ajouta-t-elle en souriant.

L'enfant ouvrit la bouche et tendit une main vers moi, comme s'il me reconnaissait. J'en fus tellement bouleversé que les larmes me montèrent aux yeux.

— Dieu soit loué, dis-je. Jacob…

Ses yeux étaient fixés sur les miens dans une confiance absolue. J'avais l'impression de voir une créature divine. Sire Vives avait raison : nous sommes tous les fils de Dieu. Mais adultes, nous l'oublions. Comment l'arracher au sein maternel, le laisser aux mains de l'Église ? Comment concevoir une vie loin des siens ?

— Les étudiants m'apportent de l'eau chaque matin et de quoi manger… Et toi, comment vas-tu ?

— Tout le monde est bien, Déborah.

— Sire Vives ? La disputation ?

— La disputation ne s'est pas bien passée.

— Je m'en doutais. Nicolas Donin ?

— Terrifiant de haine et de vengeance.

— Il est comme cela. Il a dû naître ainsi. Il en veut à la terre entière.

— Mais pourquoi s'acharner contre nous ?

— Tu dois penser que c'est à cause de l'excommunication, n'est-ce pas ?

— C'est ce que dit sire Vives.

— Je pense qu'il voulait déjà tout détruire, dès son arrivée à Paris. Il n'est passé par la maison d'études que pour mieux s'en convaincre. Sire Vives est tombé dans le piège.

— C'est la raison pour laquelle nous allons partir, Déborah.

— Comment faire, avec Jacob ?

— Je trouverai ce qu'il faut, dis-je. Et à son âge, il n'a besoin que de toi pour se nourrir. De toute façon, nous n'avons pas le choix. Nous sommes sous le feu de l'Inquisition.

— Si on me le prenait, dit-elle en embrassant son fils, les larmes aux yeux, j'en mourrais. Je suis prête à partir. Où tu iras, j'irai.

Le dernier chabbat à la maison d'études, nous avons dansé et chanté, mais le cœur n'y était pas. Après le repas, avec les chansons que nous aimions, les airs envoûtants qui nous procuraient malgré nous un bien-être passager, ce fut un moment à la fois triste et heureux, un brouillard planait sur tous et je n'avais plus confiance en personne.

J'avais emmené Déborah et Jacob chez ses parents. Nous étions partis très vite, sans dire au revoir, même pas à Augustin. Je me méfiais de tout, de tous. Je n'arrêtais pas de penser à Samuel et à sa face cachée. Samuel, si gentil, si gai, mon camarade, mon ami d'étude, était-il un usurier à ses heures perdues ? Je me souvins d'une parole qu'il m'avait dite, selon laquelle on pouvait faire de l'argent avec de l'argent, mais je n'y avais pas vraiment prêté attention. Maintenant, elle résonnait d'une manière étrange à mon oreille. Une idée terrible me traversa à nouveau l'esprit : *et si Samuel avait été assassiné ?*

Joseph, quant à lui, semblait emmuré dans le silence. Il m'observait avec méfiance. Que nous était-il arrivé ? Qu'allait-il advenir d'eux, mes amis, mes frères d'étude, lorsque nous serions partis ? Et comment les avertir de notre départ sans mettre notre vie en danger ? Mais aussi, comment ne pas leur dire ?

Le soir, dans la chambre, Joseph et moi eûmes une discussion étrange.

— J'ai le sentiment que quelque chose se prépare, dit Joseph. Tu as vu Myriam ? Elle est très énervée.

— Elle est tout le temps très énervée, dis-je.

Depuis qu'elle avait appris que nous partions, Myriam avait du mal à dissimuler son angoisse et son excitation devant les étudiants.

— Sire Vives aussi, insista Joseph. Tu dois savoir pourquoi, toi.

— Nous avons tous peur, dis-je. La disputation nous a confirmés dans ce que nous pensions : l'Église veut notre destruction. Le ou les comploteurs courent toujours. C'est sans doute quelqu'un qui désire notre mort à tous. Mais qui ?

— Ézéchiel est parti chez les karaïtes.

— Vas-tu le suivre ?

— Non. Je t'ai dit que non.

— Qu'est-ce qui t'a fait changer d'avis ?

— Samuel est mort pour sauver le Talmud. Sire Vives et toi, vous avez risqué votre vie à plusieurs reprises. Je sais que le Livre est dangereux, qu'il rend fou, qu'il demande tout, qu'il prend tout, et je sais aussi pourquoi.

— Crois-tu vraiment que Samuel se soit mis en danger pour le Talmud ?

— Ne l'a-t-il pas sauvé ?

— C'est ce que je pensais, oui.

— Mais tu as changé d'avis ?

— Je pense que Samuel a été assassiné. Peut-être par la même personne que celle qui a comploté contre notre communauté.

— Qui ?

— Augustin est criblé de dettes. Samuel était

son créancier, je ne le savais pas. Peut-être en avait-il d'autres dans notre communauté ? En nous détruisant, il annulait ses dettes…

— Augustin aurait organisé ce crime tout seul ? Tu n'es pas sérieux, voyons !

— Je ne sais plus que penser. Il est étrange, non ? Il apprend la médecine et l'anatomie. Il boit, il connaît des brigands de la cour des Miracles et des prostituées, et il manque d'argent. Il vit en toute impunité dans le quartier des étudiants, avec des gens qui se croient au-dessus des lois. Et Samuel… qui est devenu un usurier !

— Il lui a prêté de l'argent parce qu'il en avait besoin.

— Mais pourquoi faire du commerce avec de l'argent ?

— Pourquoi ? Il voulait quitter cet endroit et se marier. Avoir un métier, une maison et des enfants. L'usure, ce n'était qu'un moyen pour lui de partir d'ici. Augustin est infréquentable, mais je ne pense pas qu'il soit allé jusqu'à assassiner Samuel. En revanche, j'ai trouvé qui sème des références talmudiques depuis le début de l'enquête.

Joseph prit le traité Sotah, qui était posé sur son lit, et l'ouvrit à la page 2a où était glissé un parchemin sur lequel j'avais pris des notes. L'écriture était la même.

— C'est toi, Éliézer, n'est-ce pas… C'est toi qui écrivais ces notes dans les marges… Mais pourquoi ? pour qui ? Tu soupçonnes tout le monde mais toi, qui es-tu en réalité ?

Il n'eut pas le temps de terminer sa phrase. Nous entendîmes un bruit et nous nous figeâmes. Pire qu'un bruit, un tremblement. Des chevaux, des sifflements, des cris. Je me raidis. Ce vacarme, je le connaissais.

Nous nous regardâmes, tout pâles, et nous habillâmes en toute hâte, avant de descendre prudemment. Nous trouvâmes sire Vives en discussion avec trois officiers du roi qui entouraient le prévôt Évrard de Valenciennes.

Celui-ci nous regarda de ses yeux globuleux et, agitant sa main baguée vers sire Vives, poursuivit une diatribe qu'il avait visiblement commencée :

— Au vu de la lettre que nous avons reçue, de sa disparition qui l'accable, du linge dans lequel était enveloppé l'enfant et sur lequel était une inscription juive, nous accusons Déborah Lévy d'avoir tué son fils, afin de le soustraire à son père, Nicolas Donin, et au baptême qu'il était en droit de recevoir. C'est la raison pour laquelle nous sommes venus l'arrêter et la soumettre à la question. Si elle avoue ses crimes, sa peine sera allégée, mais si elle persiste à nier son forfait, elle sera brûlée vive en place de Grève !

J'eus comme un vertige lorsque je compris ce que cela signifiait : c'était Déborah qu'ils venaient chercher et plus rien ne les en empêcherait.

— Nous savons qu'elle est ici, poursuivit-il. Si vous ne dites pas où elle se trouve, c'est tout le quartier qui sera arrêté, mis à la question et brûlé !

En regardant sire Vives, je compris que je ne devais pas dire un mot.

Joseph était à côté de moi, et je sentis l'angoisse le gagner.

— Peut-être pourrions-nous commencer par interroger les élèves ? dit Évrard de Valenciennes en se tournant vers nous. En particulier, celui que vous appelez Éliézer Cohen. Et qui n'est autre que Luc d'Apremont, parjure de la foi chrétienne !

— Déborah n'est pas la meurtrière de cet enfant ! m'écriai-je.

— Ce jeune homme dit la vérité, intervint sire Vives.

— Prouvez-le, demanda le prévôt.

— Nous ne trouvons pas la solution de l'énigme, tout simplement parce que nous n'avons pas défini les bons termes du problème.

— Et quels sont les bons termes, selon vous, sire Vives ?

— Nous nous demandons quel est le coupable. La question est-elle la bonne ?

— Que voulez-vous dire ?

— Voyons, dit mon maître, si c'était Déborah, quel serait le mobile du crime ?

— Nous l'avons dit : cette femme ne voulait pas que son fils soit baptisé. Cet enfant est le fils de Nicolas Donin. Il désirait le faire rentrer dans le chemin de Notre-Seigneur Jésus. C'est la raison pour laquelle elle a préféré commettre le plus abominable des crimes !

— Elle aurait certainement circoncis son enfant dans ce cas, et elle l'aurait caché, dit le maître. Mais pas tué ! Une mère juive peut-elle tuer son enfant comme les Ammonites pour servir le Moloch ?

— Mais peut-être ne pouvait-elle pas le circoncire ?

— Pourquoi pas ?

— Parce qu'il était trop petit, né avant terme, comme vous l'avez fait remarquer.

— Reprenons les choses au départ, poursuivit sire Vives. Un enfant est retrouvé mort dans notre quartier. Mort, cela peut vouloir dire plusieurs choses. Selon vous, il s'agit d'un assassinat, d'un meurtre commis par les juifs. Mais quels juifs ?

— Déborah, qui ne voulait pas que son enfant soit baptisé. Et nous le prouverons, ajouta Évrard de Valenciennes en tendant à nouveau le doigt vers mon maître.

— Mort, cela peut vouloir dire… mort de mort naturelle…

— Mais le corps a été violenté, je vous le rappelle ! Cet enfant a été égorgé.

— Oui, dit sire Vives. Mais est-il réellement mort de cette façon ?

— Ce sont des élucubrations, dit le prévôt.

— Non, dit sire Vives. Nous pensons que cet enfant était mort-né. Et que l'on a maquillé sa mort en meurtre. D'où le sang et les plaies.

— Pourquoi l'a-t-on retrouvé dans votre quartier ? Et comment prouver ce que vous dites ? demanda le prévôt. À mon tour de vous poser une question : qui a raison et qui a tort ? Quel moyen de le savoir, sinon par la question ?

— Et si la vérité était entre les deux ? dit sire Vives.

— Deux versions d'un même événement ?

— Sortons d'une interprétation unique qui nous empêche de voir la réalité. Il n'y a pas une seule cause mais plusieurs, pas une seule réalité mais plusieurs niveaux de réalité.

— Taisez-vous ! dit le prévôt. C'est votre Talmud qui est en train de vous tourner la tête ! Et de nous rendre à tous l'esprit confus.

— Le Talmud, Messire, est d'une grande rigueur de pensée, la plus grande qui soit, car la réalité est toujours complexe. Et la vérité, quoi qu'on en dise, n'est jamais une.

Il y eut un silence.

— Si je vous suis, reprit le prévôt, Déborah aurait trouvé ou pris un enfant mort-né. Et elle l'aurait posé là pour faire croire à un crime ?

— Oui.

— Poursuivez votre raisonnement.

— Vous avez raison de dire que Déborah ne voulait pas que son enfant soit baptisé. Pour éviter cela, elle a inventé un crime.

— Une mort naturelle déguisée en crime ?

— Oui.

— Comment le prouvez-vous ?

— Nous avons mené notre enquête de notre côté, Messire. Nous avons rencontré la personne qui à la cour des Miracles a vu cet enfant. Il nous a assuré avoir acheté et vendu un bébé la semaine dernière. Un bébé qu'une jeune femme n'a pas pu garder.

— Qui est cette femme ? demanda Évrard de Valenciennes.

— Nous ne pouvons pas révéler son nom.

— Ainsi, cette fille aurait vendu cet enfant mort-né à un brigand, qui l'a vendu à son tour à Déborah, pour qu'elle fasse croire que son enfant était mort ?

— Ainsi fait, dit sire Vives. C'est le point de vue inverse qu'il faut toujours envisager. Deux points de vue opposés éclairent chacun un aspect de la réalité. La vérité réside dans la mise en évidence des points de vue. Vous savez comment la méthode talmudique affine notre réflexion en éclairant les différentes modalités d'un même événement. Les décisions que nous prenons sont toujours partielles et partiales. Mais les voir sous deux angles nous rend plus intelligents et plus proches de la vérité. Il n'y a pas de criminel, Messire, parce qu'il n'y a pas de crime. Donc pas de question, pas de potence, pas de bûcher. Et nous pouvons le prouver.

— Comment ?

— L'enfant de Déborah est vivant ! En revanche, ajouta sire Vives, Gauthier Cornu a été assassiné, car il allait prendre notre défense, et vous étiez assis à ses côtés, en train de lui donner à boire, Messire.

— C'était pour lui venir en aide. Il ne se sentait pas bien.

— Je ne pense pas, Messire. Je crois que l'eau était empoisonnée.

— Mais pourquoi aurais-je accompli une telle action ?

— Vous l'avez fait sur la suggestion de quelqu'un que je soupçonne fortement. Il savait que Gauthier Cornu nous rendait visite. Il était le seul à pouvoir et à vouloir nous défendre. Son témoignage était capital, n'est-ce pas, car il a l'oreille de la reine Blanche. Et cela empêchait sans doute le roi de rendre justice, comme il aime à le faire. Alors il l'a fait éliminer. N'est-ce pas, Messire ?

26

Ce fut donc ainsi que nous prîmes la fuite après la brillante démonstration de sire Vives, sans tarder, de peur que le prévôt ne change d'avis.

Cette nuit de chabbat, en vertu de la loi talmudique du Pikouah Nefesh, de la préservation de la vie, sire Vives, sa femme, Déborah et Jacob avaient été arrachés à leur maison, leur salle d'études, leurs amis, leur famille, dans le secret et la précipitation, et avaient pris la route du sud de la France. Ils portaient juste un sac contenant les volumes du Talmud. Nous marchions ensemble, avec inquiétude. Myriam ayant de l'argent sur elle, nous nous arrêtâmes à la première auberge pour négocier un cheval et une charrette.

La traversée fut longue et périlleuse. Mon corps était meurtri, mais peu importe ! Sire Vives et moi portions Jacob à tour de rôle, enroulé dans une écharpe. Quand il pleurait, je le donnais à sa mère pour qu'elle l'allaite. Il grandissait et changeait de visage tous les jours. Quand il dormait contre moi, sa chaleur m'envahissait et me galvanisait. Je ne sais plus où nous nous sommes arrêtés, ni combien de fois nous avons bravé la mort, tant la route fut longue. Il m'en revient des épisodes, par bribes. Tel village dans le sud de la France, décimé par les croisés, était devenu une vallée de larmes et de deuil. Dans tel autre, les juifs s'étaient suicidés collectivement, plutôt que se convertir. Il nous fallut nous cacher, partir de nuit pour arriver coûte que coûte en Terre promise, non pas pour nous sauver nous, mais pour mettre le Talmud en sécurité, là où ils ne pourraient pas le trouver, là où il serait copié par les scribes et transmis aux générations futures. Nous n'avions qu'une seule peur, c'était de le perdre, qu'on nous le prenne, ou de mourir avant qu'il ne parvienne à destination. Nous devions rester en vie pour assurer sa survie. Il était dans notre besace, à braver tous les dangers, les interdictions, les persécutions, l'horreur, l'eau autant que le feu, la pluie autant que la chaleur, la lumière comme les ténèbres. Parfois, dans nos campements, je me réveillais en sursaut pour le toucher et vérifier qu'il était toujours là. Alors je voyais, à mes côtés, Jacob reposer paisiblement contre sa mère, et je me rendormais, apaisé. À chaque étape, la peau du parchemin souffrait, des lettres s'effaçaient, des phrases étaient coupées. La traversée en bateau fut particulièrement rude, avec l'humidité, le vent et les embruns. *Le dernier Talmud.* Celui qui allait permettre la survie de notre peuple, celui qu'il fallait copier de toute urgence !

Enfin nous accostâmes à Saint-Jean-d'Acre, ville somptueuse ! De hauts remparts entourent une cité de pierre blanche aux quartiers animés, aux mille petites habitations et échoppes. Au milieu, s'étend l'immense forteresse des Hospitaliers, soldats qui protègent et soignent les malades parmi les pèlerins et les croisés. Une rue principale traverse la ville du nord au sud, au centre de laquelle se trouve un marché d'épices, de fruits et de légumes, et de tissus.

Nous fûmes d'abord logés dans la maison d'études située à côté du château des Hospitaliers. Là se trouvaient déjà de nombreux Français, qui nous offrirent le gîte et le couvert. Creusé dans la pierre blanche près de la mer, tout en voûtes et en arcades, le Beth Hamidrash retenait la fraîcheur et contenait de nombreuses salles dans lesquelles des centaines d'étudiants étudiaient le Talmud de Jérusalem, ainsi que celui de Babylone. Mon maître fut accueilli avec les honneurs, car sa réputation le précédait. Dieu que nous étions fiers de leur apporter, au péril de notre vie, la partie inédite du Talmud, tout entière inventée par nos maîtres les tossafistes. La joie et la stupéfaction s'inscrivirent sur leurs visages, lorsqu'ils commencèrent à lire les réflexions et les pensées inouïes nées en terre de France !

Là, même si nous sommes en terre chrétienne, car la ville a été reconquise par les armées unies de Richard Cœur de Lion, roi d'Angleterre, et de Philippe II Auguste, roi de France, contre Saladin, nous nous sentons plus en sécurité que dans notre pays. On donna à mon maître une petite maison non loin du Beth Hamidrash, et Myriam s'occupa de son installation, heureuse de pouvoir passer du temps avec son mari, ce temps que la maison d'études lui volait à Paris. Hélas, ce repos forcé ne dura pas : les demandes étaient telles que mon maître accepta d'enseigner.

Mais un grand changement eut lieu, lorsque sire Vives proposa à son épouse de venir à ses cours et d'étudier avec ses élèves, ce qui provoqua quelques remous. Quel bouleversement de la voir parcourir de la main les traités du Talmud, d'en prendre un avec une fierté et une joie non dissimulées et d'en commencer l'étude avec tous.

Peu après notre arrivée, j'écrivis à Joseph pour le prier de m'excuser de lui avoir menti, d'être parti sans même lui dire au revoir. Je lui annonçai que nous étions bien installés et lui souhaitai une bonne année, quelle que soit la voie qu'il avait choisie. En cette période de pénitence qui précédait le jour de Kippour, je lui demandai pardon pour toutes les paroles et tous les actes mauvais que j'avais pu dire ou faire à son encontre, et je lui pardonnai de s'être laissé séduire par les karaïtes et d'avoir envoyé la lettre de dénonciation sous l'influence néfaste de Nicolas Donin, et tout le reste.

J'écrivis aussi une longue missive à Augustin pour lui raconter notre voyage et lui dire que j'étais désolé de l'avoir soupçonné du pire, de l'avoir offensé. Il me manquait, lui, mon plus fidèle ami. Je m'étais habitué à lui confier mes problèmes. En tenant la plume, mes yeux étaient humides, la colère m'avait quitté pour laisser place à la tristesse. Je m'en voulais, plus que je ne lui en voulais.

Puis Joseph m'écrivit pour me raconter que, comme il me l'avait promis, il était resté à la maison d'études. Voir notre livre attaqué l'avait bouleversé et l'avait fait réfléchir. Il avait remplacé Ézéchiel. Et bientôt il serait rabbin. Comme sire Vives était parti, il était allé se former à Rodom, auprès des tossafistes élèves de Rabbénou Tam. Là, il avait vu Rébecca, la femme qu'aimait Samuel, et ils allaient se marier à Paris, dans notre synagogue.

Malheureusement, il dut faire face au pire. Les officiers du roi prirent tous les exemplaires du Talmud qu'ils purent trouver pour les brûler, place de Grève, en présence du prévôt, de Nicolas Donin, d'Eudes de Châteauroux et de Guillaume d'Auvergne, ainsi que des moines, frères mineurs. Les officiers du roi allaient et venaient avec des charrettes remplies de manuscrits, qu'ils déchargeaient sur le pavé au milieu de la foule. Le soir, des livres il ne restait plus que des cendres. Et depuis, l'Inquisition sévissait contre ceux qu'ils appelaient les hérétiques, et les juifs en faisaient partie. Les biens de nos coreligionnaires furent saisis : leurs terres, leurs maisons, leurs vêtements, leurs bijoux. On les arrêtait, on leur faisait subir des interrogatoires, on les soumettait à la question, et ceux qui refusaient le baptême étaient torturés et brûlés vifs, hommes, femmes et enfants.

Adieu, belle terre de France. Adieu, Paris dans la lumière de l'aube et du crépuscule, lorsque, baignée de mille feux, la Seine miroite et scintille. Adieu, les cris, les fêtes et les jours de marché, ma rue, ma synagogue, mon école, mon quartier sur l'île de la Cité. Adieu, mes amis ! Je suis parti, j'ai quitté mon pays, j'ai fui ceux qui nous pourchassaient pour nous mettre à mort. Ils sont entrés dans nos synagogues, ils se sont emparés de nos écrits, ils ont pris les manuscrits, ils les ont dérobés et les ont emportés sur ordre du roi. Les inquisiteurs ont allumé le bûcher en plein cœur de la ville. Les moines et les prêtres ont fourni le bois, et ils ont soufflé sur les braises pour augmenter la flamme aux yeux de tous, en signe de vengeance et de haine. Et voici que nos livres brûlent, se consument, crépitent, les feuilles se gonflent sous la chaleur, les reliures se délitent, les lettres tournoient et s'envolent, les marges s'étiolent, les mots disparaissent, tous s'envolent vers les cieux, dans la fumée qui s'élève, les emporte à jamais, et j'entends au milieu des crépitements les paroles assourdies de mille rabbins depuis mille ans, de mille disciples et mille maîtres, qui argumentent avec d'autres disciples et maîtres, au fil des âges, et qui, sans s'encombrer du temps qui passe, sur l'éternité d'une page, commentent à l'infini la parole de l'Éternel : « *Monte vers moi, sur la montagne, et y demeure : je veux te donner les Tables de pierre, la doctrine et les préceptes, que j'ai écrits pour leur instruction.* »

Mais tandis qu'aux yeux de l'ignorant les lettres semblent se consumer dans les flammes monstrueuses sur la place de Grève, la nuit, je les imagine qui remontent vers le Ciel d'où elles furent reçues.

Oui, vers le ciel sont montées les paroles des anciens, sur tous les sujets qui concernent la vie et le monde, et les flammes ont dévoré les lettres, les mots et les phrases de nos maîtres. Ceux de Hillel et Chammaï, Gamaliel l'ancien, son fils Shimon Ben Gamaliel II, et Yohanan Ben Zakkaï, fondateur de l'Académie de Yavné, de Gamaliel de Yavné, Éliézer Ben Hyrcanos, Yéhoshoua ben Hanania, Rabbi

Ishmaël, Rabbi Yossi le Galiléen, Rabbi Aquiba, torturé et martyrisé, qui expira en disant le « Chema Israël », Rabbi Meïr, Rabbi Shimon Bar Yokhaï, Rabbi Yéouda, Rabbi Yossi ben Halafta, Rabbi Yéhoudah bar Ilaï. Puis les maîtres de la Guemara, les Amoraïm, Rav, Rav Houna, Rav Juda, Rav Papa, Rav Achi, Abaye, Rav Dimi, Rav Yossé Ben Ézéchiel de Pumbedita, Rav Nahman de Néhardea, Rav Hisda, Rabba, Rav Yossef, Rav Chéchet et Oula, Ravina, Rav Yossé, et puis, plus proches de nous, Rachi et tous ses élèves, Rashbam, Jacob Israël ben Joseph de Pont-Audemer, Samson Ben Joseph de Falaise, Yom Tov Ben Eliahou Ben Judah de Paris, Haïm ben Hananel Hacohen de Paris, Joseph Bekhor Shor d'Orléans, et son fils Abraham Samson Ben Joseph, Jacob de Corbeil, mort pour la sanctification du Nom, et Judah de Corbeil, son frère, Abraham de Bourgueil, Isaac Ben Baroukh, Éliézer Ben Samuel de Metz, et bien d'autres encore que je ne saurais nommer car ma mémoire ne peut les contenir, adieu !

En évoquant ces moments terribles depuis Acre, ma main tremble et mon cœur se soulève. Sur le sommet de la colline, je regarde la petite prairie où l'homme s'occupe de ses brebis, comme si nous étions arrivés jusque-là pour cette vision, une maison au milieu de rien.

C'est là, devant la vaste étendue marine, que je lus la lettre d'Augustin, qui me parvint par bateau, en réponse à la mienne. Dans cette missive, il me disait combien il était attristé de mes soupçons concernant la mort de Samuel. La vérité, c'était qu'il s'en sentait responsable. Dans le quartier des étudiants, le bruit avait couru que les juifs lui prêtaient de l'argent. Eudes de Châteauroux et Nicolas Donin avaient incité les étudiants à venir saccager le quartier, et sa faute était de n'avoir pas pris ces menaces au sérieux. Il n'aurait pas dû emprunter à mon ami, ni me le cacher. Mais il ne pensait pas le mettre en danger, et jamais il n'avait ourdi de complot contre nous, ni fait assassiner Samuel. Il me disait aussi qu'il avait quitté le quartier, il était devenu médecin rue de la Juiverie, car il voulait, en guise d'amendement et de pardon, soigner les gens de notre communauté. Il avait entendu parler d'un grand savant et médecin, Maïmonide, dont il étudiait les œuvres. C'était ainsi qu'il avait vu les soldats du roi venir, un soir, prendre les livres et semer la terreur. Lui non plus ne reconnaissait pas son pays. Il avait envie de partir, mais où ? On disait que le roi Louis allait bientôt prendre le chemin de la croisade et que sa route passait par Saint-Jean-d'Acre. Il désirait s'engager auprès des Hospitaliers, ainsi il viendrait me voir ! Il m'écrivait aussi combien il était triste de mon départ et de la façon dont nous nous étions séparés. Puis il me parlait de moments que nous avions vécus, de l'importance de notre rencontre, de ce que je lui avais appris en tant que juif et en tant qu'ami.

Que dirais-je de l'amitié ? Que c'est une consolation de l'âme lorsqu'elle se perd au fond de l'abîme, que c'est une réconciliation avec la vie lorsqu'elle s'enlise, que c'est une surprise du cœur lorsqu'il se sent défaillir, que c'est un espoir lorsque la ville, le pays, le monde va mal, qu'elle rend la vie plus douce et les départs, difficiles. Que dans les moments gais comme dans les moments tristes, c'est une conversation qui ne cesse pas, même dans l'absence. Pas un jour ne se passe sans que je pense à lui et que je me demande ce qu'il fait, comment il va, je me rappelle nos conversations et nos rires, et au sommet de la colline, je le guette et je l'attends.

Déborah habite non loin de la maison d'études, et nous n'avons pas rompu le lien sacré, le fil rouge qui nous unit. Je m'abreuve à la source de chaque rencontre. Tous les jours, avec elle et Jacob, nous faisons notre promenade sur les remparts contre lesquels les vagues se brisent, comme si nous avions repris ensemble nos habitudes d'antan. Nous n'avons jamais abordé le sujet du faux crime de la rue de la Tacherie, car je la sais innocente. Et quand bien même elle eût été coupable, je ne l'en aurais pas moins aimée…

Notre amour sans dessein ne cesse de rajeunir au fur et à mesure que le temps passe. Je cherche son sourire, son regard dans le mien. À chaque instant, je l'imagine, et je l'attends. Et tout se pare d'une aura magique, chaque souvenir se nimbe de blanc, lorsqu'elle apparaît devant moi sous la lumière aveuglante du soleil ou celle déclinante du crépuscule. Je la vois patiente et douce avec son enfant. Je la retrouve dans mes rêves, seuls lieux de nos étreintes. Je jouis simplement d'être au bord de la mer, de sentir le souffle du vent, de voir le mouvement de ses lèvres et son regard apaisant. Mes pas me guident vers celle que j'aime et mon attirance est telle que je ne peux plus résister, et je pense : *Je la fiancerai à moi, pour toujours, je la fiancerai à moi pour la justice et le droit, l'amour et la tendresse. Je la fiancerai à moi par la fidélité et elle connaîtra le Seigneur.*

Au loin, derrière l'horizon, j'imagine la terre de France. Mon cœur frissonne lorsque je pense à la vie précaire des nôtres qui n'ont pas pu partir. Sur les murs de la maison d'études, rue de la Tacherie, Joseph et moi avions gravé nos noms, comme une trace minérale, avec la mention, « *La Torah de Dieu est éternelle* ». Va-t-elle survivre aux siècles, ou tous les signes de notre présence seront-ils détruits par le ravage de la haine ? Je pense à Paris avec nostalgie, Paris que nous avons fuie, menacés et pourchassés.

Lorsque je suis sur la muraille, devant la mer, par la force de l'imagination, je peux presque les voir, les rues où je déambulais, le soir, après une journée d'étude. Ici, tout est calme. L'océan se brise contre les remparts, le soleil nous aveugle mais il réchauffe nos cœurs endoloris.

Sire Vives, dès notre arrivée, m'a donné l'exemplaire unique des livres du Talmud à copier et je me suis attelé à cette tâche avec ardeur et diligence. Il y a des milliers de pages, c'est un travail d'envergure ! Tous les jours, mon maître touche le précieux parchemin pour s'assurer qu'il est bien là, avec nous, qu'il n'a pas brûlé avec les autres. « Le dernier, murmure-t-il. Le dernier Talmud. Hâte-toi, Éliézer, d'en faire la copie. Que nous puissions vite en faire d'autres et les envoyer à nos amis, de par le monde, afin qu'ils l'étudient. »

Ici, dans notre maison d'études appelée « l'École des Parisiens », nous étudions le traité Chabbat et le traité Rosh Hashana. Je suis plus avancé que les autres étudiants. Parfois, j'ai peur de découvrir une pensée peu élaborée, fondée sur la croyance en la Loi, comme révélée par Dieu Lui-même, et que maîtres et élèves n'auraient pas osé discuter ni remettre en cause, influencés sans doute par les karaïtes. L'autre jour, j'ai expliqué à un étudiant que le commandement d'« aimer son prochain comme soi-même » ne s'adressait pas qu'aux juifs. L'ai-je convaincu qu'il est écrit « prochain », et non pas « prochain juif » ? Je lui ai cité les versets de la péricope Kedoshim au sujet de l'accueil de l'étranger, « *car nous fûmes étrangers en Égypte* ». Ainsi il est dit : « *Si un étranger vient séjourner avec toi, dans votre pays, ne le molestez pas. Il sera parmi vous comme un de vos compatriotes, l'étranger qui séjourne avec vous, et tu l'aimeras comme toi-même car vous avez été étrangers dans le pays d'Égypte. Je suis le Seigneur votre Dieu.* »

Est-ce parce que je suis exigeant ? Au sein des élèves, je me sens différent, la France et ma maison d'études me manquent, même si je me suis lié avec Moïse, Isaac et Abraham, il y a même un élève de Worms qui se nomme David et avec qui j'étudie de temps en temps. J'observe que notre groupe de Français se reforme tout naturellement, car nous avons étudié avec les tossafistes qui nous rendent différents des autres, à jamais, avec une liberté d'esprit et une acuité dans la réflexion qui n'appartiennent qu'à nous.

Une nuit où j'avais délaissé le Talmud pour écrire mon histoire dans le plus grand secret, à la lumière vacillante d'une lampe à huile, mon maître m'a rejoint. Il a posé une main sur mon épaule et m'a dit :

— As-tu vraiment cru, Éliézer, que je croyais ce que j'ai dit au prévôt concernant le meurtre ?

— Pourquoi cette question, Maître ?

— Tu penses que l'histoire selon laquelle Déborah a acheté l'enfant pour le substituer au sien et faire croire à un meurtre, afin de le sauver, est une bonne interprétation de la réalité ?

— C'est ce que vous avez établi d'une façon convaincante et rationnelle, Maître !

— Pourtant, tu sais fort bien que la vérité est tout autre.

— Tout autre ?

— Voyons, Éliézer, réfléchis. Je devais faire valoir ce point de vue pour gagner du temps afin que nous puissions nous sauver. J'ai compris que toi, mes disciples, Déborah et moi-même allions être mis à la question et finir sur le bûcher si nous n'étions pas en mesure d'expliquer cette énigme. Mais en vérité, si tu réfléchis bien, comment croire que Déborah, la belle et douce Déborah, ait pu acheter un enfant mort pour le substituer au sien ? Comment Déborah l'aurait-elle abandonné dans la rue pour nous mettre tous en danger ? Comment aurait-elle pu être à l'origine de toute cette manipulation ? Peut-être aurait-elle aussi inscrit la référence talmudique sur le linge de son enfant, ainsi que toutes les autres ?

— Oui, Maître, cela paraît fort improbable, dis-je,

la gorge nouée. Mais… que ne ferait-on pas pour protéger son enfant ?

— Tu l'as dit, Éliézer, répondit mon maître avec un regard singulier. Que ne ferait-on pour protéger son enfant.

Un frisson me parcourut l'échine, à l'instant où je compris que le *maître savait.*

— Quand avez-vous su, Maître ? lui demandai-je en tremblant.

Alors, selon le geste que je lui connaissais, il parcourut les traités du Talmud dans la bibliothèque et s'arrêta sur l'un d'eux, qu'il sortit.

— Nous disions qu'un aveu, selon le Talmud, ne peut constituer une preuve… N'est-ce pas, Éliézer ?

— Oui, Maître. Il faut deux témoins directs.

— Pourtant, ce texte que je vois écrire nuit et jour, est bien une confession, ta confession ?

— Que voulez-vous dire, Maître ?

— Regarde, dit-il en ouvrant le traité Yoma consacré au jour de Kippour. Tu te souviens de notre étude sur les deux boucs présentés au Grand Prêtre ? Le Talmud dit qu'ils doivent être identiques en tout, au point qu'on puisse les confondre l'un avec l'autre… Tu te rappelles sans doute ce que je t'ai dit : « Ce bouc, que l'on appelle le bouc émissaire, représente l'imperfection du monde, impossible à rédimer, comme, par exemple, la violence contenue dans la relation même. C'est de cela qu'on charge le bouc qui va au désert. » C'est ce verset qui m'a fait comprendre qu'il y avait eu une substitution d'enfants. Ce même verset que nous avions étudié, une semaine avant le supposé meurtre.

» Tous les bébés se ressemblent, n'est-ce pas ?

Et tu as décidé, pour en sauver un, de prendre un bouc émissaire pour en éloigner le mal. N'est-ce pas, Éliézer ?

» Tu as su que Déborah avait accouché, poursuivit-il. Et Nicolas Donin le savait aussi. Car tous les deux, vous l'épiiez ! Lorsque tu as compris qu'il allait se venger et prendre l'enfant pour le tuer ou le baptiser, ton sang n'a fait qu'un tour. Prendre un enfant juif et le convertir ! Quelle aubaine pour cet être malfaisant ! Mais tu ne pouvais pas supporter qu'il subisse le même sort que toi. Être séparé de sa mère, de sa famille, pour être baptisé ! Cela t'était intolérable, à toi Éliézer qui as perdu tous les tiens dans un terrible massacre, et qui as été converti, enfant, malgré toi, jusqu'à devenir moine ! Alors, tu as imaginé un stratagème pour sauver le bébé.

» Grâce à ce que te racontaient Augustin et ses amis étudiants sur leurs expéditions nocturnes, tu as trouvé et acheté un enfant mort-né à la cour des Miracles chez Robert Merri, pour qu'il joue le rôle du bouc émissaire. Tu as donc substitué l'enfant mort au bébé de Déborah avec son consentement, afin de faire croire à Nicolas Donin qu'il était mort-né. Entretemps, vous ne deviez plus vous voir ni avoir aucun contact pour que l'on ne vous soupçonne pas. Lorsque Nicolas Donin est venu pour rendre visite et certainement prendre l'enfant, il l'a vu mort dans son berceau, enveloppé de son linge, sur lequel tu avais écrit la référence du traité Yoma, pour le reconnaître entre tous, si l'on venait à l'enlever. Alors il a pris l'enfant, l'a égorgé et l'a placé dans notre rue, pour faire croire à un crime, un crime rituel. Mais vous étiez pris à votre propre piège et ne pouviez rien en dire, sinon, c'est sûr, vous auriez été arrêtés, tués, et l'enfant aussi.

» Lorsque tu as imaginé le stratagème de l'enfant mort, tu n'as pas pensé aux conséquences que ce faux crime pourrait avoir sur notre communauté. Tu ne te doutais pas que nous allions être accusés de meurtre rituel. Tu ignorais que, Nicolas Donin était en train de mûrir sa vengeance et son complot contre nous. Tu n'imaginais pas que, dans sa colère, il utiliserait l'enfant et nous ferait accuser. Tu voulais simplement éviter à l'enfant le sort que tu avais subi. Alors, tu as semé des indices talmudiques dans les traités, afin que quelqu'un – peut-être moi, ou Joseph – comprenne et t'aide à sortir de ton propre piège. C'était en effet une mort naturelle qui a pris l'apparence d'un crime. Mais ce n'est pas Déborah qui a tout imaginé. C'est toi, Éliézer, parce que *cet enfant, c'est le tien.*

Je me levai, tremblant de stupeur.

— Comment avez-vous compris, Maître ?

— Tu connais l'excellence du commentaire de nos maîtres. Ils résument les idées fortes et les confrontent aux pensées opposées. Mais la vérité sur cette enquête, c'est l'un de tes indices qui me l'a fait comprendre.

Il se leva et prit un autre traité du Talmud, dont je n'eus pas de mal à deviner le titre : Sotah, la femme adultère.

— Le Talmud se demande pourquoi le soupçon d'adultère, le naziréat et la prêtrise des Cohanim sont dans des versets qui se suivent. Le plus transgressif et le plus saint. Pourquoi sont-ils si près l'un de l'autre ? Quel est le lien entre ces trois choses tellement différentes, la consécration à Dieu, la prêtrise et l'adultère ?

» Le lien est donné par ta vie, Éliézer. Tu es Cohen, *nazir*, et la femme que tu aimes est *sotah*, soupçonnée d'adultère, avec toi. Vous vous êtes vus alors qu'elle était encore mariée, même si elle était déjà séparée de son mari : elle était *agounah*, enchaînée, en attente de divorce, donc interdite à tout homme. Et vous avez fait plus que vous voir. Vous vous êtes unis dans vos chairs. Mais il vous était impossible de l'avouer. Étant encore mariée car son mari ne lui accordait pas le *guett*, l'enfant de Déborah était considéré comme un *mamzer* – un bâtard.

» De plus, s'il avait été prouvé que tu étais son amant, tu n'aurais plus jamais eu le droit de l'épouser, puisque, comme tu le sais, une femme ne peut épouser son amant, même après le divorce.

» Enfin, étant Cohen, tu aurais perdu ta prêtrise, cette prêtrise qui t'est si chère, puisqu'elle est le testament de ton père. *N'oublie pas que tu es Cohen !* C'est la raison pour laquelle ni toi ni elle ne pouviez avouer que cet enfant était le vôtre. Et pourtant, cet enfant est le tien ! C'est la raison pour laquelle tu as imaginé ce stratagème pour le sauver des griffes de Donin et du clergé !

— Oui, Maître, dis-je dans un souffle. Tout cela est la pure vérité !

— La vérité, dans sa complexité. C'est le traité Berakhot qui me l'a fait comprendre. Il s'agissait bien, comme dans le rêve, de voir les choses autrement et de comprendre que tu désirais sauver ton enfant du baptême, et aussi Déborah du sacrifice ultime de sa vie et de celle de son enfant, qu'elle aurait fait, pour échapper au baptême.

» Puisque tu as décidé de raconter ton histoire, raconte-la donc afin de soulager ta conscience et de cesser de te mortifier. Par ta plume, tu feras revivre les morts et tu consoleras parmi les vivants ceux qui mènent une vie indigne, sous le joug de l'Inquisition !

— Je peux faire revivre les morts par mes mots, Maître, je peux sauver Déborah de la mort ainsi que mon fils, mais jamais, jamais je ne pourrai l'épouser ! Ni être le père de mon fils !

Le maître me regarda attentivement. Dans ses yeux brillait une lueur étrange.

— As-tu suffisamment étudié, Éliézer ?

— Jour et nuit, sans m'arrêter, Maître !

— Alors, prolonge ton étude et tu trouveras toi-même la solution à ton problème.

— La solution ? Comme vous dites, j'ai eu un enfant d'une femme *agounah*, Maître. Cet enfant si je le reconnais est un bâtard. Et je ne peux pas non plus l'épouser puisqu'elle est divorcée et je suis Cohen. Quelle solution, Maître ? Sinon la contempler de loin, avec mon fils Jacob, jusqu'à la fin de nos jours, sans plus jamais pouvoir l'approcher ni la toucher ?

— Rappelle-toi ce que je t'ai dit, Éliézer. Pourquoi t'interdire ce qui t'est permis ?

— Que voulez-vous dire, Maître ?

— Tu sais que tout est une question de mots. Que les mots justes nous aident à penser et à vivre. Il est impératif, pour penser le réel, d'utiliser les expressions adéquates. Le vrai secret du Talmud n'est rien d'autre que celui-ci. Tu crois que le Peshat, le premier sens du texte, est le plus simple et le plus évident ? En fait, c'est le plus complexe à établir, et sans doute faut-il connaître tous les autres niveaux pour établir un bon Peshat.

Le maître se lissa la barbe, me jeta un regard et se dirigea vers la porte.

— Maître, lui dis-je, quel est le Peshat ? Je vous en prie, Maître !

— Déborah n'est pas *divorcée.* Son mariage a été *annulé.*

— En effet, Maître. Son mariage a été annulé grâce à vous, grâce à la mise en évidence d'un non-respect des lois du mariage et au tribunal rabbinique que vous avez eu la bonté de convoquer, avec les autres rabbins. Vous voulez donc dire que... Déborah n'est pas *agounah.* Elle n'a donc pas besoin de *guett.*

— C'est cela.

— Je commence à comprendre, Maître. Si son mariage a été annulé, c'est que... Déborah n'a jamais été mariée...

— Voilà un bon Peshat.

— Dans ce cas... je ne suis pas son amant...

— Tu l'as dit.

— Mais je suis quoi, alors ?

— Qu'en penses-tu, Éliézer ?

— ... Son mari ! dis-je en tremblant, cette fois de tout mon corps, tant j'étais soudain saisi par la simplicité de cet énoncé. Je suis son mari !

— Il y a trois façons d'épouser une femme, n'est-ce pas, Éliézer ?

— L'argent, le contrat et l'union physique... Mais alors, Maître, si je suis le mari de Déborah, Jacob, mon fils, est donc... mon fils !

— Allons, ajouta sire Vives en jetant un œil par la

meurtrière, voici que l'aube se lève. Il est temps pour nous d'aller prier !

— Bien, Maître, dis-je en le suivant vers la synagogue, le pas chancelant, saisi d'un bonheur si grand que j'en avais le souffle coupé et le désir de courir comme un fou annoncer la nouvelle à Déborah.

— Sais-tu, Éliézer, pourquoi on prie avant l'aube ?

— Non, Maître.

— « *Ce fut soir, ce fut matin* », dit la Bible. Car il y a toujours un matin victorieux de la nuit une lumière qui triomphe de l'obscurité.

De la même auteure :

Aux Éditions Albin Michel

LA RÉPUDIÉE, 2000.
LE TRÉSOR DU TEMPLE, 2001.
MON PÈRE, 2002.
CLANDESTIN, 2003.
LA DERNIÈRE TRIBU, 2004.
UN HEUREUX ÉVÉNEMENT, 2005.
LE CORSET INVISIBLE, 2007.
LE LIVRE DES PASSEURS (avec Armand Abécassis), 2007.
MÈRE ET FILLE, UN ROMAN, 2008.
SÉPHARADE, 2009.
UNE AFFAIRE CONJUGALE, 2010.
ET TE VOICI PERMISE À TOUT HOMME, 2011.
LE PALIMPSESTE D'ARCHIMÈDE, 2013.
ALYAH, 2015.
L'ENVIE D'Y CROIRE, 2019.

Aux Éditions Ramsay

QUMRAN, 1996.
L'OR ET LA CENDRE, 1997.
PETITE MÉTAPHYSIQUE DU MEURTRE, 1998.

Aux Éditions Flammarion

UN SECRET DU DOCTEUR FREUD, 2014.
PHILOTHÉRAPIE, 2016.

Aux Éditions Robert Laffont

BÉBÉS À VENDRE, 2018.

Aux éditions Grasset

NOS RENDEZ-VOUS, 2020.

Le Livre de Poche s'engage pour
l'environnement en réduisant
l'empreinte carbone de ses livres.
Celle de cet exemplaire est de :
300 g éq. CO_2
Rendez-vous sur
www.livredepoche-durable.fr

PAPIER À BASE DE
FIBRES CERTIFIÉES

Composition réalisée par MAURY-IMPRIMEUR

Achevé d'imprimer en France par
CPI BRODARD & TAUPIN (72200 La Flèche)
en octobre 2020
N° d'impression : 3040488
Dépôt légal 1re publication : novembre 2020
LIBRAIRIE GÉNÉRALE FRANÇAISE
21, rue du Montparnasse – 75298 Paris Cedex 06

41/3207/3